JUSTE UNE FOIS POUR ESSAYER

Élodie Garnier

Juste une fois pour essayer

MAZARINE

Avertissement

Ce roman, ses personnages et leurs histoires sont une œuvre de fiction. Tout lien avec des personnes ou des faits réels suggérés par sa lecture ne peut être que le fruit du hasard. Les éléments historiques et les faits divers cités, ainsi que les noms de personnes, de marques ou d'entreprises, ont pour seul but de donner de la vraisemblance au récit, sans aucune volonté de dénigrement ni de préjudice pour leur titulaire.

Couverture :
Illustration : © Coraline Danthez
www.coralinedanthez.com
Maquette : Louise Cand

Citations :
p. 18 : Charles Baudelaire, « L'Horloge »
in *Les Fleurs du mal*, LGF, 1972.
p. 133 : Hafid Aggoune, *Quelle nuit sommes-nous ?*, © Verdier, 2005.

ISBN : 978-2-86374-862-6

Dépôt légal : juillet 2020.

Prologue

Paris en été. Place des Abbesses, assise sur un banc près du manège, mon corps ne répond pas. Je suis déjà très en retard à mon rendez-vous, mais je reste comme paralysée. Des centaines de questions empêchent mes jambes d'exécuter l'ordre dicté par mon cerveau quelques minutes plus tôt.

Je le vois assis à une table derrière les grandes baies vitrées du café. Seul, au beau milieu de l'après-midi, avec une bière pour unique compagnie. Chaque fois que la porte s'ouvre, son regard cherche un visage familier. Je vois bien qu'il s'impatiente ; c'est la troisième fois qu'il regarde son téléphone. Sans doute pour s'assurer de l'heure.

J'expire un grand coup. Mon corps s'exécute enfin. Tandis que je me lève, un couple de Japonais me sollicite pour connaître le chemin vers le Sacré-Cœur. Décidément, même l'univers repousse le moment de cette rencontre. Je lance des coups d'œil furtifs par-dessus le plan de Paris tandis que j'oriente les touristes. Il m'attend toujours. Plus d'excuses. Les Japonais renseignés, je traverse la rue qui me sépare du café et j'entre.

En me rapprochant de lui, je le surprends à relire nos échanges sur son portable. Certainement veut-il se remémorer ce c'est que l'on s'est écrit pour affiner son interrogatoire. Je l'interpelle. Il lève les yeux.

— Je t'attendais.

Comme je reste debout, plantée face à lui, il me dit :

— Assieds-toi.

Je dépose la grande enveloppe kraft que je trimballe depuis ce matin sur la table et m'installe.

— C'est ton bouquin ? me demande-t-il.

Sans attendre ma réponse, il tire l'enveloppe par un angle jusqu'à lui. Il poursuit :

— Avant de lire ton manuscrit, je veux entendre l'histoire de vive voix. Toute l'histoire. Je veux tout savoir. Tout. Dans les moindres détails.

Le serveur nous interrompt :

— Qu'est-ce que je vous sers, mademoiselle ?

— Un thé, s'il vous plaît.

Il enchaîne :

— Earl grey ? Darjeeling ? Bergamote ? Thé…

Je le coupe net :

— Le premier, c'est parfait. Merci.

Le serveur à peine reparti, mon rendez-vous relance la discussion :

— Alors, vas-y, je t'écoute.

Par où commencer ? L'histoire qu'il veut entendre, c'est la mienne. Je suis comme une pelote de laine qu'on a laissée s'emmêler au fond d'un panier. Je cherche le fil à tirer, les premiers mots à dire. Pour comprendre qui je suis, il faut connaître mon passé. Nous ne sommes que la conséquence des expériences vécues et je ne déroge pas à la règle.

J'ai quitté la France à l'âge de cinq ans pour vivre une enfance aux quatre coins du monde. J'ai déménagé trois fois en sept ans et suivi mes parents à chaque mutation de mon père. De retour à mes douze ans, j'ai toujours voulu sortir de la masse et faire quelque chose de ma vie. Quand j'étais ado, je voulais « laisser une trace ». Aujourd'hui, je dirais « avoir un certain confort ». C'est fou comme les priorités changent avec l'âge.

À dix-huit ans, j'ai débarqué à Paris et y ai vécu presque dix ans. J'y ai fait mon école de marketing et mon stage de fin d'études dans l'une des plus grosses agences de communication. Mois après mois, je suis passée de stagiaire à chef de projet junior, puis senior avant de finir par diriger le pôle de la conception graphique et événementiel. À l'époque, je sortais beaucoup, et comme je gagnais bien ma vie, c'était restaurant tous les soirs de la semaine et sorties en clubs le week-end. Je dépensais sans compter. J'aurais pu m'acheter un appartement, mais j'ai préféré me payer une vie sociale.

Peut-être ma situation paraissait-elle enviable, mais je n'arrivais pas à être heureuse pour autant. J'avais besoin pour exister d'être la meilleure partout. La deuxième place ne m'intéressait pas.

Beaucoup de mes amis de l'époque ne me fréquentaient que pour ce que j'avais à leur offrir : des invitations aux soirées et des contacts influents. Rarement prenaient-ils la peine de savoir qui j'étais vraiment. Je les appelle les « étoiles filantes ». Excepté Jérémy, témoin fidèle de mon passage dans la capitale. Quand je l'ai rencontré, il travaillait déjà dans la mode. C'était une soirée à l'Alcazar pour le lancement d'un magazine.

Il s'est approché de moi et m'a balancé :

— J'adore ton style. Toi, t'es une fille qui a de la gueule.

Je n'étais pas de celles qu'on déstabilise facilement, mais sur le coup, j'avoue, je n'ai pas su comment le prendre, alors j'ai souri. À ce moment-là, mon apparence comptait beaucoup. J'arborais un look à la Agyness Deyn : perfecto cuir, cheveux courts blond platine…

Il a enchaîné :

— Tu bosses pour le magazine, c'est ça ?

Je lui ai répondu être en charge de la direction artistique.

— Donc, tu vends n'importe quoi à n'importe qui ?

— Oui, et toi, tu mords à l'hameçon. Tu fais quoi, toi ?

— Je bosse dans la mode. Je vends des sacs à trois mille balles.

J'ai ri.

— Tu fais dans l'humanitaire, je vois.

— Je vends du rêve, chérie.

— Comme moi, finalement. Ça nous fait un point commun.

On s'est revu quelques jours plus tard au bureau et, depuis, on ne s'est plus jamais quitté.

Ma vie à cette époque pouvait se résumer à : métro-boulot-sorties (beaucoup)-dodo (peu, très peu, trop peu). J'étais l'archétype du hamster dans sa roue en quête d'un idéal impossible à atteindre. Je tournais consciencieusement en rond, et le pire était que je n'en avais même pas conscience.

Et est arrivé le 12 mai 2016. Un jeudi. Un jour comme un autre. Finalement le premier du reste de ma vie.

Je m'en souviens comme si c'était hier. On bossait depuis plusieurs mois sur une campagne de publicité pour une grande marque de cosmétique. J'avais l'impression qu'on jouait notre vie sur le choix des slogans. Trois réunions n'avaient pas réussi à mettre tout le monde d'accord. De mon côté, plusieurs projets s'étaient enchaînés ces dernières semaines et la pression se faisait de plus en plus grande. J'avais tenu jusqu'ici pour mon équipe et par passion pour mon métier. Mais ce jour-là, pendant la quatrième réunion, à 15 h 07, je me suis dit : « C'est donc ça, ma vie ? Ça se résume à me prendre la tête pour un putain de rouge à lèvres ? »

Alors, à la stupeur de tous, au beau milieu de la réunion, je me suis levée et je suis partie.

Devant l'ascenseur, j'ai croisé mon boss.

— Ça va, Élodie ?

Je ne lui ai pas répondu. Comme téléguidée, je suis rentrée chez moi, j'ai jeté des affaires en vrac dans un sac et ai pris la direction de la gare d'Austerlitz. Avec une seule idée en tête : sauter dans un train pour revenir sur les lieux de ma naissance, et me mettre à l'abri chez ma grand-mère Louise.

Dans mon sang coule un cocktail de stress et d'angoisse. Je ne me souviens pas comment je suis arrivée jusqu'à la gare. La seule chose dont je me souviens, ce sont les yeux perçants de la guichetière.

— Comment puis-je vous aider ? me lance-t-elle derrière son comptoir.

Je lui demande en bafouillant à quelle heure est le prochain train pour Issoudun. Alors qu'elle tape le nom sur son clavier, elle me regarde avec insistance, intriguée.

Sa curiosité de hyène remarque qu'un bout de vêtement est pris dans la fermeture éclair de mon sac. Elle comprend alors que je suis en fuite et trahit l'urgence de mon départ.

J'arrache le billet de sa main et file vers la voie 5. Le train part dans moins de deux minutes. À peine montée à bord, la porte se referme derrière moi. Je prends place côté fenêtre, dans le sens de la marche. Je ne veux pas voir Paris s'éloigner, je veux, au contraire, embrasser le paysage qui se jette sur moi à toute vitesse.

Je suis étrangement calme. Bercée par le rythme de la machine, je m'assoupis un peu et me mets à rêver. Je deviens une prisonnière devant la porte de l'établissement carcéral quelques minutes après sa libération. Perdue, je ne sais pas bien si je dois partir à droite ou à gauche. Qu'importe, avoir le choix me rend vivante. Le monde est à moi. Tout redevient possible.

J'ouvre les yeux lentement. La pierre et le béton ont laissé place aux arbres et aux champs. Le soleil commence à fatiguer quand j'arrive enfin à destination. « Issoudun, deux minutes d'arrêt. » Je suis la seule à descendre.

La gare de cette petite ville industrielle est laissée à l'abandon. Plus qu'une seule voie emporte les voyageurs deux fois par jour. Je traverse le bâtiment où deux alcooliques ont trouvé refuge.

Aucun taxi aux alentours. Il semble qu'ici la profession ait déjà disparu. Du haut de mon mètre soixante-deux, je décide de lever mon pouce espérant qu'une âme bienveillante me mènera à bon port.

Arrive une Renault Laguna qui s'arrête à ma hauteur. Tandis que je me penche, la vitre côté passager s'abaisse.

C'est une mère de famille d'une quarantaine d'années, avec ses deux enfants assis sur la banquette arrière. Ils me dévisagent.

— Ne leur en voulez pas, ils sont toujours un peu timides quand ils ne connaissent pas.

Je lui donne ma destination, elle répond :

— Montez, c'est sur notre chemin.

Je prends donc place à l'avant, mais ne dis mot. Ma conductrice respecte mon silence et ne cherche pas à en savoir plus. Le son de la radio envahit l'espace. Je pose mon front sur la vitre et regarde dans le rétro. Je n'arrête pas de me demander si j'ai pris la bonne décision. Je ne comprends pas pourquoi le doute se distille maintenant dans mon esprit. Ai-je été trop radicale ? Trop précipitée, peut-être ? Je me ressaisis et m'interdis ces pensées négatives qui ne mènent à rien. Je n'ai qu'une seule envie : retrouver ma grand-mère.

Arrivés sur la place du village, je brise le silence :

— Ici c'est très bien, je vais finir à pied. Merci à vous.

Et je file sous le regard toujours ahuri des gamins.

Je remonte la route qui longe le ruisseau. Je revois mon grand frère Nicolas s'y baignant l'été de mes treize ans. Rien n'a vraiment changé si ce n'est les lotissements d'habitation qui ont dévoré les champs de blé. Sur mon passage, des chiens aboient pour me rappeler que je suis devenue une étrangère.

Au bout de dix minutes de marche dans la nuit tombante, je passe la grande grille verte de la propriété et frappe à la porte.

— Mais qu'est-ce que tu fais là ?

Ma grand-mère est à la fois surprise et heureuse de me voir. Elle m'embrasse et me serre dans ses bras. Elle remarque alors le sac que je porte à l'épaule.

— Tu pars en voyage ?

Je ne réponds pas, je lui demande seulement la permission de rester chez elle quelque temps.

— Autant que tu voudras, ma grande.

Elle ne me pose aucune autre question et m'accompagne jusqu'à ma chambre.

— Comme tu peux le constater, elle n'a pas beaucoup changé. Celle de ton frère non plus, d'ailleurs. Je les garde intactes pour mes petits-enfants.

Je souris.

— Installe-toi tranquillement et rejoins-moi dans le salon, je te prépare quelque chose à manger, ça te fera du bien.

Je n'ai pas très faim, cependant je ne peux pas lui refuser ce plaisir.

Je m'écroule sur le lit. Je ne sais combien d'années ont passé sans que je ne revienne ici. Autour de moi, les posters restés accrochés au mur me rappellent mon adolescence. Cette époque me semble si loin. Sur les étagères, les premiers livres achetés pour quelques euros au marché du village : Truman Capote, Cyril Collard, *Le Petit Prince*... Me retrouver là ce soir me donne le sentiment d'un retour à la case départ, d'un pas en arrière. Mais, étrangement, il n'a pas le goût d'échec.

Dans le tiroir de la table de nuit, il y a ce cahier Clairefontaine vert dans lequel je dessinais. J'avais crayonné Icare. Ce personnage m'a toujours fasciné. Aujourd'hui, plus que jamais, nous nous ressemblons. J'ai, moi aussi, voulu m'approcher trop près du soleil. Mes ailes ont brûlé en ce soir de printemps.

À ce moment précis, ma vie ressemble à Tchernobyl au matin du tout premier jour : rien n'a survécu. J'ai l'impression d'être morte à l'intérieur.

— Tu descends ?

Ces quelques mots me rassurent et m'insufflent un semblant de vie. Je rassemble les forces qu'il me reste et rejoins ma grand-mère dans le salon.

Au centre de la table, un restant de pâté Berrichon me redonne l'appétit. Ce sont des petits bonheurs authentiques comme celui-ci que je suis venue chercher.

*

Le serveur nous interrompt :

— Le thé, c'est pour ?

Je fais signe que c'est pour moi. Une nouvelle bière se retrouve face à lui. Depuis le début de notre rendez-vous, il n'a rien dit. Il me dévisage ; il veut comprendre comment nos vies ont basculé. Comment nous en sommes arrivés là.

À côté de nous, deux filles viennent de s'installer. Leurs mains se rejoignent sur la table. Elles sont heureuses, et ce bonheur me met mal à l'aise. Ce n'est pas vraiment le bon moment, mais je ne peux pas leur en vouloir. Elles ne savent pas que je suis ici pour parler d'un amour qui n'est plus. D'un amour qui m'a hanté durant près de deux ans.

*

Très tôt, je me suis sentie différente, sans pour autant parvenir à mettre des mots sur ce que je ressentais. Dernière de la fratrie, mes parents m'ont toujours tout donné. Je n'ai manqué de rien, mais j'ai eu une enfance atypique. Mon père a été muté de nombreuses fois et, à chaque déménagement, je devais survivre au déchirement de tout quitter du jour au lendemain. J'avais le sentiment de toujours tout recommencer à zéro : nouvelle maison, nouvelle école, nouveaux amis… J'abandonnais, à chaque départ, mes repères d'enfant. À l'époque, Internet ne rétrécissait pas encore le monde et être une nomade, c'est scier ses racines. On a beau tenter de les planter dans la terre de nouveau, ça ne prend pas à tous les coups. Je me croyais condamnée à errer dans un monde qui ne me ressemblait pas. Cependant, les voyages m'ont appris des valeurs inestimables : le respect, le partage et la tolérance. Chez moi, c'était partout et nulle part à la fois.

Une vingtaine de jours ont passé depuis cet après-midi de mai où j'ai tout plaqué. Chaque matin, je reste avec Mamie Louise pour m'occuper de la longère. Elle a gardé quelques poules dans l'arrière-cour – pour le côté pittoresque. Elle s'est en revanche séparée du coq.

— Ils sont comme les hommes : chiants et bruyants. J'ai été une féministe avant l'heure ! me répète-t-elle souvent.

Elle me fait rire.

Je me lève tous les jours vers 8 heures. On se rend ensuite jusqu'à la place de l'église, histoire de marcher un peu. Le midi, je déjeune généralement avec elle. Deux fois par semaine, on part en voiture jusqu'à Châteauroux où elle a gardé quelques amies proches. J'en profite pour prendre un verre en terrasse place de la République et fouler le pavé des petites rues adjacentes. Je passe souvent faire un saut à la librairie de la rue Grande et me perds dans le rayon du développement personnel, quand ça n'est pas dans les essais féministes.

On rentre généralement vers 17 h 30. Je profite que la nuit tombe tardivement pour aller voir les chevaux de M. Ledoux.

Le soir, on dîne vers 19 heures. Une fois la vaisselle faite à quatre mains, Mamie file bouquiner. Elle accepte parfois de regarder un téléfilm ensemble.

Ce matin, en ouvrant mes volets, j'aperçois ma grand-mère dans la cour qui rentre à vélo de la place. Je lui lance un bonjour, elle lève les yeux et s'arrête devant moi.

— Ma chicotte (il n'y a qu'elle pour m'appeler comme ça), j'ai parlé avec Denise, la boulangère, elle me dit que, pour ton « beurne aoute », il faut que tu te mettes au sport. Ça te requinque un cheval, ça, le sport !

Burn-out. Le mot est lâché. En y réfléchissant bien, je crois que c'était un tout : la pression au travail a eu raison de moi. Je me suis rendu compte que si j'avais certes réussi ma vie professionnelle, ma vie personnelle était vide de sens. Entre *être* et *avoir*, je détenais l'*avoir*, mais me manquait cruellement l'*être* : aimer, être aimée, construire quelque chose. Il était vital que je me respecte enfin. J'avais envie de calme, de tout mettre sur pause. Mon téléphone n'arrête pas de sonner. On me cherche, on me demande des explications. Mon boss essaie de me persuader de reprendre mon poste. Je n'en ai ni l'envie ni la force. J'ai fait savoir ma démission par voie postale il y a maintenant un mois. Il la refuse encore.

Certains de mes amis s'inquiètent de ne plus être invités aux soirées. Sous prétexte de bienveillance, ils me laissent des messages, mais au fond ma santé mentale les importe peu.

Quant à reprendre une activité physique comme me le suggère Mamie Louise, j'y avais déjà songé. À Issoudun, il y a un club de handball. Les inscriptions n'ouvriront qu'en septembre prochain. En attendant, je cours tous les jours jusqu'au petit passage à gué des Briasques, celui qui traverse la rivière dans la forêt des Cordelles. Mon grand-père m'avait fait découvrir cet endroit un peu à l'écart. Il faut le connaître pour le trouver. On ne tombe jamais dessus par hasard.

*

Cela fait maintenant presque trois mois que je suis ici. Je vais mieux. Le mois d'août est merveilleux dans la région. Les champs se tapissent de fleurs sauvages et la nature s'habille d'un vert émeraude des plus surprenants. Depuis quelques semaines, je regarde les annonces pour trouver mon chez-moi. Je n'aurais jamais imaginé vivre chez ma grand-mère aussi longtemps. « Souviens-toi que le Temps est un joueur avide / Qui gagne sans tricher, à tout coup ! c'est la loi », écrivait Baudelaire.

J'ai repris une activité de communication en free-lance. Dans la région, je peine à trouver des clients qui me font confiance. Et puis, contrairement à Paris, en province, la communication n'est pas si développée ni essentielle. Cependant, je suis ravie de retrouver un peu de contact humain et de vrais enjeux auprès de petites PME.

Cet après-midi, j'ai rendez-vous au numéro 7 du chemin des Salines. L'homme d'une soixantaine d'années m'attend déjà devant le grand portail.

— C'est vous, Mélodie ?

Je n'ose pas le reprendre. La maison est en forme de L. Sur la droite, une vieille grange a été rénovée en garage. La bâtisse principale fait 69 mètres carrés. Un grand escalier en bois s'impose dans l'entrée. Sur l'aile droite, un joli salon, refait à neuf dans un style industriel, dénote avec les pierres aux murs. Sur le fond de l'entrée, une porte-fenêtre s'ouvre sur le jardin, sobre mais bien entretenu. Sur la gauche, une cuisine avec une verrière qui donne un vrai cachet à la pièce. À l'étage, deux chambres.

De bonnes ondes se dégagent de la maison. Je ne peux m'empêcher de comparer avec mes 27 mètres carrés à Paris pour 950 euros par mois. Ici, pour moins de la moitié, j'ai même un grand jardin.

Je remets mon dossier au propriétaire. Il m'annonce directement la couleur :

— Ma garantie, c'est que je connais votre grand-mère. La paperasse, c'est pour les Parisiens. Ici, on marche à la parole. Si vous la voulez, la maison est à vous. À une condition : je veux le loyer chaque 1er du mois.

Je m'y engage. Il me remet les clés. Le week-end prochain, j'emménage dans mon nouveau chez-moi.

Chapitre 1

C'est le grand jour. Aujourd'hui, je déménage dans ma nouvelle maison. Pas besoin de camion : arrivée avec juste un sac, après trois mois, ma vie se résume à deux grandes valises. Je ne sais pas encore combien de temps je vais rester ici. Mamie Louise a tenu à m'accompagner. Elle me questionne :

— Quand penses-tu rapatrier le reste de tes affaires ?

— Je ne sais pas encore. Pour l'instant, tout reste à Paris chez Jérémy. Je ne veux pas me mettre la pression. (Silence). Viens, on va voir le jardin, tu verras, c'est très sympa.

J'ai bien senti que ma réponse n'est pas celle qu'elle attendait. Il faut dire que depuis la mort de mon grand-père, elle se sent un peu seule ici. Mes parents, toujours en vadrouille, ne viennent que rarement la voir.

Elle s'accroche à mon bras pour que je la guide dehors. Le soleil de 10 heures est déjà brûlant. Elle demande à rester sur le côté ombragé du terrain.

— Tu vas être bien ici, me dit-elle d'un ton rassurant.

Ce qui me marque le plus, c'est le calme. J'avais oublié ce qu'était le silence. À Paris, ce même silence m'aurait effrayée. Je n'avais de cesse de vouloir le combler. La sérénité est une invitation à se retrouver face à soi-même et demande du courage. J'ai toujours évité ce rendez-vous intime, de peur peut-être d'y déceler mon mal-être. Ici, dans ce village, je vais devoir m'affronter, prendre soin de moi, essayer de me retrouver et savoir ce que je veux vraiment.

Quand je ne mets pas mon réveil, je peux dormir jusqu'à 11 heures. J'ai besoin de récupérer. Mon corps, machine incroyable, s'est mis en veille pour me protéger. Dormir pour ne plus penser.

Je cours tous les jours qu'il fasse grand soleil, qu'il pleuve ou qu'il vente. La musique dans mes oreilles rythme mes foulées sur l'asphalte. Je suis mon circuit habituel : je passe par le passage à gué, remonte ensuite le petit cimetière, passe devant l'église, la boulangerie – seul commerce du village –, puis je quitte lentement le goudron pour les chemins de terre et arrive enfin jusqu'à la forêt. Durant l'effort, j'inspire profondément. Je sens que je me reconstruis. L'envie renaît dans mon ventre, dans mes veines, dans chaque particule de mon être.

L'après-midi, souvent, je lis. Je m'intéresse à Virginia Woolf. Je netflixe mes soirées devant des séries comme *Bates Motel* et *Orange is the new black*.

Ce soir-là, alors que je m'apprête à aller me coucher, Jey me facetime. Quand j'étais à Paris, il n'y avait pas un soir où l'on ne s'appelait pas. Forcément, la distance a quelque peu distendu notre relation, mais elle n'en reste pas moins forte et unique.

— Ma chérie ? Ça va ? Tu ne te sens pas trop seule dans ton bled ?

— Non, ça va, ça me fait du bien.

— Je t'avoue que je ne comprends pas comment tu fais. J'aurais déjà pété un câble, à ta place. Mais bon, si tu dis que ça va, je ne descends pas ce week-end… glisse-t-il ironiquement. Je pensais passer du temps avec toi.

— Ça me ferait super-plaisir. C'est encore le bordel à la maison, mais tu es le bienvenu, tu le sais.

C'est la première fois qu'il prend la peine de venir me voir. Je crains qu'il ait du mal à s'adapter et qu'il s'empresse de tout critiquer. Ce monde n'est pas le sien. Jey est un garçon charmant, mais bourré de préjugés : la campagne, c'est nul, il ne s'y passe rien et les gens sont arriérés. J'aimerais qu'il voie ce que je vois et ressente ce que je ressens. J'irai le chercher à la gare vendredi soir.

À peine arrivé, Jey déverse son surplus d'énergie parisienne : il parle vite, ne lâche pas d'une seconde son téléphone et pose des questions sans se préoccuper des réponses. Il lui faudra bien quatre heures pour ralentir le rythme et retrouver un peu de sérénité. Je sais combien Paris peut rendre dingue : les gens sont toujours pressés et marchent vite. Au début de mes années parisiennes, je trouvais presque original de marcher lentement. De prendre mon temps et d'être à contretemps du monde qui m'entourait. Quelques semaines plus tard, je me suis surprise à courir, moi aussi, dans les couloirs du métro, et à suivre cette foule qui vit en permanence dans l'urgence. La ville est un monstre qui nous avale. Elle nous suce jusqu'à la moelle et nous recrache, broyés, sans le moindre remords.

J'en suis précisément là.

Nous passons le week-end à reparler de mon départ. On se marre en repensant à la tête qu'ont dû faire mes collègues quand ils ont su que je ne reviendrai pas. Enfin, j'annonce à Jérémy que je veux reprendre le handball.

— Ah bon ? Tu as fait du hand ? !

Je lui confie que je n'ai pas joué depuis l'adolescence. Durant quatre ans, j'ai évolué au poste de pivot. Un poste central, au cœur de l'action. Tout ce que j'aime. J'avais abandonné à mon entrée au lycée.

Je précise avoir trouvé un club dans la ville d'à côté, à une vingtaine de kilomètres. J'ai rendez-vous mercredi soir pour le premier entraînement de la saison. Quoi de mieux qu'un sport collectif pour retrouver une vie sociale ?

*

Mercredi soir, 19 heures, gymnase George-Sand. J'ai un peu le trac. C'est mon premier entraînement. Pierre (dit Pierrot), l'entraîneur, m'a proposé une séance d'essai. Il est particulièrement bienveillant à mon égard lorsqu'il s'adresse aux joueuses dans les vestiaires :

— Bon, les filles, je vous présente notre nouvelle recrue, Élodie. Je vous demande de l'intégrer au groupe. Comme vous le savez, le championnat est dans deux mois et on a que très peu de temps pour renforcer la cohésion. C'est important qu'on soit une équipe soudée si on veut mettre toutes les chances de notre côté.

Une des filles, brune aux yeux verts, le teint hâlé, s'avance alors et m'interpelle :

— Salut, j'suis Sara, la demi-centre de l'équipe.

Je n'ai pas compris pourquoi elle a trouvé utile de préciser son poste sur le terrain. Il est clair que cette Sara veut marquer son territoire et conserver ses acquis. J'ai immédiatement ressenti une certaine rivalité. Je n'avais pourtant pas l'intention de lui piquer sa place, mais cette petite phrase m'a donné encore plus envie de me surpasser sur le terrain.

Les autres membres de l'équipe se présentent chacune leur tour. Justine, Élise, Alix... Toutes sont si différentes et en même temps complémentaires. L'ambiance est bon enfant. On vient ici pour le plaisir de se défouler et pour le goût de la compétition. Ça me va bien.

Très rapidement, je me sens proche d'Alix, vingt ans, la benjamine du groupe. Une nana simple, un brin extravertie, qui a toujours le sourire ! À la fin de l'entraînement, elle me demande si j'ai une copine. Je suis surprise de cette question assez intime. Son jeune âge lui donne une certaine impertinence. Ça me fait rire. Comment a-t-elle su que j'aimais les femmes ? Ai-je manqué à ce point de discrétion dans les vestiaires ? J'ai beau me faire les ongles, et parfois porter des talons hauts, c'est peut-être mon look un peu garçon manqué qui lui a fait prendre des raccourcis.

Malgré l'effort des filles pour m'intégrer, je suis encore réservée, un peu sauvage, dans l'observation. J'ai besoin de temps. Inévitablement, elles et moi venons de deux univers très différents. Je n'ai pas l'impression d'avoir beaucoup de points communs avec elles, sauf avec Alix justement. Je suis un peu l'ovni du groupe.

Leur vie semble toute tracée : se marier, avoir des enfants, acheter une maison. Ce diktat leur est inculqué dès leur plus jeune âge. Moi, tout ce que je construis dans ma vie s'inscrit dans une volonté de liberté, de curiosité. Je vomis les chemins tout tracés.

*

La fin d'année approche et Jey veut absolument que je passe le nouvel an avec lui à Paris. J'hésite beaucoup. Je crains que tout ne me revienne comme une gifle à la figure.

Début décembre, je reçois une lettre de sa part. Il y est écrit :

« Plus d'excuse. Tu viens à la maison. Tu trouveras ton billet dans l'enveloppe. Tout le monde t'attend. Je viens te chercher à la gare le 31 en début d'après-midi. Ne te pose pas de questions. Monte dans le train et fais-moi confiance. Je t'aime fort.

Ton Jey. »

*

Cette année, Mamie Louise est fière de dire à ses cousins et cousines qu'elle ne sera pas disponible pour la veillée de Noël. C'est bien la première fois en sept ans.

— Je passe Noël avec ma petite-fille ! rabâche-t-elle à qui veut l'entendre dans le village. C'est le plus joli cadeau que la vie puisse lui offrir.

Nous dînons près de la cheminée avant de rejoindre l'église. Ma grand-mère passe toujours y déposer un cierge pour mon grand-père.

— Il y a bien longtemps que la messe de minuit n'est plus célébrée ici. Nous n'avons plus de prêtre attitré au village, se désole-t-elle, les mains jointes devant la flamme vacillante.

Une semaine plus tard, Jérémy m'attend comme convenu sur le quai de la gare. À ma descente du train, ses bras sont théâtralement tendus vers moi, à la façon d'une mère sicilienne. Il me serre fort tout en nous faisant danser de gauche à droite et en me glissant à l'oreille « Tu es là ! Tu es là ! ». Mon message lui confirmant ma venue n'avait sans doute pas suffi à le convaincre. J'avoue ne pas l'avoir été moi-même. Je vis au jour le jour. Planifier des choses m'est encore difficile.

Dans le métro qui nous conduit chez lui, il me raconte ce qu'il a organisé pour ce soir, des « Tu vas voir, ça va être génial ! » et des « Tu vas a-do-rer » ponctuant chacune de ses phrases. Il a même prévu une surprise. Je n'aime pas ça. Tandis qu'il énumère le sommaire des festivités, mes yeux se perdent dans les tunnels. Je ressens un peu d'anxiété d'être revenue à Paris. Le bruit, les odeurs, la saleté, les gens aux visages éteints m'insupportent. Je redeviens cette goutte dans un océan de plastique et de vase. Je veux remonter à la surface ; maintenant, là, tout de suite. En sortant du métro, je souffle un grand coup et me dis : « Jusqu'ici, tout va bien. »

Pas même le temps de se poser chez Jey qu'il m'emporte avec lui dans le tourbillon de ses derniers préparatifs : rendez-vous chez son coiffeur à 17 heures pour être parfait le soir même, récupérer ses affaires au pressing et passer chez le caviste pour le champagne. Je n'ai pas mon mot à dire. Je le suis sans broncher, quelque peu agacée qu'il ne se soit pas occupé de cela avant mon arrivée. Il est comme je l'ai toujours connu, dans son monde sans se soucier de ceux qui l'entourent.

De retour chez lui, il est temps de se préparer. Pendant que je suis sous la douche, il frappe à la porte de la salle de bains et dépose une coupe de champagne glacée sur le recoin du lavabo. J'apprécie le geste.

Je troque mes baskets pour des escarpins et maquille légèrement mes yeux. Jey m'emmène dîner en tête-à-tête dans un restaurant très sympa près des quais. Il s'intéresse enfin un peu à moi, me pose des questions sur ma nouvelle vie. On rit beaucoup, ça m'avait manqué. J'en oublie presque que je suis à Paris. Je ne sais pas si c'est l'ambiance feutrée qui porte à la confession, mais au moment du dessert, il m'avoue m'en avoir voulu d'être partie du jour au lendemain. Je suis surprise, je n'avais pas pensé à ça. J'ai été forcément un peu égoïste… De s'être dit les choses me fait du bien. Nous finissons le repas, complices comme avant.

Nous sortons du restaurant et nous nous dirigeons plus près de la Seine. Sur une des péniches accostées, une soirée privée a lieu.

— Nous sommes attendus ! me lance-t-il en sortant une invitation de sa veste de smoking.

C'était donc ça, sa surprise. Je suis contrariée mais, là encore, je ne dis rien. Je constate qu'il ne comprend toujours pas que j'ai changé. Je ne suis plus la même Élodie. Le vent du soir emmène jusqu'à nous le bruit sourd de la musique, les rires et quelques bribes de conversations. Je sens qu'il est tout excité de rejoindre la fête. Alors que moi, pas du tout. Je marque un temps et m'arrête net en chemin. Il insiste :

— Allez, ça va être cool ! Ça fait déjà vingt minutes que Juliette et Andrew nous attendent !

Je ne veux pas entrer en conflit avec lui ce soir. Je me fais violence. J'attrape la main qu'il me tend et le suis.

Le colosse de l'entrée nous accueille sans un sourire et nous souhaite une « bonne soirée » avec un accent fort des pays de l'Est. L'endroit est atypique. La péniche a été complètement restaurée en lieu de débauche pour une jeunesse en mal d'avenir. Les chandeliers en cristal et les fauteuils de style Louis Philippe dénotent avec la musique électro mixée par ce fameux DJ israélien que tout le monde s'arrache. Le dress code se veut *branché chic*. Les invités ont la trentaine, bossent dans le cinéma, le droit international ou la finance. Les filles que je croise dans les toilettes ne rêvent plus du prince charmant depuis longtemps. Elles leur préfèrent de loin un mec blindé. Pour garder leur taille 34, elles s'enfilent des lignes blanches dans les narines. Ça me dégoûte. Ici tout pue le fric, les gens sont là pour parader, tout n'est qu'artifice.

Ce soir, j'ai ouvert une porte sur mon passé. Jey a ravivé de vieux souvenirs et, en pensant me faire plaisir, m'a propulsée exactement dans la vie que j'avais fuie ce fameux jour de mai. Ce genre de soirées était mon quotidien ; quand je n'y étais pas invitée, je les organisais pour le compte de grands magazines. J'adorais mon job et je m'étais battue pour en arriver là. Cependant, aujourd'hui, je sais que l'argent que j'ai gagné et la carrière que j'ai construite ont seulement flatté mon ego et rempli mon compte en banque. Je n'étais pas heureuse pour autant. Désormais, j'ai besoin de retrouver la vraie valeur des choses et la simplicité des sentiments.

Les premières heures de la nouvelle année sont tout de même légères et insouciantes. Je finis par me prendre au jeu, me lance et danse. Je profite un peu de l'instant. Vers 3 heures du matin, nous quittons la soirée en taxi. Sur la banquette arrière, j'ai le droit au même monologue que dans le métro, hier, à mon arrivée : Jérémy commente la soirée dans les moindres détails, critique les filles qui ont trop bu et qui manquent d'élégance, les mecs surfaits et trop sûrs d'eux. Il me fait rire quand il devient chroniqueur mondain. Mais, arrivée à la Concorde, je décroche de notre conversation. Notre taxi traverse de part en part la place vide et majestueuse, roulant sur les confettis que le vent fait danser. Sur le trottoir, un homme et une femme s'embrassent. Je les trouve beaux de vérité. Cet instantané dans la nuit est comme un déclic dans ma tête : ma vie n'est plus ici. Ces mots me rendent forte car c'est peut-être la première fois que je comprends que j'ai guéri de Paris. Et que, maintenant, chez moi, c'est ce petit village de 521 âmes à mi-chemin entre Issoudun et Châteauroux. C'est là que je me sens bien.

Premier jour de 2017. Quand je me réveille, vers midi, Jey m'attend avec des croissants. Il essaie de me retenir – « Je ne fais même pas ça pour un mec, t'imagine… Tu vas tellement me manquer, ça me saoule déjà. Annule ton train, reste avec moi quelques jours de plus… Personne ne t'attend là-bas. » Je n'ose pas lui dire qu'il se trompe et que j'ai promis à Alix de passer la voir ce soir. Je lui mens et prétexte que ma grand-mère est seule, que je compte rester avec elle. Je prends des pincettes chaque fois que je m'adresse à lui. J'ai toujours un peu peur de son jugement. Il accepte difficilement que je me fasse de nouveaux amis. J'ignore s'il a cru à mon mensonge, en tout cas il a eu la gentillesse de faire bonne figure.

Il me raccompagne à la gare.

Dans le train du retour, je contemple de nouveau le béton laissant la place à la verdure, comme en mai dernier… Je ne l'explique pas encore, mais je sens que cette année sera celle d'un changement. Ce sentiment m'apaise, me rend forte et confiante à la fois.

*

Février.

Ma vie est entrée dans une routine qui me rassure : les mercredis soir, je vais aux entraînements de hand, les samedis soir, aux matchs, et le reste de la semaine, je prends le temps de démarcher de nouveaux clients.

Mon cercle d'amis s'est élargi. En plus d'Alix, je me suis rapprochée de Justine et Élise, respectivement vingt-huit et trente-deux ans. Elles ont des vies posées, bien rangées : l'une est mariée et mère de trois enfants, l'autre est maman solo d'une ado de douze ans. Alors que moi, à vingt-huit ans, j'ai tout à construire… On a pris l'habitude de se retrouver après les matchs et, chaque samedi soir, je partage un peu de leur quotidien.

Justine : — J'ai été convoquée par la directrice d'école. Agathe a coupé les cheveux de Romane. Je ne te raconte pas le drame. J'ai dû aller m'excuser auprès de Carole et Thibault. Ils étaient verts.

Élise : — Il ne faut pas tuer la créativité des enfants ! Haha ! D'ailleurs, vous avez vu la coupe de cheveux des jumeaux d'Aymeric et de Sara ? Je pense qu'elle a voulu essayer un truc mais, là, ce n'est juste pas possible…

Moi : — D'ailleurs, ça fait un bail qu'on la voit plus, Sara. On sait pourquoi elle ne vient plus aux entraînements ni aux matchs ? Elle est toujours licenciée du club pourtant…

Alix : — Elle ne va pas super-bien. Grosse pression au boulot et elle se sent un peu seule à la maison.

Moi : — Ah merde ! Je l'ai croisée vendredi dernier en faisant mes courses et j'ai changé de rayon. C'est nul, mais… je n'ai rien à lui raconter. Après ce que tu viens de dire, je me sens un peu minable. Si j'avais su…

Le mal-être de Sara fait écho en moi. Mon ton devient plus grave. J'ajoute :

— Elle a des amis, de la famille ? J'espère qu'elle n'est pas seule.

— Tu sais, elle a beaucoup de fierté, me répond Alix. J'ai appris qu'elle n'allait pas bien en discutant avec une amie, qui est également une de ses collègues. Sara, elle, elle te dira toujours que tout va pour le mieux. Dans les petits villages, les commérages vont vite, alors si tu ne veux pas être emmerdée, tu partages le moins possible. Tu souris et tu donnes le change.

J'apprends là ma première leçon de vie à la campagne : sourire en toutes circonstances.

*

Un soir d'avril, j'arrive au gymnase. En poussant la porte, j'entends les rires qui résonnent dans la salle. Dans le vestiaire, les filles se changent. L'ambiance est joyeuse, on s'entend à peine parler. Surprise, je remarque que Sara est là. Après une longue pause, elle reprend l'entraînement. J'enfile mon short, lace mes baskets, attrape ma bouteille d'eau dans le fond de mon sac, quand j'entends Camille assise à côté de moi dire :

— Alors Sara, ça va mieux ?

— Ce n'est toujours pas la grande forme, répond-elle, je n'ai toujours pas repris le boulot… Mais ça va un peu mieux depuis samedi soir…

Elle s'arrête un instant, comme pour donner plus de solennité à ce qui va suivre.

— Aymeric m'a fait sa demande en mariage. C'est pour l'année prochaine !

Porté par la bonne nouvelle et le large sourire de Sara, l'ensemble de l'équipe la félicite. Je ne suis pas sûre qu'une demande en mariage soit le meilleur remède pour soigner une dépression, mais après tout, s'ils s'aiment… L'heure est aux embrassades, alors je suis le mouvement. Pour autant, je ne peux m'empêcher de rester perplexe : Sara s'est souvent plainte dans les vestiaires de sa vie conjugale. Je ne l'ai jamais vraiment sentie épanouie dans son couple. Mais après tout, qui suis-je pour juger ? J'ai vécu trois ans avec quelqu'un, je sais combien la vie à deux peut être parfois compliquée. Je partage l'avis des filles qui en font l'expérience, ce n'est jamais simple. Lors des discussions sous les douches, j'en ai entendu plus d'une vouloir prendre sa revanche face au modèle patriarcal. Bien souvent, malheureusement, elles mènent une révolution éphémère le temps de se déshabiller pour finalement rentrer chez elles et se mettre aux fourneaux pour leurs hommes. Quel gâchis ! C'est dans ces moments-là que je prends conscience que je n'ai pas besoin d'un mec dans ma vie.

L'entraînement commence. Pierrot nous donne un exercice de duel défensif. Le but est de faire circuler la balle et de chercher à contourner le défenseur pour aller marquer le point. Je suis en binôme avec Sara. J'ai le rôle de l'attaquante, elle est en défense, rôle qu'elle tient sans grande conviction : son visage est fermé, sa tête ailleurs, et ses mains laissent filer les balles que je lui envoie. J'ai du mal avec cette fille. Elle ne m'inspire pas confiance, je la trouve un peu trop sûre d'elle. Je la revois s'avancer en se présentant comme leader de l'équipe. Comme elle m'agace, j'en profite pour marquer plusieurs buts avant que, prise de remords, je l'encourage à se ressaisir. Son passage à vide me rappelle mon état quelques mois plus tôt. Alors, même si nous ne sommes pas proches, j'essaie malgré tout de détendre l'atmosphère, car je sais combien la vie peut être difficile quand rien ne va.

L'entraînement terminé, les filles quittent le terrain. Je ne remarque pas Sara sur ma gauche. Elle s'approche et me dit timidement :

— Merci pour tout à l'heure. C'était cool de ta part…

Attitude inattendue de Sara-la-fière. Je lui demande :

— Comment tu te sens ?

— Mieux, merci, me répond-elle.

Dans le ton de sa voix, pour la première fois, je décèle quelque chose de sympathique, d'humain.

Une fois sous la douche, on ne parle que de la soirée des séniors féminines prévue samedi soir après le match. L'occasion de fêter l'anniversaire de Pierrot, notre coach au grand cœur. Âgé d'une cinquantaine d'années, exigeant, rigoureux et très proche des joueuses, il est imposant avec son mètre quatre-vingt-dix et ses cheveux grisonnants. Il a passé sa vie à jouer au hand et à l'enseigner. En très peu de temps, il est devenu pour moi une figure paternelle, rassurante. Un pot commun est prévu pour lui permettre de partir en Espagne le temps d'un week-end. Je propose mon aide pour préparer la soirée.

— On va te trouver un truc à faire, ne t'inquiète pas ! me lance Alix.

Arrive le samedi suivant et la victoire de notre équipe 22 à 15 ! Pierrot est heureux, son sourire contagieux. La presse locale a fait le déplacement pour écrire un article sur le championnat et Pierrot, tout à sa fierté, évoque l'avenir de l'équipe avec la journaliste venue l'interviewer. Quand il regagne sa voiture garée devant le gymnase, toutes les filles, cachées derrière les véhicules stationnés, se mettent à hurler : « Surprise ! » Il est touché, ça se voit. La fête peut commencer.

Comme convenu, Alix a apporté son barbecue, les autres se sont occupé de la viande. J'étais en charge du pain et des gobelets. Quelques-unes des filles sont venues accompagnées de leur conjoint, eux-mêmes licenciés du club. Instinctivement, je passe la soirée avec Justine et Élise à me marrer, comme d'habitude. Alix insiste pour que je serve la petite foule qui s'est amassée devant le saladier de punch – « Aide-moi, Élo, je n'ai pas quatre mains… » Tandis que les hommes s'affairent au barbecue, je remplis les verres tendus devant moi. L'alcool aidant, les esprits s'échauffent et les langues se délient. Derrière le bar improvisé fait d'une planche et de tréteaux, j'entends Sara et Alix évoquer un certain ras-le-bol.

— De toute façon, tous les mecs sont pareils ! Je vais peut-être finir par changer de bord, dit Sara, non sans humour.

— Mais attends, je pensais qu'Aymeric t'avait demandé en mariage ? Tu veux la robe et la bague, mais sans le gars ?

Les deux filles explosent de rire.

Et Sara d'ajouter :

— Élodie, si ça te tente, on prend rendez-vous !

Alix surenchérit :

— Élo, tu as entendu ? Y a une place à prendre, Sara a envie que tu l'inities.

La blague me met immédiatement mal à l'aise, car même si je n'ai jamais caché mon homosexualité, je n'en ai jamais fait un étendard pour autant. Je fais alors ce que j'ai appris en arrivant ici : sourire en toutes circonstances.

Arrive le gâteau d'anniversaire de Pierrot. Tout le monde se met à chanter un « Joyeux anniversaire » à la mélodie approximative. Pierrot souffle ses bougies sous d'encourageants « Allez coach ! » et des applaudissements.

Je n'ai pas remarqué que Sara était venue s'installer à côté de moi. Elle sourit, elle a l'air contente d'être là.

Je le lui fais remarquer. Elle ne me répond pas, mais me fait signe de la suivre et m'invite à m'asseoir sur un banc à quelques mètres du groupe. Verre à la main, elle me confie que c'est devenu compliqué au travail et qu'à la maison, c'est pas la joie ! Financièrement, c'est également difficile depuis plusieurs mois. Elle semble complètement paumée.

Cette confidence me surprend autant qu'elle me touche. On ne se connaît finalement pas beaucoup. Depuis mon arrivée au club, on se parle très peu pour ne pas dire jamais. J'ai souvent reproché à Sara de n'être ni dans l'écoute ni dans le partage. Je comprends ce soir que tout cela résulte d'un manque de confiance en elle. Elle a un besoin viscéral d'exister à travers le regard des autres. Je la pensais arrogante, je la découvre sensible et presque attachante. J'ai devant moi une femme perdue, une maman fragile et épuisée. Son mal-être me parle. Je sais ce que c'est de péter les plombs.

Je lui explique être passée par là quelques mois auparavant et que la meilleure solution pour m'en sortir a été de changer ce qui n'allait pas dans mon quotidien – si tant est que l'on soit capable de s'écouter, d'identifier ce qui cloche et d'aller au bout de ses envies. Sara est curieuse de me connaître et me pose alors un tas de question sur mon passé. Ma vie – un conte de fées à ses yeux – l'intrigue. Elle veut tout savoir : comment j'en suis arrivée là, quels pays j'ai visités, combien de femmes j'ai eues… Je répète à Sara à quel point j'étais malheureuse et remplissais le vide autant que les verres de punch. Ça la fait rire.

Alix s'est extraite du groupe et s'approche de nous.

— Alors les filles, on fait bande à part ? Vous venez ou quoi ?

Sans même que je n'aie eu le temps d'ouvrir la bouche, Sara lui répond :

— On arrive dans deux minutes.

Elle se tourne ensuite vers moi et me demande si j'ai déjà eu des hommes dans ma vie.

Je lui réponds que non, pas vraiment. Je lui avoue que j'ai l'impression parfois d'être une extraterrestre, incomprise de tous. Elle me confie qu'elle se sent exactement comme ça aussi. On se sourit, comme si on se comprenait pour la première fois. Je lui fais d'ailleurs remarquer que ça nous fait un premier point commun.

Au cours de notre conversation, je lui parle de mon emménagement. Elle s'exclame :

— Sérieux ?

— Oui, sérieux, j'ai quitté Paris…

Elle me coupe.

— Non, je ne te parle pas de Paris, je te parle du village, j'y vis aussi.

Sara a fait construire un pavillon à deux kilomètres de ma maison. Deuxième point commun.

La discussion est légère, on parle de tout, de rien. Elle rit à mes blagues et, emportée par mon élan, je la relance sur le sujet évoqué une heure plus tôt :

— Alors comme ça, tu voudrais coucher avec une femme ? Je te rappelle que ton mec vient de te demander en mariage. Et puis tu sais : essayer une fois, c'est prendre le risque de ne plus s'en passer.

Sara se marre de plus belle, boit une gorgée de bière et me répond spontanément, d'un ton affirmé :

— Je n'ai pas envie de mourir idiote, j'aimerais tenter l'expérience avant mon mariage… Juste une fois, pour essayer.

Chapitre 2

La nuit fut courte. Rentrée à 1 heure du matin et réveillée à 7 h 30 pour aller courir. Encore emmitouflée sous la couette, je passe un petit quart d'heure sur les réseaux sociaux. À 7 h 43, je reçois un message de Sara sur ma messagerie Facebook. Je suis étonnée, c'est bien la première fois.

Elle écrit : « Salut, tu vas bien ? Merci de m'avoir écoutée hier, je me suis sentie comprise. Au fait, on prend rendez-vous quand ? ;) » Cette dernière phrase et ce smiley qui fait un clin d'œil attisent ma curiosité. Je lui réponds aussitôt. Commence alors un échange sur la soirée de la veille, sur sa famille et la phase délicate qu'elle traverse, mais aucune allusion à cette invitation. Puis elle me donne son numéro de téléphone, « Ça sera plus simple », écrit-elle.

Nous échangeons une bonne dizaine de SMS. Que des banalités. Elle m'informe qu'elle viendra à l'entraînement mercredi et me demande si j'y serai. Je confirme. Je me dis qu'elle a très envie de me voir et ça me fait sourire.

Il est déjà 8 heures, elle me remercie pour notre échange et file travailler. Elle écrit « à plus tard » avec un smiley cœur, signe que l'on s'écrira certainement de nouveau dans la journée.

Je sors du lit. J'enfile short, brassière, baskets et pars courir. Pendant mon footing, je repense à ce qu'elle m'a écrit. Son attitude me trouble : autant le fait qu'elle ait voulu me parler à l'écart du groupe la veille que ce message au saut du lit. En moins de vingt-quatre heures, nous avons partagé bien plus qu'en plusieurs mois.

Je rentre quarante-cinq minutes plus tard : douche, jus d'orange – je n'aime pas le café – et je m'attable dans le jardin pour commencer ma journée. Le vrai plaisir d'être à son compte, c'est de pouvoir faire de tous les endroits du monde son bureau. Aujourd'hui, c'est la terrasse, demain, certainement le canapé. C'est une liberté totale : je choisis quand, où, comment et surtout avec qui je veux travailler.

Il est midi pile quand mon téléphone bipe. C'est encore Sara qui m'envoie un « Ça va ? ». Elle est en pause déjeuner et semble vouloir continuer la conversation entamée quelques heures plus tôt. Je souris en pensant qu'elle ne peut plus se passer de moi. Le mail que j'écris peut bien attendre, je préfère reprendre le fil de mes SMS avec elle. On parle de nouveau de tout et de rien, comme si nous savions toutes les deux que nous évoquerions des sujets importants plus tard. Chaque chose en son temps. J'ai le sentiment qu'elle ne veut pas casser le fil fragile qui s'est noué entre nous depuis hier. Elle se dévoile et veut en apprendre plus sur moi. Je joue le jeu. On s'apprivoise lentement.

*

Cela fait maintenant une bonne semaine que Sara m'écrit quotidiennement pour prendre de mes nouvelles. La complicité des premiers jours a laissé la place à une séduction affirmée et assumée. On se tourne autour, on se taquine. Elle fait souvent allusion à cette déclaration faite le soir de l'anniversaire de Pierrot : « Quand est-ce qu'on le prend, ce rendez-vous ? »

Je souris et lui retourne la question.

Ses mots ne mentent pas : je ressens son désir à chaque message envoyé, mais je veux être sûre que cette aventure d'un jour soit mûrement réfléchie. Je ne veux pas qu'elle fasse une erreur. Elle n'a certainement pas envisagé toutes les conséquences. Elle affirme et me répète qu'elle veut essayer. « Et ce sera avec toi et pas une autre ! » J'en suis flattée.

Je la mets en garde : faire l'amour avec une femme est une expérience qui peut être perturbante pour celles qui ne l'ont jamais fait. Car, non seulement, le plaisir est intense, mais il est fusionnel. Quand les corps se mélangent, les émotions sont d'autant plus fortes. Pas question de satisfaire le désir de l'autre pendant une vingtaine de minutes, comme dans certaines relations hétérosexuelles. Entre femmes, faire l'amour peut prendre des heures et l'orgasme se répéter plusieurs fois. Comme pour les hétéros sans doute, mais on ne m'enlèvera pas l'idée qu'une femme connaît mieux les attentes d'une autre femme. Une étude britannique de 2014, menée par l'International Society for Sexual Medecine sur laquelle je suis tombée il y a quelques jours, démontre que les femmes ayant une partenaire féminine atteignent l'orgasme 75 % du temps, contre 61 % avec un partenaire masculin.

Se retrouver contre un corps qui nous est familier, tendre et rassurant, ce bien-être peut chambouler ses croyances les plus enfouies. Mais Sara ne m'entend pas ; elle me répète que c'est juste pour une fois, comme ça, pour voir, et que ce dont je parle ne lui arrivera pas.

Je dois bien avouer que l'idée de lui faire découvrir la sexualité avec une femme m'excite beaucoup. C'est un fantasme fort commun. Et puis, je suis absolument sûre de ne vouloir nouer aucun sentiment avec elle. Sara n'est pas mon style de femme. Bien qu'elle soit assez féminine, elle n'est pas sophistiquée pour autant. Je les aime raffinées, charismatiques, légères et vaporeuses. Sara se moque de son apparence. Je comprends bien sûr que ça ne doit pas être simple avec deux enfants à élever, mais elle ne fait aucun effort : jeans usés, baskets délavées et souvent les cheveux pas coiffés. Elle est de ces mamans qui oublient qu'elles sont des femmes avant tout.

Au fur et à mesure de nos échanges, je découvre une Sara à deux facettes : une sociale et une autre, intime. Quand elle est en groupe, elle a ce besoin d'être au centre de tout, de donner la meilleure image possible, quitte à manquer de spontanéité et parfois de sincérité, ce qui la rend détestable… Dans les mots qu'elle m'envoie, en revanche, drôles et tendres, je ressens de la bienveillance à mon égard.

Et si Sara avait seulement besoin d'être aimée ?

*

7 h 34.

Elle : Bonjour :)

Moi : Salut, bien dormi ?

Elle : Super et toi ?

Moi : Bien. Je me réveille doucement.

Elle : Tu m'as dit que tu courais parfois. Je voulais savoir si ça te branche qu'on y aille ensemble.

Moi : Avec plaisir. Justement j'y vais ce matin.

Elle : Je bosse moi :(Je finis à 15 heures.

Moi : Écoute, je peux t'attendre si tu veux. On y va quand tu sors du boulot.

Elle : Tu ferais ça ? C'est adorable. On se dit RDV à 16 heures ?

Moi : OK, ça marche.

J'ai hâte.

*

Je dois passer la récupérer chez elle. C'est la première fois que l'on se voit en dehors du hand. Je ressens une drôle de sensation, mélange d'excitation et de crainte, que je ne m'explique pas. Elle m'a envoyé son adresse, un nouveau lotissement à la sortie du village. La maison, un joli pavillon, est assez récente. Sara m'accueille sur le pas de la porte et me propose immédiatement d'entrer pour me faire visiter. Pénétrer dans l'intimité de sa famille me met particulièrement mal à l'aise. Elle a dû s'en rendre compte quand j'ai demandé si ma présence gênait. Elle chasse le doute immédiatement.

— Oh, t'en fais pas, Aymeric n'est pas là et les jumeaux sont à l'école.

À l'entrée, sur le mur, un grand cadre enferme de nombreuses photos d'elle avec son homme et ses enfants. Je remarque que celles de son couple ne sont pas récentes. Elles sont les témoins de leurs premières années, du début de leur romance. Alors que je les regarde avec insistance, elle s'approche de moi.

— On est toujours heureux sur les photos, hein ? murmure-t-elle. Viens voir le salon.

La pièce est assez moderne, mélange de bois, de fer et de verre. Au fond du couloir, deux pièces. En ouvrant la porte de l'une, elle lance :

— Et voici ma chambre…

Elle est décorée simplement. La couleur violine des murs me laisse penser que son homme n'a pas eu vraiment son mot à dire. À l'étage, un bureau, une grande salle de jeux et deux jolies chambres d'enfant. En redescendant l'escalier, elle s'inquiète de savoir si l'on va courir longtemps ou pas. Elle craint de ne pouvoir me suivre après deux mois d'inactivité.

Sur le pas de la porte, elle lace ses Nike trouées sur l'avant. Elle ne voit pas encore l'intérêt de les remplacer.

Le temps est agréable en ce milieu d'après-midi de mai. Dans la voiture, on parle de tout et de rien. Je roule vers le parcours de santé qui longe la forêt où j'ai parfois l'habitude de courir. Je me gare près du bois, puis nous nous lançons en petites foulées sur le sentier. Au bout de quelques minutes, elle me sourit et me regarde avec insistance. Je lui dis :

— Quoi ?

— Rien.

Je lui souris à mon tour. Elle continue de me dévisager sans même esquiver les regards que je lui lance. Je ressens une forte attirance entre nous et une sensation brûlante m'envahit. Je lui prends la main et l'emmène un peu plus vers le bois. Elle me suit sans résister. Je sais ce qu'elle attend de moi. Elle ne prononce pas un mot. De toute façon, les mots ne servent à rien quand le corps s'exprime. Alors que ses yeux me dévorent, je tire vers le bas le curseur de la fermeture éclair de sa veste de survêtement. Je m'attendais à découvrir l'encolure d'un tee-shirt mais, sous chaque dent de métal qui s'ouvre, sa peau nue se dévoile un peu plus. Elle ne porte rien en dessous ! À ce moment-là, je sais qu'elle a prémédité ce qui va se passer entre nous. Je lui en fais la remarque. Elle se met à rire.

Je la déshabille lentement, lui demande de s'allonger sur le sol, elle s'exécute. Je lui ôte son pantalon de jogging. Elle est complètement soumise et j'aime ça. J'ai le sentiment que le lâcher-prise est quelque chose de nouveau pour elle. Je reste habillée pour bien lui montrer qui dirige. Elle est offerte, je suis la maîtresse du jeu.

À l'abri des regards, mes mains épousent alors ses formes allongées sur l'herbe. Ma langue parcourt chaque recoin de son corps. D'abord son oreille droite, puis son cou, sa poitrine… Les règles sont claires : ça n'est qu'une aventure, je ne l'embrasse pas. Je n'y arriverai pas de toute manière, j'ai cette pudeur-là. Ses tétons durcis par l'excitation pointent vers le ciel quand son corps se cambre contre le sol. Elle gémit pour m'assurer qu'elle aime ça. Je me demande si son homme s'attarde autant que moi sur ces zones de plaisir.

Je lui écarte ensuite les cuisses pour en faciliter l'accès. À peine ma langue effleure-t-elle ses jambes qu'elles commencent à trembler. Sara est ailleurs, le plaisir semble l'envahir. Elle se mord les lèvres comme pour en retenir le moindre son. Ma langue continue sa descente. Je lui lèche avec douceur le clitoris, puis accélère le mouvement au bout de quelques minutes. Sa respiration est saccadée, elle s'agrippe à mes cheveux courts, son corps se tord. Je gobe son nectar qui dégouline abondamment, lui introduis un doigt, puis deux... avec des va-et-vient jusqu'à stimuler son point G. Elle positionne son avant-bras sur son visage ; elle le mord pour étouffer son cri. Son corps danse autant qu'il suinte à l'instant où elle jouit.

C'est la petite mort, sa tête en arrière semble vouloir chercher un peu d'air, reprendre un souffle normal. Elle inspire profondément avant que ne se dessine un large sourire sur son visage. Elle me regarde et me souffle :

— Wahou, putain, Élo, c'est un truc de fou.

Tandis qu'elle se redresse, ma main la plaque de nouveau rapidement au sol. Je continue à lui faire l'amour. Ma langue reprend du service. Quelques minutes plus tard, deuxième orgasme, d'une intensité rare qui la fait se tordre dans tous les sens et lui arrache des gémissements de plaisir. Ses jambes continuent, elles, de trembler...

Il est 17 heures, l'heure de récupérer ses enfants. Je l'observe se rhabiller. Elle a le regard des femmes après l'amour : tendre et pétillant.

Dans la voiture, elle recommence à parler :

— Je n'ai jamais ressenti ça. C'est fou que je sois passée à côté d'autant de plaisir...

Un ange passe. Je la préviens :

— Et ce n'est qu'un début. La prochaine fois, on prendra plus de temps.

Elle ne dit rien, ne me reprend pas. L'idée d'une seconde fois lui semble donc envisageable.

Au moment de sortir de la voiture, je l'attrape par la main et la ramène vers moi en lui murmurant à l'oreille :

— La prochaine fois peut-être que je te laisserai les commandes, mais attention, je ne me laisse pas dominer facilement.

Elle sourit et veut relever le défi.

— On prend rendez-vous quand alors ?

Je prends mon temps avant de lui répondre :

— Bientôt.

Arrivées devant chez elle, on se fait la bise, presque naturellement, et on se sépare, comme deux amies.

Je rentre directement à la maison. Je jette les clés de la voiture sur le bar du salon et file à la douche. Je ferme les yeux sous le puissant jet d'eau chaude qui enlace mon corps. Des flashs de cet après-midi me reviennent. Sara est finalement bien loin de la fille que je pensais mystérieuse, réservée limite coincée depuis quelques mois. Je découvre une femme, à mes yeux, sensuelle, brûlante, impudique, qui s'offre à une autre forme de plaisir, très intense.

Je suis chamboulée par ces quelques heures passées ensemble. Quand je repense à notre rencontre, je n'imaginais pas éprouver cette émotion. J'essaie en vain d'expliquer ce que je ressens, mais les mots ne me viennent pas. Comment peut-on passer de l'indifférence à cette envie de vouloir la revoir en si peu de temps ? Sara agit sur moi comme un aimant. Et ces sentiments contraires ne me ressemblent pas.

Depuis mon arrivée au village, je n'avais pas fait l'amour. Mon corps, en pause, était fort occupé à se reconnecter à mon cerveau pour sourire de nouveau. Cet après-midi avec Sara m'a réanimée, ramenée un peu à la vie.

Si les filles que je croisais à Paris l'apprenaient, elles n'en croiraient pas leurs oreilles. On m'a souvent prise pour celle que je ne suis pas, celle qui aime séduire, qui collectionne les conquêtes. C'est faux ! J'aime aimer et l'être tout autant en retour. Je suis une romantique ; jusqu'ici, je n'ai eu que deux amours dans ma vie… Contrairement à Jey, je n'ai jamais eu de plan cul. Même s'il m'arrive de trouver des femmes très jolies, j'ai besoin qu'il y ait des sentiments pour leur faire l'amour. Avec Sara, c'est bien la première fois que je me résous à le faire sans.

Le ciel consume les dernières lueurs du soleil et plonge le village dans une belle lumière rose orangée. Depuis mon canapé, je peux voir la beauté du spectacle à travers la grande baie vitrée. De la table basse, j'attrape mon carnet de notes. Habituellement, j'y ajoute des idées, le nom d'une rue, un numéro de téléphone… Ce soir, je décide de retranscrire en détail ce moment avec Sara pour ne pas l'oublier.

Je décris avec précision son corps qui se cambre, ses jambes qui convulsent, son regard de tigresse et ses gémissements de jouissance. Je vais puiser dans mon téléphone les mots que l'on s'est échangés. Je sens le désir monter en moi à l'imaginer allongée sur le sentier.

Je commence à me caresser. Je ferme les yeux et pense à mes doigts qui glissent en elle et la font crier de plaisir. Mon corps brûlant se tord à son tour. Je me mouille les doigts et vais chercher au fond de moi le souvenir de cet après-midi. Mes mains semblent être devenues les siennes. Ma langue lèche mes lèvres jusqu'à les mordre. La nuit devient noire.

Mes yeux se ferment.

*

Cela fait cinq jours que je n'ai pas revu Sara, depuis notre escapade dans les bois. Nous n'avons pas besoin de nous voir pour rester en contact. Chaque matin, j'ai droit à des messages à son réveil, à sa pause de midi et le soir avant qu'elle ne rentre chez elle. Par souci de discrétion, on décide d'utiliser Snapchat, la messagerie instantanée éphémère. De mon côté, je continue à conserver chacune de nos conversations en notant sur mon carnet les mots qu'elle envoie et qui me font du bien.

Alors que je finalise les propositions publicitaires pour la nouvelle pizzeria du coin, Sara m'envoie un message : « Salut toi, quoi de prévu aujourd'hui ? J'espère vraiment te voir à l'entraînement ce soir... »

Je serai là, c'est évident.

Elle me raconte ensuite qu'elle passe la journée avec Jessica, sa future témoin. Elles vont visiter la salle des fêtes qu'elle louera pour son mariage. En fin de matinée, je lui envoie : « Très envie de te revoir. » Elle me répond : « Moi aussi... » Comme ce soir, nous ne serons pas seules, je l'invite à passer rapidement à la maison. Elle accepte immédiatement. Je ne m'attendais pas à ce qu'elle se rende disponible. Je suis heureuse. Au diable, la campagne de pub, je baisse l'écran de mon MacBook et file arranger mes cheveux.

Pour se libérer après la visite de la salle, Sara prétexte devoir faire une course à la supérette du village d'à-côté et demande à Jessica de rester chez elle avec les enfants. Dix minutes plus tard, elle frappe à la porte. Nous sommes aussi timides qu'excitées de nous retrouver. Dans l'entrée, elle se plante devant moi. Je lui prends la main, elle se rapproche et on s'embrasse doucement d'abord, puis passionnément. Ses mains remontent dans ma nuque. Elle prend le contrôle sans aucune crainte ni doute. Ce premier baiser réveille quelque chose en moi. Quand nos lèvres se quittent, je suis chancelante, pleine de désir, mais il est déjà temps de repartir. Je suis heureuse de la voir sourire.

Nous venons d'échanger notre premier baiser. Celui que je n'oublierai jamais.

Chapitre 3

— Ce soir, c'est NOTRE soirée, les filles !

Alix hurle dans l'habitacle de la voiture. En route pour une virée en discothèque entre copines de terrain. Ça me fait un bien fou de sentir que j'appartiens à ce groupe. À Paris, j'étais souvent entourée, mais si seule en fin de compte. Ces quatorze filles deviennent de plus en plus importantes dans ma vie. Elles m'apportent un peu d'insouciance et de folie. J'aime ça.

L'équipe est répartie dans quatre voitures. Sont avec moi, Alix, qui d'elle-même s'est imposée sur le siège passager avant, Élise et Sara, à l'arrière.

Sara nous confie qu'Aymeric est un homme jaloux. Il douterait de tout le monde, y compris de sa future épouse. Sara a dû longuement négocier pour sortir. Cela me révolte, mais je ne peux rien dire. Je reste concentrée sur la route, essayant de ne pas trop réagir. Comment peut-on s'empêcher d'aller danser entre filles ? Le mâle a finalement laisser filer Cendrillon ce soir, constatant que toute l'équipe était de la partie. Aymeric ne souhaitait certainement pas ternir son image : macho peut-être, dictateur sûrement pas !

Devant l'entrée du 21, la discothèque de la région, l'immense vigile à l'expression faciale peu commode nous dévisage dès notre arrivée sur le parking. Quatre voitures de filles, ça ne passe forcément pas inaperçu. Il hésite à nous faire entrer. J'avoue ne pas comprendre. Alix prend la parole et explique à « Monsieur Je Fais la Tronche », que l'on veut juste s'amuser, danser et boire des verres. Je ris jaune. Mais que peut-il donc bien penser que l'on puisse faire de mal ? Sa réaction défensive me laisse un peu perplexe. Après avoir négocié plusieurs minutes, l'homme se dégage de la porte et nous laisse enfin passer.

Direction le vestiaire. Sur le chemin, dans l'obscurité, Sara me demande si je vais bien. Je lui réponds que oui. Ces quelques mots échangés me font plaisir. Au bar, le serveur est sympa et nous accueille avec un large sourire.

— Toutes ces filles pour moi ?

Sara me glisse à l'oreille :

— Rêve pas trop, mon grand.

Justine commande trois bouteilles pour l'équipe, ce qui nous donne le privilège d'avoir accès à l'espace VIP à gauche de la piste. Les verres se remplissent. On trinque à nous, à l'amitié. Je regarde Sara assise en face de moi, de l'autre côté de la table. Je lui souris ; elle lève son verre en guise de réponse.

Nous voilà toutes sur la piste. On danse sans penser aux lendemains et à la vraie vie qui nous attend. Nous sommes libres de nos obligations pour quelques heures encore. Sara me regarde avec insistance. J'ai envie de lui sauter dessus – je sens qu'elle aussi –, mais nous ne sommes pas seules et le moindre faux pas peut avoir des conséquences lourdes, alors on se retient. Une des filles me hurle à l'oreille que c'est cool que je fasse partie de l'équipe. Je réponds :

— Moi aussi. Je suis heureuse de vous connaître.

Elle gueule plus fort :

— Quoi ?

Je répète la même phrase. Elle mime un : « Comprends pas ! » Musique à fond et alcool à gogo rendent les conversations difficiles. Désespérée de me faire entendre, je lève mon verre à la façon de Sara en guise de réponse.

Au même moment, je l'aperçois qui s'éclipse avec Élise, Alix et Justine en direction des toilettes. Je reste sur la piste quelques secondes avant de les rejoindre. Je ne suis jamais loin de Sara de peur de la perdre du regard. Elle a remarqué mon manège et décide d'en jouer. Alors que je les attends à la sortie, près des lavabos, elle me regarde, se retourne vers Alix et l'embrasse subitement sur les lèvres. Le groupe rit à pleines dents de ce baiser volé. Je suis le mouvement et me mets à rire aussi, mais je n'apprécie guère. Sara essaie-t-elle de me rendre jalouse ? Je ne comprends pas son petit jeu. Mais je sens mon ventre se nouer. Manifestement, ce smack ne me laisse pas insensible. Je comprends alors que je commence à sérieusement m'attacher à elle.

Tandis que les filles repartent danser, je préfère faire une pause. Assise sur le sofa de la discothèque, un verre de vodka à la main, j'observe Sara de loin. Elle se déhanche, elle rit. Rien ne semble l'atteindre : elle est comme délivrée du poids de son quotidien. Pourtant, toutes les deux minutes, elle regarde dans ma direction pour s'assurer que je suis toujours là. Pour la première fois, je la trouve belle. Belle avec sa robe bleu marine, ses baskets, ses cheveux noirs au naturel, et du gloss sur ses lèvres. Basique sans trop d'artifices : elle a fait un effort pour sortir et ça lui va plutôt bien.

Quatre heures du matin passées. Comme on s'est promis de rentrer toutes ensemble, nous faisons le tour des avis et sommes plus de la majorité à vouloir nous éclipser. Sara veut que l'on parte toutes les deux dans ma voiture, mais Alix s'impose encore une fois. Dans mon rétroviseur, le regard de Sara me fixe. Ma vision se partage entre la route et son vert profond. La lueur orange de l'autoradio éclaire nos visages tandis que les phares de la voiture épousent les routes de la région. Alix chante à pleins poumons le nouveau Coldplay quand elle s'arrête net et demande :

— J'peux dormir chez toi ? J'me sens pas de reprendre la route à cette heure-ci…

Alix a laissé sa voiture dans ma cour. Elle ne vit qu'à une quinzaine de minutes d'ici, mais s'invite à passer la nuit. J'aurais aimé que ce soit le contraire : déposer Alix, dormir avec Sara… Sur les quelques minutes de chemin restant, je cherche en vain une bonne excuse. Rien ne me vient. Résignée, je dépose Sara. Avant de quitter la banquette arrière, elle me lance un dernier regard insistant dans le rétro.

— Bonne nuit, les filles ! lance-t-elle d'un ton froid.

Je crois que, sans le vouloir, je l'ai moi aussi rendue un peu jalouse. C'est une petite revanche.

Un kilomètre de plus, Alix et moi arrivons à la maison.

Je prends des draps propres dans l'armoire de la chambre pour lui faire un lit de fortune sur le canapé du salon.

— Laisse, je m'en charge, me dit-elle avant de m'interroger sur Sara : C'est sympa de vous voir vous rapprocher. Ce n'était pourtant pas le grand amour et, depuis quelque temps, on sent que ça va mieux.

— Oui, j'ai appris à la connaître. C'est une fille sympa, dans le fond, dis-je sur un ton le plus dégagé possible…

— Ce n'est pas facile pour elle, reprend Alix. Et je peux comprendre ta réaction au début. Tout le monde est passé par là : on ne peut pas la voir en peinture et, après, on se rend compte que c'est une vraie gentille et une bosseuse.

— Tu as raison, un vrai coup de foudre amical !

Puis je lui souhaite bonne nuit et monte dans ma chambre. En me démaquillant, je pense à Sara. En me brossant les dents, je pense à Sara. En me déshabillant, je pense à Sara. En me glissant dans les draps froids, je pense à Sara. Mes mains jointes sous ma tête, les yeux grands ouverts sur le plafond, je pense à Sara. Le jour se lève et je pense à Sara.

À cet instant, je me dis : « Je suis dans la merde. »

*

8 h 12.

Elle : Alors ? Elle a dormi avec toi ?

Moi : Bonjour. Non, sur le canapé…

Elle : Je rigole, je m'en fous, tu fais ce que tu veux.

(Je me dis qu'elle ment très mal.)

Elle : Hier, j'étais vraiment dans la retenue.

Moi : J'avais envie de toi, mais je n'ai pas réussi à nous trouver un moment seul. Ça m'a saoulée.

Je commence à me demander si elle ne ressent pas quelque chose pour moi. Je me lance et lui dis que j'ai envie de la revoir, de recommencer. Que la première fois était trop rapide, que la prochaine fois sera dix fois mieux !

Elle me répond :

— Tu rigoles, comment c'est possible ? C'était déjà dingue !

Je sais qu'elle veut avoir le dessus et me faire l'amour à son tour. Je lui laisse croire qu'elle n'y arrivera pas. Je suis une vraie dominatrice, je n'y peux rien.

Cet après-midi-là, je reçois message sur message. Elle me confie qu'elle se sent différente depuis trois semaines, depuis notre escapade dans les bois. D'abord, quelque chose d'indéfinissable s'est déclenché en elle, m'explique-t-elle, cet émoi étrange à l'idée de braver les interdits, mélangé à une excitation grandissante de ces sentiments nouveaux pour elle.

16 h 07. Le téléphone sonne. C'est Sara. Étrange. Elle ne m'appelle jamais pendant qu'elle bosse.

— Allô ?

— (Elle chuchote) Je pense à toi !

Et raccroche.

Elle a dessiné un sourire sur mes lèvres en une fraction de seconde. Record battu.

*

Les jours suivants se ressemblent. Même ferveur dans chacun de nos envois. Sara me parle d'elle, je me dévoile un peu plus. Elle m'explique m'avoir présentée à Aymeric comme sa nouvelle amie. Il ne pose pas de question. Je crois que ça lui est égal. Elle me confie que la routine s'est installée à la maison, que le doute s'est immiscé dans ses sentiments à quelques mois du mariage. Elle a cette conviction qu'il a fondé une famille pour faire comme tout le monde, pour suivre un schéma. Elle aussi, par ailleurs, ne s'en cache pas, mais aujourd'hui, elle s'interroge :

Elle : Peut-être que je me suis menti. Je me sens tellement libre avec toi. Tu sais que je nous ai trouvé un petit nom ?

Moi : Ah oui ?

Elle : Comme nous ne pouvons plus nous passer l'une de l'autre, nous sommes deux aimants.

Moi : Des a(i)mants, alors...

Elle : Joli.

Moi : Il y aura toujours un putain de « i » entre nous...

Elle : Ne dis pas ça...

Plus le temps passe et plus Sara m'attire. Je suis le tournesol qui admire le soleil ou la mer qui se retire et reprend son élan pour embrasser l'horizon. Rien n'y fait, je l'ai dans la peau. Elle est la plus insoutenable des addictions, mais de loin la plus jolie. Quand je passe devant chez elle en voiture, je cherche à la croiser, ne serait-ce que quelques secondes. On peut le dire : nous vivons maintenant un début de liaison cachée, et ça me va parfaitement bien. Je ne suis pas sûre d'être capable d'assumer cette relation au grand jour. Je suis parfois mal à l'aise. Nous sommes très différentes : je suis de la ville, elle de la campagne.

*

« Je veux te revoir. »

Quatre mots sur mon portable et mon cœur se met en quatre pour satisfaire son envie. Où ? Quand ? Comment ?

Le jeudi suivant, elle me donne rendez-vous non loin de l'entreprise dans laquelle elle travaille.

« 12 h 30 à ma pause déj. »

J'arrive dix minutes à l'avance. Je regarde dans les rétros, guettant d'où elle peut surgir. Je suis stressée, pressée de la revoir. Me viennent alors des dizaines de questions : Dois-je l'embrasser ? Lui faire la bise ? Que va-t-on faire ? Déjeuner ? Discuter ? Coucher ensemble ? Chez moi ? Dans les bois ? J'ai changé les draps ? Merde, j'ai laissé mes fringues traîner dans la chambre ! Bon, qu'est-ce qu'elle fout ? Je regarde ma montre, il est 12 h 26.

D'un coup, la portière de la voiture s'ouvre.

Elle me balance un « Salut toi, ça va ? » totalement décomplexé, le sourire aux lèvres. Elle attache sa ceinture. Je sens qu'elle a tout de même hésité sur la façon de me dire bonjour. Voulait-elle me faire la bise ? Ça me rassure de savoir qu'elle se pose les mêmes questions que moi, je ne suis pas la seule. Je brise le silence et me lance :

— On fait quoi ?

— Surprends-moi ! me dit-elle.

Je monte le son de l'autoradio. Sur Nova, Florence + The Machine chante « *What kind of man* ».

Aller chez moi prendrait trop de temps, alors j'opte pour un hôtel en périphérie, non loin de son boulot. Nous n'avons qu'une heure et demie devant nous et ma belle est d'accord pour sauter le repas du midi.

La réceptionniste n'est pas des plus conviviales quand je lui demande une chambre. Elle traîne à en trouver une de disponible. Sara scrute autour d'elle pour s'assurer de ne croiser personne. Elle reste silencieuse, mais je sens qu'elle s'impatiente. Au vu du peu de voitures parquées devant son établissement, je suspecte la réceptionniste de chercher un moyen de se débarrasser de nous... Elle se décide enfin.

— Vous réglez comment ? me lance-t-elle.

— Par carte, s'il vous plaît.

Mon code composé à toute vitesse, j'enchaîne :

— Pas besoin de la facture, merci.

L'employée me tend la carte de la chambre.

— La 202, deuxième étage par l'escalier extérieur.

La chambre est simple et propre, mais pas très accueillante. Je ferme la porte à clé. Je sens que, derrière moi, Sara a besoin d'être rassurée. Elle pose son sac sur la table de chevet et s'approche pour se blottir dans mes bras. Elle reste debout, contre moi, un long moment. Je respire ses cheveux. Elle respire mon cou. Elle relève la tête et me regarde comme une biche effrayée. Mes mains entourent son visage. Je lui dis :

— Tout va bien, je suis là...

Et je l'embrasse.

Nos corps tournent comme si nous dansions une valse et je plaque le sien contre la porte de la chambre. Ses vêtements font barrière. J'abaisse une bretelle de sa robe, puis l'autre. Le tissu tombe à ses pieds et la laisse vulnérable, en sous-vêtements, face à moi. Elle se dégage de mon emprise, attrape mon chemisier et me pousse à mon tour contre la porte. Elle le déboutonne en me disant à l'oreille :

— Laisse-toi faire, tu n'as pas le choix. Cette fois-ci, c'est moi qui prends les commandes.

J'inspire profondément et tente de lâcher prise. Personne n'a jamais pris le contrôle. Ma main arrête brusquement la sienne qui glisse vers mon jeans.

— Chuut… murmure-t-elle.

J'inspire encore, lâche sa main et la laisse prendre possession de tout mon être. Je me surprends à lui faire confiance. C'est assez nouveau pour moi.

On s'élance sur le lit. Nos corps enlacés ne font qu'un sous les draps. Pendant près d'une heure, elle me fait l'amour. Elle reproduit quelques passages et positions que je lui ai fait découvrir la première fois. Elle veut me faire vibrer comme je l'ai fait vibrer. Nous sommes deux adolescentes qui redécouvrent le plaisir ensemble. Elle avec une femme, moi dans l'abandon. Elle m'étonne. Jamais auparavant elle n'avait touché un corps féminin, et pourtant cela lui semble naturel. Elle est si douce, si appliquée.

Je reprends le dessus dans le dernier quart d'heure. Je la fais jouir. Allongée sur elle, je sens les battements de son cœur ralentir contre ma joue. Tandis qu'elle redescend lentement sur terre, je passe ma main dans ses cheveux pour la rassurer.

La vraie vie nous rappelle à l'ordre : elle doit retourner au boulot, et moi, filer à un rendez-vous professionnel. En se rhabillant, elle est resplendissante de bonheur. On quitte la chambre sans un mot, encore saoulées par le plaisir, et on se dépêche pour rejoindre ma voiture. Arrivées sur le parking où l'on s'est garé à peine une heure plus tôt, on se regarde avant de se quitter, elle me dit :

— C'était magique, j'étais trop bien dans tes bras.

Je n'aime pas l'imparfait qu'elle utilise. Je veux conjuguer notre histoire au présent… À l'instant présent.

Elle prend son sac, ouvre la portière et disparaît.

Dans la boîte à gants, j'attrape mon carnet de notes et décris les émotions ressenties cet après-midi. Sur le chemin de mon rendez-vous, les questions m'assaillent de nouveau. Où cela va-t-il nous mener ? Elle a sa vie de famille et va se marier ; je m'attache de plus en plus à elle. Sa présence me fait du bien. Mais je refuse d'être celle qui mettrait en péril son couple ou qui diviserait sa famille. Il faut à tout prix que je me protège. D'autant que je délaisse un peu trop mon travail pour cette nouvelle idylle. Soudain, j'ai peur. Peur que Sara prenne trop de place dans ma vie et qu'elle m'abandonne après s'être aperçue qu'elle n'assumait pas ce nouvel amour. Je ne le supporterai pas. Mais, égoïstement, je ne suis pas prête à tout arrêter maintenant. Je vais essayer de vivre un jour à la fois et laisser le temps dessiner le futur de cette histoire. C'est comme si nous étions dans un bolide qui fonce à toute allure vers l'inconnu, et ni elle ni moi ne voulons choisir une direction ou freiner.

*

Pour nous voir plus facilement, Sara et moi avons décidé d'aller courir toutes les deux une fois par semaine. Mais Aymeric semble grincer des dents : cette nouvelle absence hebdomadaire ajoutée aux entraînements et aux matchs de handball va l'obliger à s'occuper plus souvent seul des jumeaux. À coup sûr, il doit penser que ce n'est pas son job, que c'est le rôle d'une mère. J'hallucine ! Après la dépression de Sara, Aymeric a pourtant décidé de s'impliquer davantage et de donner un peu plus de liberté à sa future épouse.

Malgré ces réticences, Sara commence à reprendre le pouvoir dans son couple. Elle exige du temps pour elle. Et ce temps, elle l'investit pour nous. J'en suis ravie, même si parfois je me sens un peu responsable de cette situation. Étrange culpabilité.

Nous avons l'habitude de nous rejoindre sur le pont qui traverse le ruisseau. Ce passage à gué est discret, dissimulé dans la forêt, et il faut bien connaître les lieux pour le trouver. Le paysage est magnifique : à l'ombre des branches de chênes et bercé par le bruit de l'eau qui ruisselle, l'endroit est apaisant. On s'assied souvent sur le vieux banc abandonné, la tête de l'une posée sur l'épaule de l'autre. Les secondes sont éternité à ses côtés. Le footing peut bien attendre, nous retrouver est essentiel. On s'embrasse longuement, on se câline. La forêt devient notre église, ce banc notre asile. Nul ne compte autour. Il n'y a qu'elle et moi.

Il est 17 h 30 quand les premières gouttes commencent à tomber nettes sur mes bras cet après-midi-là. Je regarde en l'air et, au-dessus des branchages, je vois un ciel de nuages gris se tordre de douleur. La pluie s'intensifie d'un coup. Le bruit de l'eau tombant sur les feuilles crée une symphonie unique dont nous sommes les seuls témoins. Je serre fort Sara dans mes bras pour admirer le spectacle. Je lui demande si elle va bien. Elle me répond qu'elle est heureuse.

Sous le banc où nous sommes installées, une flaque d'eau transforme la terre en boue. Tandis que Sara lève ses pieds, je m'assieds sur le dossier du banc de bois et me place derrière elle. Je la couvre de tout mon corps pour la protéger de l'averse. Je nous imagine sur un radeau de fortune vers un horizon incertain. Nous sommes seules au monde. Autour de nous, un univers de fous. Sur ce banc, deux femmes qui s'aiment. Ce constat nous semble alors si évident.

L'eau a pénétré nos vêtements et nos chaussures. Notre peau ruisselle du déluge d'eau qui nous tombe dessus. On s'en fout. Sara se retourne et m'offre un sourire superbe. Le temps s'arrête. Je fais le vœu qu'il reste figé encore quelques heures, mais le ciel ne m'entend pas et souffle les nuages menaçants pour laisser place à des éclaircies qui transpercent le bois.

Nous aurions pu rebrousser chemin jusqu'à chez nous en courant, mais ne l'avons pas fait. Nous voulions affronter ensemble ce torrent de pluie, métaphore du monde qui nous entoure et nous montre du doigt. L'eau coule des nuages pour retourner à la terre, comme les insultes glissent sur la peau de ceux qui sont dans le vrai. Je me dis qu'à deux, nous sommes plus fortes et qu'avec elle, je peux affronter les pires tempêtes.

*

Les mercredis, à l'entraînement, nul ne peut ignorer notre rapprochement. Sara et moi sommes devenues aux yeux de toutes les meilleures amies du monde. Bien sûr, nous craignons parfois que nos regards nous trahissent, mais les filles de l'équipe n'y voient que du feu. Un seul coup d'œil et on se comprend. Les mots sont bien futiles pour ceux qui s'aiment. On s'assied l'une à côté de l'autre dans les vestiaires, on s'encourage mutuellement sur le terrain et on se sourit, encore et encore, sous la douche.

Début juin, un mardi midi, on sonne à la porte. Mon bureau étant à l'étage, je descends l'escalier de bois pour ouvrir. Qui cela peut-il bien être ? Je regarde par la fenêtre de la cuisine. Sara est plantée là, devant l'entrée.

— J'ai apporté de quoi déjeuner, ouvre !

À peine arrivée, elle me saute dessus et m'embrasse.

— Je t'ai manqué ? J'ai fait l'aller-retour depuis le boulot pour te voir... D'habitude, je déjeune avec ma belle-mère qui bosse à côté, mais j'ai d'autres priorités maintenant.

Ça me fait plaisir.

Elle pose son sac de courses et ses affaires sur la table basse du salon. Comme c'est un peu le bazar, je plie le plaid laissé en boule sur le canapé et range quelques magazines. Je ne m'attendais pas à sa visite.

— Tu faisais quoi ? me demande-t-elle en déballant le repas.

— Je travaillais à l'étage.

— Montre-moi ton bureau ! insiste-t-elle.

— Il vaut mieux qu'on grignote si tu veux être de retour à l'heure.

— Je n'ai pas très faim...

Mon bras l'invite à me devancer dans l'escalier. Jolie vue en contre-plongée. Elle s'assied sur mon fauteuil et me réclame. Nous cédons une nouvelle fois à la tentation et faisons l'amour pendant presqu'une heure.

Je l'interroge :

— Tu as fait toute cette route juste parce que tu avais envie de moi ?

Elle acquiesce avant d'ajouter :

— Et aussi parce que je veux, moi aussi, prendre soin de toi. Je ne suis pas sûre que tu manges bien quand tu bosses de chez toi. Pâtes carbo, ça te va ?

C'est adorable de sa part, sa tendresse me touche. Et je m'enfonce un peu plus.

*

Le dimanche midi suivant, c'est la grande fête de fin de saison. Les quatre-vingt-dix licenciés du club et leur famille sont conviés à un immense barbecue en plein air. Trois grands chapiteaux sont dressés pour l'occasion et protègent les cent cinquante invités du soleil. La fin juin est particulièrement chaude dans la région.

J'arrive à l'heure, je déteste être en retard. L'ambiance est festive. Je rejoins les filles de l'équipe qui sont déjà à l'apéro. Je regarde autour de moi et je n'aperçois pas Sara. Delphine me demande ce que je veux boire. Je lui réponds m'être levée un peu tard, donc pas d'alcool pour le moment. Je fais un nouveau tour d'horizon et ne la vois toujours pas. Je m'impatiente. Je confie mon sac aux filles et parcours trois fois le complexe de long en large. Personne.

J'arrive au niveau de la buvette où Élise et Alix servent tant bien que mal des bières.

— Je n'y arrive pas avec la mousse, se plaint Élise. Ça me gaaaaave !

Je leur montre comment pencher le verre. Et c'est en relevant la tête que, derrière la colonne de la tireuse, j'aperçois enfin Sara arriver. Elle est venue en famille. C'est la première fois que je vois ses enfants ailleurs que sur des photos. Sur sa droite, un petit garçon de trois ans tout souriant et, à sa gauche, sa sœur jumelle qui ne demande qu'à se faire porter. Aymeric les suit, seul, deux mètres derrière. À le voir traîner des pieds, j'ai le sentiment qu'il n'est pas ravi de se joindre aux festivités.

Depuis la buvette, je la salue en levant la main. Elle fait de même pour montrer qu'elle m'a vue. Une fois qu'Élise et Alix ont compris la technique, je les abandonne et rejoins les autres filles sous le chapiteau. Sara et moi nous retrouvons à la même table, ça n'est pas dû au hasard. Elle s'assied dans ma diagonale, sur le banc d'en face.

La lumière de ce début d'après-midi ensoleillé lui fait plisser les yeux. Je lui propose mes lunettes de soleil, qu'elle accepte bien volontiers. Derrière la monture, Sara me fixe avec insistance. Je sens qu'elle essaie d'attirer mon attention. Je n'ose pas trop la regarder, ses enfants sont à ses côtés. Je ne sais pas pourquoi, mais j'ai peur qu'ils perçoivent quelque chose. Je suis certainement devenue un peu trop parano, j'ai toujours peur qu'on se fasse griller en public.

Son regard devient de plus en plus insistant. Je comprends qu'elle veut me parler en tête-à-tête. Elle me fait signe de sortir de table.

À l'abri du reste des invités, discrètement, elle me dit :

— Je veux te voir. Je vais trouver un truc. Tiens-toi prête.

J'ai l'impression de jouer dans un film d'espionnage. Je réponds en chuchotant :

— OK, quand tu veux.

On retourne à table comme si de rien n'était. On fait semblant de suivre les conversations, de rire aux vannes, de répondre aux questions posées... Quand soudain, Sara, telle une actrice, se lance dans une scène dont je connais déjà le dénouement :

— Oui, oui, mes chéris, je vais aller vous les chercher… (S'adressant à Aymeric :) Tu gardes les enfants, je retourne à la maison récupérer les draisiennes. Ils pourront en faire sur la piste d'athlétisme. (S'adressant à moi :) Tu veux bien m'accompagner ? Je n'ai pas envie de faire l'aller-retour seule.

Je n'ai qu'un rôle secondaire dans cette scène. Ma réplique se constitue d'une simple phrase que j'ai plaisir à jouer avec détachement :

— OK, pas de soucis.

Nous sommes deux gamines de quinze ans, excitées à l'idée de faire le mur quand elle met le contact et passe la première. Euphoriques de nous retrouver.

On entre chez Sara par le cellier. Dans l'entrebâillement de la porte, elle m'embrasse sauvagement et me lance :

— Ça m'avait manqué.

On profite de ces quelques secondes avant de remonter en voiture. Elle démarre quand, d'un coup, elle s'écrie :

— Merde ! Les vélos des jumeaux ! On a zappé les vélos !

On explose de rire. Une fois les draisiennes dans le coffre, nous voilà reparties.

De retour au complexe sportif, notre absence ne semble pas avoir été trop remarquée. Seul Aymeric semble soulagé de nous voir revenir et s'éloigne ensuite pour jouer à la pétanque avec ses potes. Son attitude m'interpelle. Il ne paraît pas s'inquiéter de savoir si tout se passe bien pour sa femme.

L'après-midi est déjà bien avancé quand Alix et moi décidons de nous allonger sur l'herbe du stade. De loin, je regarde Sara, sur la piste d'athlétisme, être une mère attentionnée avec ses enfants. Je divague et m'imagine une vie auprès d'elle. Le soleil et la bière me font sans doute un peu délirer…

Sara m'a avoué, quelques jours auparavant, rêver d'aller en Italie. Il y a deux ans, j'ai découvert les Pouilles. Le bleu du ciel et de la mer contrastait avec le blanc des maisons. Les yeux fermés, j'imagine Sara dans sa robe à fleurs et son grand chapeau de paille déambuler, légère et insouciante, dans les rues de Bari. On filerait en Vespa vers les criques où nous ferions l'amour, cachées du tumulte du monde. Le bruit de fond n'est que ressacs et vent qui souffle dans les arbres… Le calme plat de la *dolce vita* se déchire soudain quand j'entends Sara crier à ses enfants.

— On y va, mes chéris !

Instantanément, mon visage se referme. Pourquoi veut-elle déjà rentrer ? J'essaie de ne montrer à personne que je suis contrariée. Je me lève et prends la direction du barnum que Sara avait maintenant regagné.

— Tu pars déjà ?

— Oui, il est 18 heures et les petits sont fatigués.

— OK, pas de soucis.

La même réplique qu'elle m'avait donnée à jouer quelques heures plus tôt, mais que je délivre cette fois-ci avec bien moins d'envie.

Elle me fait la bise devant tout le monde et part rejoindre Aymeric, qui joue à la pétanque. Je les aperçois discuter vivement. Vraisemblablement, Aymeric n'a pas du tout envie de s'en aller et préfère continuer la partie en buvant des bières.

— Oh mais tu me saoules ! C'est dimanche, lâche-moi un peu, merde ! lui balance-t-il.

Je ne supporte pas la façon dont il lui a parlé. Pour ne pas faire d'esclandre, Sara coupe court et rejoint la voiture seule pour rentrer chez elle avec les enfants.

Je décide immédiatement de lui envoyer un message : « Je suis désolée pour toi, t'es sûre que ça va ? » Elle me répond aussitôt : « J'en peux plus ! Les gamins sont fatigués et ont école demain, mais finir une partie de pétanque semble plus important. Il se débrouillera pour rentrer. Bref… Tu me manques déjà trop. »

À la fin de sa partie de boules, Aymeric, un peu éméché, se dirige vers moi en me fixant. Qu'est-ce qu'il fout ? Qu'est-ce qu'il me veut ? On s'est souvent croisés, mais jamais adressés la parole. Finalement, il s'arrête à la buvette et commande une pression. Je suis soulagée jusqu'à ce qu'il reparte dans ma direction d'un pas plus décidé que jamais.

La première chose à laquelle je pense, c'est qu'à tous les coups il sait et qu'il vient pour me casser la gueule.

Je respire profondément.

Je n'ai pas peur de donner des coups si nécessaire, même à un mâle deux fois plus grand que moi. Il se rapproche de plus en plus. Ma main se resserre. Je rigole toute seule en me disant que mes bagues lui laisseront un joli souvenir.

Impact dans 5, 4, 3, 2, 1…

Quand, soudain, ce grand brun se plante devant moi et me demande : « Alors, tu ne bois pas un coup ? », tout en me tendant la bière qu'il a dans la main.

Je sens bien qu'il a besoin de me parler. Le départ de Sara et de ses gosses lui offre l'occasion parfaite de faire connaissance. Il est un peu mal à l'aise, mais l'alcool l'aide sans doute à se lancer :

— Tu sais que j'entends parler de toi tous les jours ? Élo par-ci, Élo par-là…

Je souris et lui réponds un « Ah bon ? » pas très convaincant. Cependant, d'apprendre que je suis devenue le centre d'intérêt de sa femme me fait plaisir. Mais ce qui me rend heureuse l'agace, je le lis sur son visage. Je peux le comprendre : en ce moment, je passe bien plus de temps avec sa Sara que lui. Elle me met souvent dans la confidence avant même son futur époux. Je connais les codes secrets de sa carte bancaire et de son téléphone, lui non. Sara n'a jamais eu d'amis proches avant que l'on se connaisse, il cherche donc à percer le mystère de cette complicité naissante et fusionnelle. Il commence par la méthode douce :

— C'est sympa que tu sois là pour elle (s'il savait…). Ce n'est pas simple avec les enfants d'avoir une vie en dehors de la maison, donc c'est cool (je te confirme, en effet, c'est pas simple du tout de la voir).

Puis, il enchaîne péniblement :

— Alors comme ça, t'es…

Il n'ose prononcer le mot. Je le relance :

— Je suis… ?

Il est gêné et me dit timidement :

— Lesbienne ?

Je souris car je n'aime pas ce mot, ni être mise dans une case.

— Disons que j'aime les femmes, oui.

C'est la seule réponse que j'ai trouvée. L'atmosphère se détend.

— Sérieux, t'as jamais essayé avec un mec ?

— Non, pas vraiment.

— C'est que t'es pas tombée sur le bon, c'est tout !

— Je n'ai pas besoin de ça, tu sais ; c'est pas un mec qui va changer ma vie.

— Il faut juste que tu trouves celui qui te fasse grimper aux rideaux, ça se trouve facilement, ça !

À ce moment précis, je me demande s'il fait référence à sa virilité. Je reste sans voix : serait-il en train de me faire du rentre-dedans ? Les bières qu'il a bues cet après-midi lui auraient-elles donné un regain d'assurance ? Quoi qu'il en soit, je ne lui en tiens pas rigueur.

Il revient sur Sara et moi.

— Vous vous êtes connues ici au club, elle m'a dit...

J'acquiesce, d'un air détaché. Il me confie que ça lui fait bizarre que Sara soit aussi proche de quelqu'un.

— Elle est solitaire...

Il m'avoue aussi qu'il est un peu jaloux.

— J'ai eu peur qu'il se passe un truc entre vous, même si je sais pertinemment que Sara n'aime que les mecs.

Je n'ai pas d'autre choix que de lui mentir, ça n'est pas à moi de lui dire la vérité :

— Sara est ma meilleure amie, je la considère un peu comme ma sœur aujourd'hui.

Il enchaîne sur leur vie de couple, sur l'arrivée des jumeaux. Ils ont connu des passages difficiles et ont chacun eu des tentations.

— On a tous les deux faits des conneries. Elle est sortie avec un gars et, moi, j'ai flirté avec la serveuse d'une brasserie où je déjeunais avec les collègues... Tu n'en sors pas totalement indemne. Ça abîme une relation. Donc on reconstruit petit à petit, quoi. Et c'est bête mais... en ce moment, elle va beaucoup mieux, alors je me dis que peut-être t'y es pour quelque chose. C'est con, je sais, mais je devais te poser la question.

J'ai en face de moi un homme qui se livre et a besoin d'être rassuré. Je ne suis malheureusement pas sûre d'être la personne adéquate ; pourtant, je lui dis ce qu'il veut entendre : non, sa femme ne le trompe pas. Elle a juste besoin de se sentir plus épaulée… À ça, il répond du tac au tac :

— Tu sais, si un jour Sara me trompe, le mec, je lui coupe les couilles. Je te jure, je ne supporterais pas de la savoir avec un autre.

La culpabilité, tel un parfum vénéneux, envahit alors tout mon être. Je dois couper court à cette discussion. Je m'invente du travail à rendre pour filer à l'anglaise et écourter ce face-à-face.

Dans la voiture, sur le chemin du retour, je me pose tout un tas de questions sur mon rôle dans cette histoire. Avant ce soir, je ne voyais en Aymeric qu'un égoïste peu présent pour sa famille. Le portrait que je m'en étais fait n'était pas des plus flatteurs. Mais en discutant avec lui, j'ai entrevu la faille de cet homme. Incontestablement, il tient à elle.

Je suis dans la merde.

Chapitre 4

Il est près de minuit ce dimanche soir. Allongée sur mon lit, je n'arrive pas à dormir. Tournent en boucle les images de cet étrange week-end. La discussion avec Aymeric me ronge l'esprit. Je me rends compte que l'amour que je partage avec Sara ne mènera nulle part. Je sais maintenant qu'elle n'est pas assez forte pour tout quitter. Mais voilà, les sentiments sont là. Ils ne s'effacent pas d'un simple revers de la main. Si Aymeric ne peut supporter de la perdre, je partage également sa crainte. Je préfère faire le sacrifice de l'aimer en silence pour la garder près de moi.

Sara et moi supportons très mal cette situation. Nous sommes séparées chaque soir par un dernier message d'amour et nous nous retrouvons chaque lendemain à l'aube par un nouveau message d'amour. Les nuits sont si longues sans elle. Comment réagirait Aymeric s'il apprenait ce qu'il se passe ?

Seule dans mon lit, je me sens particulièrement vulnérable à la tristesse. J'ai besoin de parler à Jérémy. Il sait tout de ma relation avec Sara et ne m'a jamais caché ce qu'il en pensait : que Sara se sert de moi, que finalement elle a le beau rôle et que je suis celle qui va en souffrir.

Je prends mon téléphone et compose son numéro malgré l'heure tardive. Il décroche tout de suite et, après m'avoir écoutée, me sermonne :

— Élo, tu comprends que tout ça ne me rassure pas ? Je ne la sens pas, ta Sara. En plus, elle n'a rien pour elle. Tu mérites d'être avec la reine et tu te retrouves avec une domestique !

Jey est sans filtre et souvent incisif. Pour lui, je me suis perdue chez les paysans paumés de province. Sa supériorité parisienne me vexe. Je lui dis que la capitale lui a cramé le cerveau, qu'il juge les gens trop vite sur leur milieu social ou leur apparence. Jérémy est mon meilleur ami et je l'aime, mais à cet instant je le trouve détestable. Je lui balance :

— On peut revenir au vrai problème, s'il te plaît ? Si je t'appelle, c'est que tu es le seul à savoir pour Sara et, ce soir, j'ai plus besoin d'un ami que d'un père la morale !

Il n'entend pas. Il m'ordonne de mettre fin à cette histoire avant que les rumeurs d'adultère ne tournent dans le village et que je ne commence à sérieusement m'attacher à elle.

— Trop tard.

Soupir à l'autre bout du téléphone.

— Bon, je sens que tu as besoin de moi, je serai avec toi le week-end prochain.

Quand je raccroche, je suis encore plus dévastée, car je sais que Jey a raison : il faut que je mette un terme à cette relation, mais je ne peux m'y résoudre. Mon cœur s'emballe chaque fois que le nom de Sara fait irruption dans mes pensées.

Ce soir-là, le sommeil ne vient pas. Mes pensées tournent à plein régime. Moi qui commençais à me retrouver, à renouer avec une vie sereine, voilà qu'une femme remet tout en question. Je décide de me laisser la semaine pour réfléchir à l'avenir de notre « couple ». Épuisée, je déclare forfait et m'endors.

*

La semaine suivante est semblable aux autres : Sara et moi nous retrouvons en cachette. La journée, Aymeric travaille, je peux donc passer chez eux quand bon me semble. C'est d'ailleurs ce que je fais presque tous les jours depuis notre sortie en discothèque : dès qu'Aymeric part et que les enfants sont à l'école, vers 8 h 30, je débarque. Sara ne commence souvent qu'à 10 heures, ça nous fait une bonne heure ensemble. Les deux kilomètres qui me séparent pour la retrouver sont les plus beaux que j'ai eus à parcourir dans ma vie. Sur la route, j'affiche un sourire confiant.

Ce matin-là, ma belle assurance s'effrite dès que j'arrive chez elle. À peine ai-je franchi le seuil de la maison que Sara se lance dans une longue tirade :

— Franchement, j'ai trop envie de me barrer, de prendre mes gosses, ma valise et de tout laisser en plan. Aujourd'hui, je doute de mes sentiments pour lui, je m'ennuie, c'est d'un monotone ! Il est casanier, ne pense qu'à recevoir ses potes… Et puis je n'éprouve plus vraiment de désir. On ne fait jamais l'amour. On baise ! Et il faut que je t'avoue quelque chose, Élo : je simule depuis quelques années. D'ailleurs, depuis qu'on se voit, je pense à toi à ce moment-là. Il n'y a que comme ça que j'arrive à prendre mon pied.

Je ne m'attendais pas à aborder ce sujet aujourd'hui. Je devrais être flattée de ses mots, mais au contraire ils me font mal. Je pensais naïvement qu'elle ne couchait plus avec lui. Mais la réalité est là. Je n'ai pas envie d'entendre ça. Ça me rend malade de l'imaginer se faire sauter par son mec. Énervée, je l'interromps :

— Sara, ça fait déjà plusieurs semaines qu'on vit cette liaison. On ne devrait pas, d'ailleurs, mais c'est bien réel. Tu peux me dire où ça nous mène, putain ? Je te rappelle qu'au départ, c'était « juste une fois pour essayer ». Depuis, tu me dis chaque jour que je te manque, que tu as envie de moi, qu'il n'y a que dans mes bras où tu te sens bien. Pourtant, j'ai l'impression que tu ne sais pas comment gérer la situation.

Sara tente de se défendre.

— C'est compliqué pour moi, Élo, tu arrives comme ça, comme un coup de foudre, ça remet en question dix ans de ma vie, une maison, une famille. Ce qui me fait le plus souffrir dans tout ça, ce sont mes gosses. J'ai peur, Élo ! Peur de les perdre, peur qu'ils me jugent, peur d'avoir tous les regards braqués sur moi, peur de devenir la pute du village qui s'est barrée avec une nana ! Et mes parents ? T'y penses, à mes parents ? Mon père surtout...

Elle fond en larmes. Je m'approche et la serre contre moi. Elle ajoute plus doucement :

— Mon père n'a jamais quitté son bled et juge tout le monde ! Je suis paumée, tu comprends ? Mais une chose est sûre, Élo, tu es mon rayon de soleil au quotidien et je t'aime...

Lovée dans le creux de mon cou pour chercher un peu de réconfort, Sara ne voit pas que mes yeux sont grands ouverts. Elle vient de m'offrir son premier « Je t'aime ».

Uppercut tout droit en pleine gueule.
Je tombe K.-O.

*

Le samedi suivant, je me lance dans le ménage de la maison. Jey arrive à la gare à 18 h 30 pour passer le week-end avec moi. Ma grand-mère a proposé de le récupérer et de le déposer directement au gymnase. Ce soir est un soir important pour l'équipe de hand. C'est la finale départementale, le dernier match de la saison. Je ne pouvais pas faire faux bond. Je suis stressée par l'enjeu de la rencontre. Rien ne me perturbe plus néanmoins que la décision que je dois me résigner à prendre : mettre un terme à ma liaison avec Sara, puisqu'elle est incapable de savoir de ce qu'elle veut faire.

Je cogite, je pense sans cesse à la discussion que j'ai eue avec Aymeric dimanche dernier, et je culpabilise. Puis me revient l'incroyable déclaration de Sara. Si l'ange et le démon devaient s'affronter chacun sur une de mes épaules, le débat me mènerait sans doute à la folie tant le choix est cornélien.

Je me dis qu'il est encore temps de tout arrêter net, ici et maintenant, sans trop de dommages collatéraux. Passer à autre chose ne sera pas simple, mais plus on attend, plus ce sera difficile. Bien sûr, parfois, je me surprends à rêver d'une autre issue : que Sara quitte tout pour me suivre avec les enfants. Elle n'en a pas le courage. Le réveil peut être difficile pour celui qui s'endort plein de rêve et d'espoir. Alors je me résigne à accepter la réalité et, qui sait, peut-être que sur les ruines de cet amour germeront les fleurs de l'amitié. Je nous le souhaite, au nom de ce que l'on a partagé.

14 heures. Je sais Sara seule chez elle avec les petits, Aymeric étant parti voir l'un de ses amis pour réparer sa voiture. Je prends mon courage à deux mains et frappe trois fois à la porte du pavillon. Trois coups secs semblables aux battements de mon cœur au moment où elle m'ouvre. Elle est surprise de me voir, m'accueille en me serrant fort dans ses bras. Je profite intensément de l'instant présent, de cette étreinte qui dure une éternité. Je respire le parfum de ses cheveux pour la dernière fois, mais elle ne le sait pas encore. Quand nos corps se séparent, Sara se rend compte que quelque chose cloche.

— Qu'est-ce que tu as ? me demande-t-elle, inquiète.

Elle me fait entrer. J'entends à l'étage les jumeaux jouer. Je m'assois sur le canapé avec cette impression étrange que mon cœur va lâcher. Je dois tout lui dire.

— Viens par-là, faut qu'on parle…

Je lui prends la main, inspire, expire profondément et me lance :

— Il faut se rendre à l'évidence, Sara, cette situation n'est plus gérable, ni pour toi ni pour moi. On souffre trop. Il faut mettre un terme à notre relation. Si on ne peut pas être ensemble, je préfère sortir de ta vie… (Silence) Je vais quitter le club, aussi. C'est mieux que l'on se croise le moins possible. J'en ai trouvé un autre à une trentaine de kilomètres. Ce n'est pas pratique, mais je n'ai pas le choix. Et puis, toi, tu as ta vie, ici, ton mariage qui approche, tandis que, moi, je dois construire la mienne, tu comprends ? Je suis désolée, Sara, mais je n'y arrive plus… C'est trop dur.

Elle reste digne et s'efforce de ne pas pleurer. Je ne suis pas certaine que Sara sache exprimer ce qu'elle ressent. C'était sans m'apercevoir que ses yeux brillants la trahissent. Tandis que sa main s'accroche à la mienne, elle referme ses paupières comme pour s'isoler.

Je reste à ses côtés, silencieuse. J'ai mal, mais je ne craque pas.

Je finis par me lever du canapé. Le match est dans quelques heures et je dois repasser chez moi prendre mes affaires. Comme elle sent que ma main quitte la sienne, elle rouvre les yeux.

Sans un mot, je lui tends un bracelet fin en or blanc avec des petites perles noires. Elle remarque que je porte le même au poignet. Émue, elle me sourit et me dit :

— Ça me touche beaucoup, merci, merci, merci ! Il ne me quittera jamais.

Je l'embrasse sur le front et lui demande de prendre soin d'elle. Elle répond, tremblante :

— Promis… J'essaierai.

À l'abri des regards, une fois dans ma voiture, je m'effondre. Mon téléphone vient briser le silence et m'informe d'un nouveau message. C'est Sara.

« Je t'aime mon a(i)mant. Je ne t'oublierai jamais… »

*

J'arrive au gymnase vers 18 h 45. Dans le vestiaire, les filles comme d'habitude me saluent, me claquent la bise, mais je suis sur une autre planète. Quand le cœur va mal, c'est tout le corps qui se met en veille. Je tiens debout bien sûr, mais je dois anesthésier mes émotions.

C'est ma façon de survivre. Dans le couloir, la voix de Pierrot annonce :

— Échauffement dans trente minutes !

Je déboule au bureau du secrétariat où il remplit la feuille de match. Je dois le faire maintenant, sinon je risque de ne plus en avoir le courage.

— Salut, j'ai besoin de te parler si tu as deux minutes…

Il comprend immédiatement qu'il se passe quelque chose. Je lui balance ma décision :

— Je quitte le club à la fin de saison.

Au vu de son silence, j'ajoute :

— J'ai mûrement réfléchi et ma décision est prise.

— OK… Et je peux en connaître la raison ? me demande-t-il, visiblement très déçu.

— J'ai besoin de plus de challenges et de plus d'entraînements. Une fois par semaine, ce n'est pas assez. Je souhaite évoluer en régional.

S'il est une qualité que l'on peut attribuer aisément à Pierrot, c'est qu'il connaît les filles de son équipe par cœur. Il sait qu'à cet instant précis, je lui mens. Je le vois dans son regard. Mais il a l'élégance de ne pas poser trop de questions.

— Excuse-moi, Élo, mais je crois que tu fais une connerie. Les filles t'adorent et t'es un super élément. T'as un bon esprit d'équipe et ton rôle est stratégique. Le groupe a besoin de toi. C'est très con…

Je répète bêtement que j'ai pris ma décision et que je ne dirai rien à personne avant la fin du match. Il apprécie et je le sens rassuré ; il ne faudrait pas déstabiliser la cohésion de l'équipe, un soir de finale, avec l'annonce de mon départ.

En retournant dans les vestiaires me changer, j'aperçois Sara, assise près des douches. Elle ne me regarde pas. Alors qu'elle lace ses chaussures, je note qu'elle porte au poignet le bracelet que je lui ai offert quelques heures plus tôt. Je détourne le regard et serre les dents. Je morfle et je me répète : « Tiens bon, tiens bon, tiens bon… »

Je m'assois à côté de Justine, qui balance devant tout le monde.

— Bah alors Élo, t'as pleuré ou quoi ? T'as les yeux tout rouges !

Je réplique du tac au tac.

— Mais non, pas du tout ! Tout va bien !

Dans ma tête, je me dis que cette idiote a raté une occasion de fermer sa gueule. J'adore Justine, mais elle a le talent de toujours mettre les pieds dans le plat, c'est usant.

Les vestiaires se vident pour l'échauffement. Alix me secoue.

— Speeds-toi un peu, Élo, t'es à la bourre.

Je lui réponds en m'abritant derrière mon casier :

— J'arrive, j'arrive, laisse-moi deux minutes.

Face au miroir, en tête à tête avec moi-même, les larmes me submergent. Dans le reflet, je vois, posé à même le sol, le grand sac Reebok de Sara. Me vient alors une idée : j'attrape ma veste zippée bleu d'entraînement floquée avec mes initiales EG et lui laisse en souvenir. Puis je fouille dans mes affaires pour en extraire une de mes cartes de visite et un stylo. J'écris :

« Mon a(i)mant, le temps va passer, nous allons nous éloigner, mais sache que si un jour tu as besoin de moi, je serai toujours là pour toi.

Je ne t'oublierai jamais,
Signé ton a(i)mant, ta Élo. »

Avant de glisser la carte dans le sac de Sara, je l'embrasse à deux mains, puis la pose au niveau de mon sein gauche pour la relier une seconde à mon cœur...

J'inspire... J'expire... J'ouvre les yeux.

Je suis prête.

J'entre sur le terrain.

Cette finale, je l'ai longtemps attendue. Quelques jours plus tôt, j'aurais eu la force de me battre, mais aujourd'hui tout a changé. Hier, mon amour pour Sara me rendait invincible ; aujourd'hui, je me sens minable, vidée, une ombre. Les yeux meurtris de Sara sur moi me dévastent. Je m'efforce de tenir, de ne rien laisser paraître. Je me répète encore une fois : « Tiens bon ! Tiens bon ! Tiens bon ! »

La Fédération de handball et la Maison départementale des sports ont vu les choses en grand pour la finale. Chacune a mis la main à la poche pour faire de cette rencontre sportive un véritable événement : nouvelles tenues pour chaque équipe, animateur sportif, cocktail après le match... Les sponsors sont invités, les jeunes licenciés du département également, ainsi que la presse locale afin de promouvoir le handball féminin.

Le gymnase est plein à craquer. Deux cents personnes, dont les familles des équipes, attendent avec impatience le coup d'envoi. L'ambiance dans les gradins est électrique tandis que pour les joueuses, l'heure est à la concentration.

Je commence par des petites foulées pour m'échauffer autour du terrain. Arrivée aux trois quarts du premier tour, j'aperçois au loin, accoudés à la buvette du club house, Aymeric, Raphaël et Steven, respectivement les maris de Justine et Mélanie, la gardienne de l'équipe. Les trois me suivent du regard. Je vois leurs lèvres bouger, mais je n'entends pas ce qu'ils se disent.

Aymeric rit à pleines dents, totalement imperméable à ce qui se trame entre Sara et moi. Pourtant, en rentrant tout à l'heure, il a bien dû voir que Sara n'allait pas bien. Même les filles dans le vestiaire ont remarqué qu'elle n'était pas « comme d'habitude ». Mais lui, quand va-t-il s'en rendre compte ? Je m'interroge : comment peut-on partager la vie de quelqu'un sans entrevoir sa détresse ?

Sur le terrain, le reste de l'équipe s'échauffe et s'étire, fait des passes courtes en face-à-face avant de se lancer dans une cascade de tirs pour dynamiser la gardienne. Je finis mon dernier tour et les rejoins. Sara est là, triste, invisible, absente. Belle dans sa mélancolie. Elle m'évite et reste silencieuse. Rares sont les fois où elle est si effacée, en retrait du groupe, sans qu'aucun mot ne sorte de sa bouche. Pierrot nous demande de retourner au vestiaire pour le brief d'avant match, afin de nous donner la liste des titulaires et la composition de départ. Sur le tableau blanc, mon prénom est écrit juste à côté de celui de Sara. Je comprends que je vais donc passer deux fois trente minutes au plus près d'elle. Nerveusement, j'en ris, je me dis que la vie est pleine de surprises et doit avoir une sacrée revanche à prendre. Je reste professionnelle et pense collectif : j'irai chercher cette victoire coûte que coûte.

Le match commence. Dès les premières minutes, l'équipe adverse est dans l'offensive. Elles sont là pour gagner et ne se laisseront pas dominer facilement. Le duel au sommet entre les deux équipes invaincues a attiré son public. Des familles entières se retrouvent dans les tribunes. Ce soir, c'est l'événement à ne pas manquer.

Notre équipe montre quelques faiblesses. Le manque d'initiative de la part de Sara, notre meneuse de jeu, a des effets négatifs immédiatement perceptibles : nous sommes éparpillées et distraites. Nous manquons de peu quelques belles opportunités de marquer des points.

14 à 9. L'équipe adverse mène largement quand l'arbitre sonne la mi-temps. L'ambiance est plus que tendue. Pierrot est agacé, inquiet même :

— Les filles, vous n'êtes pas dans le match, vous vous faites bouffer ! Attaquez, bordel ! Camille, tu entres, tu prends la place d'Élise. Justine, comment va ta cheville ?

Alors que Pierrot continue son monologue, ma concentration décline et mon esprit s'échappe. Je cherche Jey dans les tribunes. J'ai besoin de le voir, de lui envoyer un sourire, mais la première personne que j'aperçois est Aymeric. *Putain ! Mais la vie, je t'ai fait quoi, pour que tu me fasses ça ?* Je suis en colère contre lui, contre ce match… Bref, contre la terre entière.

À quelques rangs au-dessus, quelqu'un me fait de grands signes, c'est Jérémy. Il lève son pouce pour me demander si ça va. Je lui réponds que oui. Difficile de rentrer dans les détails avec de simples gestes. À ce moment-là, j'ai envie de tout plaquer, de partir en courant rejoindre le vestiaire. Mais je tiens, il le faut.

Pierrot me ramène sur terre en une seconde.

— Bon, allez, on donne tout ! Je compte sur vous. On se bouge là !

L'équipe commence à se répartir sur le terrain, et je suis le mouvement comme une brebis qui imite inéluctablement le troupeau sans se poser de question. Dans mon dos, la voix rauque de Pierrot me rattrape.

— Sara, Élodie, restez là une minute…

Les filles rejoignent le terrain, tandis qu'il nous lance :

— Je ne sais pas ce qu'il se passe entre vous, mais là, sur le terrain, vous êtes des coéquipières. Sara, je te rappelle que tu as une équipe derrière toi, alors on arrête de la jouer solo et on le gagne ce fichu match. OK ?

Je me décompose en une seconde. Pierrot sait. Il a fait le lien entre notre discussion dans son bureau et cette première mi-temps où Sara et moi étions totalement absentes.

La partie reprend. On essaie de donner l'illusion que l'on s'y intéresse, mais Sara et moi sommes mauvaises comédiennes ce soir. Depuis les gradins, Aymeric hurle :

— Allez, là ! Oh ! Sara, bouge-toi !

Si c'est sa manière d'encourager sa future femme… C'est très maladroit !

Les minutes sont longues sur le terrain. Alix arrive tant bien que mal à me remotiver pour les dernières minutes. Malheureusement, je crains que cela ne suffise pas.

23 à 22. L'écart de points se resserre, mais l'équipe adverse mène toujours. Les filles tentent une avancée sur l'aile droite du terrain. Pour ma part, j'essaie dans la mesure du possible de rester à distance de Sara. Il nous reste quarante secondes pour espérer égaliser. Il me reste quarante secondes avant de ne plus la voir de ma vie. Je

la regarde une dernière fois : son visage, ses cheveux, son dos, ses mains. Elle est belle dans son indifférence.

Le coup de sifflet retentit et me ramène une nouvelle fois sur terre. L'équipe en face explose de joie. Durant un instant, je me demande pourquoi elles hurlent toutes de bonheur avant de comprendre qu'elles viennent d'être sacrées championnes départementales. Je ne réalise même pas que nous avons perdu. La peine s'est déjà emparée de mon cœur, il ne lui reste plus rien à me prendre. Soudain, je m'accroupis sur le sol en résine bleu et me sens coupable de la défaite. Les filles sont déçues et regagnent rapidement le vestiaire, têtes baissées, sans un mot. Justine est émue, elle voulait gagner le match pour ses enfants qui sont venus la voir ; Élise, en mauvaise perdante, accuse l'arbitre. Alix, elle, relativise et dit à l'ensemble du groupe qu'on ira chercher la coupe l'année prochaine. Ce sera sans moi, je serai déjà loin. Où serai-je l'année prochaine ? Je n'en sais rien. Le temps qui file me semble une éternité.

J'arrive aux vestiaires dans les dernières. Les filles sont assises et débriefent le match. Je m'approche d'elles.

— Les filles, il faut que je vous parle…

Leurs regards interrogatifs se tournent vers moi.

— Je quitte le club ce soir. (Sara baisse les yeux.) J'ai besoin de plus de challenge…

Alix me coupe la parole :

— Quoi ? Mais t'es sérieuse, là, Élo ? Tu nous sors ça comme ça, alors qu'on vient tout juste de perdre la finale ? Tu as pris cette décision quand ? Franchement, j'comprends pas. Tu nous laisses tomber, en fait !

Je me rends compte que le moment n'est pas bien choisi. Je pensais sincèrement que nous allions gagner.

Mon annonce aurait eu un effet moins dévastateur si nous avions été championnes. Mais je ne veux pas repousser mon départ, c'est au-dessus de mes forces. Nous étions toutes très liées, cela m'attriste de leur avoir sapé un peu plus le moral. Je leur explique que je suis très fatiguée ce soir et les convie à un apéro la semaine prochaine chez moi, histoire de leur expliquer en détail les raisons de mon départ. Je sais déjà que je devrai leur mentir comme je l'ai fait avec Pierrot, mais elles non plus ne sont pas dupes.

J'attrape mon sac de sport et les embrasse. Croiser Sara nue dans la douche est au-dessus de mes forces. Je fais le tour du vestiaire et arrive à son niveau. Ma gorge se noue, je la prends dans mes bras et lui glisse à l'oreille :

— Je ne t'oublierai jamais, regarde dans ton sac.

Elle ne dit rien, me fixe droit dans les yeux tandis qu'une larme coule sur sa joue. Je continue mon tour d'adieu, je n'ai pas le courage de la réconforter. Justine me demande de rester pour un dernier verre. Je prétexte avoir besoin de me reposer.

Je retrouve enfin Jey qui m'attend dans les tribunes. Après avoir grimpé quatre à quatre les quelques marches qui nous séparent, je me jette dans ses bras. En contrebas, Sara sort à son tour des vestiaires et se rue dans ceux d'Aymeric, qui ne saisit toujours pas ce qu'il se passe.

— Arrête, dit-il, c'est bon, c'est qu'un match.

Je lève les yeux au ciel et m'en vais.

*

Dans le rétroviseur, la taille du gymnase qui s'éloigne est inversement proportionnelle à celle de ma peine, qui s'amplifie. Jey, assis sur le siège passager, me serre fort la main. Je prends alors conscience que je viens de sacrifier mon club de handball, mes copines de terrain… pour elle, pour nous. Je laisse derrière moi deux mois et demi d'une liaison fusionnelle. Je perds ma moitié d'orange.

Je suis dévastée.

Retour à la case départ.

Chapitre 5

Cinquième jour sans elle. Les heures, les minutes, les secondes sont devenues si longues… Le manque distille le temps. Elle me manque. Terriblement. Cruellement. Insupportablement.

Le vide s'est invité dans ma vie, s'est assis à ma table et ne me quitte plus. Je parle aux murs, je ressasse nos derniers échanges, et j'espère – toujours – la revoir. C'est un étrange sentiment : j'ai décidé cette rupture, et pourtant, je ne cesse d'espérer un signe de sa part.

Je ne quitte plus mon téléphone. Il m'accompagne partout, jusque dans mon lit. Un simple son de sa part et je sors de la douche trempée. J'ai retiré toute notification pour éviter les espoirs déçus.

Les nuits, elles, au contraire, se font courtes, comme rétrécies dans une machine à laver dont la température conseillée n'a pas été respectée. Elles sont plus rêches, aussi, depuis que je ne vois plus Sara.

Mamie Louise m'a téléphoné hier soir. « Je ne te vois plus ! » m'a-t-elle dit. Alors, ce matin, je suis passée par la boulangerie prendre ses viennoiseries préférées et lui faire la surprise avant de me mettre au travail.

Elle m'ouvre, emmitouflée dans son grand cardigan gris perle, ses longs cheveux emprisonnés par une large pince couleur ivoire. Son teint est pâle, ses yeux absents. Sa santé n'est pas au rendez-vous, mais elle ne se plaint pas. Je me sens responsable. Je la prends dans mes bras longuement comme pour des retrouvailles.

— Comment vas-tu, ma chicotte ? me souffle-t-elle à l'oreille.

J'inspire et lui dis que ça va.

Assises à la table de la cuisine, elle cherche à creuser un peu plus. Mon visage doit me trahir.

— Et le boulot ? Tu t'en sors ?

Je la rassure de nouveau, tout va bien.

— Il y a quelque chose que tu ne me dis pas, je le vois bien. Tu peux m'en parler, tu le sais…

J'ai sous-estimé l'intuition des grands-mères et leur perspicacité. Je m'invente quelques contrariétés, mais n'évoque jamais Sara. Les souvenirs sont trop frais et la blessure encore à vif. Je préfère éviter le sujet.

— Et toi ? Tu vas comment ?

Elle se lance avec pudeur sur ses douleurs lombaires et sur les histoires qui courent dans le village. Je la regarde longuement durant son monologue. Je la trouve belle. Je n'entends plus sa voix et me mets à penser à sa vie. Mamie Louise est une féministe qui s'est battue pour le droit des femmes, elle est droite, sincère et vraie. Depuis la mort de mon grand-père en 2008, elle est devenue plus indépendante encore. Je l'admire tant pour ça.

Je la voyais peu durant mon enfance, mais je me rappelle avoir tant ri à ses côtés. Elle est à l'image des souvenirs : douce et tendre.

Le facteur sonne au portail. Mamie Louise repose le croissant qu'elle tartinait généreusement de confiture de fraises. Je lui propose d'y aller.

— Non, j'aime bien papoter avec Jacques. Il n'apporte pas seulement le courrier, il distribue aussi les ragots. J'adore ça ! dit-elle d'un ton espiègle.

Je la regarde s'éloigner vers le portail. Les fenêtres de la cuisine grandes ouvertes laissent entrer les bruits de fond de notre campagne française : le chant des oiseaux se mêle au moteur des tracteurs et aux aboiements de chiens. « La vie continue. » Cette phrase me vient à l'esprit. Il faut que je voie du monde, que je ne reste pas seule. J'ai promis aux filles du hand un apéro à la maison. Ce sera ce week-end.

Dire que je ne souhaite pas voir Sara serait mentir. Bien sûr que je serais ravie de l'inviter, même si je sais que ça n'est pas une bonne chose. Cependant, je dois convier toute l'équipe. Je ne peux faire de distinction, cela soulèverait beaucoup trop de soupçons. J'ose juste espérer qu'elle prétextera un empêchement pour éviter de venir.

J'attrape mon téléphone et écris un SMS groupé : « Salut les filles, dispos après-demain pour un apéro à la maison ? Bisous. Élo. »

*

Samedi soir.

Mon jardin se remplit peu à peu. Autour de la grande table : Justine, Camille, Manon, Élise… Toutes les filles ont répondu présentes à mon invitation. Toutes sauf Sara, restée muette. Je suis heureuse de les revoir. J'ignore si je suis plus soulagée ou triste de l'absence de Sara. Sûrement les deux à la fois…

— Elle fait quoi Alix ? Il est 20 heures passées.

Aucune des filles ne sait. Je décide de l'appeler.

— Alix, ça va ?

— Salut ma biche, nickel et toi ?

— T'es où ? T'arrives quand ?

— Je ne vais pas tarder, je suis passée chez Sara vite fait avant...

— Ah... euh... OK... Elle va bien ? Tu... vous... passez après ?

— Oui, oui, bien sûr ! Je pars d'ici cinq minutes. J'essaie de motiver Sara, son fils a une bronchite et elle préfère rester auprès de lui.

— Je comprends.

J'avoue qu'à cet instant je suis soulagée de savoir qu'elle ne viendra pas.

En fond, j'entends Aymeric :

— Bon, OK, allez-y, je peux gérer pour une heure ou deux, mais Sara, tu ne rentres pas tard.

Je raccroche en me disant qu'elle ne viendra pas, c'est évident. Elle insistera pour rester chez elle. J'ai envie de la voir et, en même temps, j'ai des craintes. Je me déteste !

L'ambiance est festive à la maison. La table de jardin s'est transformée en buffet. Manon et Élise papotent, allongées sur les deux transats de la terrasse. Camille a rapporté son enceinte bluetooth et gère plutôt bien la playlist (Hyphen Hyphen, Imagine Dragons, Martin Garrix, Avicii, Bruno Mars, The Chainsmokers...).

Je suis en cuisine à m'occuper des pizzas quand on sonne à la porte. Justine se propose d'aller ouvrir. J'entends immédiatement la voix de Sara. Je pose mes mains sur le plan de travail et inspire profondément. Justine prévient l'assemblée :

— Les retardataires sont là !

Mon cœur cogne très fort dans ma poitrine comme pour s'en échapper. Je sors une des pizzas du four, la place sur un plat et me dirige vers le jardin. Innocemment, je pense que ce plat créera un bouclier autour de moi et que personne n'osera s'aventurer… C'était sans compter sur l'esprit d'initiative d'Alix qui me l'arrache des mains, le pose sur la table et m'enlace.

— Salut ma poule ! J'ai apporté du rosé !

Délestée de ma protection, je crains que Sara fasse de même. Elle a toutefois l'élégance de rester à distance et de me faire une simple bise aussi furtive que gênée en chuchotant à mon oreille.

— Désolée, je n'ai pas eu le choix.

— Je vais chercher les assiettes !

C'est la seule excuse que j'ai trouvée pour regagner ma cuisine comme un animal regagnerait sa tanière.

Mes mains se cramponnent de nouveau au plan de travail. J'ai l'impression que cette fois-ci mes jambes me lâchent. Je m'efforce de croire que tout va bien se passer. Il faut que je tienne ! Je repars donc retrouver mes invitées et faire comme si tout était normal. Sourire en toutes circonstances.

On s'évite, Sara et moi. Je vois bien qu'elle aussi fait des efforts pour ne pas se retrouver seule près de moi, mais c'est sans compter sur cette force magnétique qui nous lie. À peine quelques mots échangés et notre complicité renaît en un instant. On rit pour un rien, on finit les phrases de l'une de l'autre et on se comprend juste en se regardant.

23 h 30, Sara me rejoint dans la cuisine pour me prévenir qu'elle s'en va.

— Merci pour la soirée, j'ai passé un bon moment, ça m'a fait du bien de te revoir.

J'ai envie de la serrer fort contre moi, mais je me retiens. Je lui attrape simplement la main, la regarde dans les yeux et je craque.

— Qu'est-ce que tu me manques.

— Je t'écris demain, mon a(i)mant, me répond Sara avant de quitter la pièce.

2 heures du matin. Tout le monde est parti. J'ai pris place sur la chaise longue du jardin. Comme le ciel est dégagé, je regarde les étoiles. Je traîne pour aller me coucher. Je sais que la nuit ne sera pas facile. Le film de la soirée repasse inexorablement dans ma tête. J'implore de ne plus souffrir et que cet amour s'éteigne. Le ciel semble m'avoir entendu quand une étoile filante traverse la nuit. Je ne crois pas vraiment en ces choses-là, mais je veux bien essayer : je fais le vœu de l'oublier.

Remontée dans ma chambre, je m'endors péniblement. Quand je trouve enfin le sommeil, je revis entièrement la soirée : le moment où Sara arrive, celui où j'ai la pizza dans les mains et que je débarque dans le jardin. C'est à cet instant précis que mon rêve prend quelques libertés avec la réalité : Sara prend le plat, le pose sur la table et m'embrasse sur les lèvres devant tout le monde puis se tourne vers les filles :

— Eh oui, il est temps que vous le sachiez, on est folles amoureuses…

Et là, les filles, heureuses, applaudissent. Mamie Louise, qui fait partie du rêve, me dit :

— Je savais bien que tu me cachais quelque chose…

C'est alors que le bip de mon téléphone me réveille. Je reçois par Snapchat une photo de Sara qui m'envoie un baiser. Ce message me bouleverse. Il pulvérise en quelques secondes toutes mes résolutions. Je me rends compte que je suis accro à la moindre attention de sa part. Elle est mon shoot, ma came, mon héroïne. Je vis dans l'addiction de notre amour interdit.

Partagée entre l'excitation d'avoir de ses nouvelles et la peur d'être à nouveau dépendante de ses messages quotidiens, il suffit d'une simple photo d'elle pour que je replonge.

Nous passons la nuit à nous écrire comme si rien ne s'était passé.

*

Une dizaine de jours plus tard, en début de soirée, Sara m'appelle et me demande si je veux passer chez elle, Aymeric est à la salle de sport. Le manque est insoutenable. J'envoie un SMS à Jey : « Si tu y vas, c'est que t'as rien compris… Arrête tes conneries et reste chez toi ! », m'écrit-il dans la seconde. Je sais qu'il a raison. Je suis son conseil et décline l'invitation. Il faut que je me préserve. Sara insiste mais je résiste.

On reste une heure au téléphone : elle me parle de son mec, encore, que l'ennui et la lassitude lui sont devenus insupportables, que je suis son rayon de soleil, qu'elle est bien avec moi et qu'elle ne veut pas me perdre.

Cette discussion ne nous mène nulle part. Je finis par lui demander :

— À quoi tu joues ? Tu attends quoi de moi ?

Silence au bout de la ligne. Elle me dit timidement que je lui manque. Je me calme et me mets à sa place ; ça ne doit pas être facile tous les jours. Elle voudrait sans doute mener éternellement une double vie pour combler ses carences affectives et ne pas faire voler en éclat sa famille ? Je ne conçois pas la vie comme ça.

— Tu ne peux pas tout avoir.

Après une seconde de silence, elle me répond :

— Je sais…

J'avais commencé, depuis notre rupture, à lire des blogs et des témoignages de filles qui ont vécu la même chose que moi. Je voulais me rassurer, me convaincre. Et comprendre, aussi.

Le bilan est sans appel : sortir avec une hétéro est très risqué. Peu de femmes ont eu le cran de quitter mari et enfants et d'assumer ce nouvel amour au grand jour. J'en suis arrivée à la conclusion que Sara est plus curieuse que réellement bisexuelle. C'est parce que ça ne va pas dans son couple que l'envie de s'essayer à de nouvelles expériences lui est venue à l'esprit. J'essaie de lui faire entendre raison et de la mettre en garde. Je lui rappelle qu'elle va se marier dans quelques mois et que, peut-être, le mieux serait qu'elle parte quelques jours avec Aymeric pour retrouver la flamme et se donner une nouvelle chance. Je lui fais part de ce qui me semble juste même si, au fond de moi, je suis brisée de la pousser vers lui. Mais c'est une preuve d'amour. Quand on aime, on veut le bonheur de l'autre.

*

Jeudi, 21 heures. Je suis à la maison quand Sara m'envoie un message :

« Mon p'tit cœur, nous avons pris la route pour un long week-end à l'île de Ré avec Aymeric. Je pense très fort à toi, tu me manques terriblement mon a(i)mant. »

J'attrape immédiatement mon calepin et écris en lettre capitale :

NE PAS ÉCRIRE À SARA !

C'est une résolution que j'ai prise et que je compte tenir cette fois. Il faut que je la laisse passer son week-end avec son mec. Il est indispensable qu'elle sache enfin ce qu'elle veut. Même si ça me tue.

Vendredi matin. Hors de question d'improviser les trois jours à venir. Je deviens boulimique pour remplir le vide. J'ai établi la liste des choses que je souhaitais faire ce week-end. Dans la maison, je parle fort comme pour me prouver que ce que j'entreprends à une importance. « Allez, je vais courir, et ensuite je passe à la pharmacie à 16 heures. » C'est une méthode comme une autre. La mienne consiste à ne pas me laisser le temps de la réflexion. Je devance chacun des coups de mou que générerait mon ennui.

Samedi matin, je me réveille tôt. Je relis mes notes :

— Running (encore).

— Ne pas penser à elle.

— Supermarché.

— Passer voir Mamie.

— Récupérer mon colis à la Poste avant midi.

— Cueillir les cerises dans l'arrière-cour (Faire un clafoutis ? Confiture ? Regarder la recette sur Google).

— Ne pas penser à elle.

— Rappeler Jey.

— NE PAS PENSER À ELLE.

Le soir, je sors avec Alix. J'ai besoin d'air. Sur la départementale qui mène à Châteauroux, on chante comme deux folles dans la voiture. Elle dégaine son téléphone et fait une story Instagram. Je sais que Sara n'est pas connectée sur ce réseau, mais j'espère au fond de moi que les images lui parviendront. Je veux qu'elle sache que je peux vivre sans elle.

On arrive au Paya, un bar gay-friendly du centre-ville. On se fait mater en arrivant. Deux nouvelles qui débarquent, ça titille la curiosité des habituées. Je déteste cette impression d'être un morceau de viande par temps de famine. Les filles manquent parfois d'élégance et de discrétion. Ça m'attriste un peu.

Alix ne veut pas rester au bar et s'assoit à une table.

— On sera plus à l'aise, dit-elle. En revanche, je te laisse commander !

Je pose mes affaires sur une chaise et pars au comptoir nous chercher deux mojitos.

Au fond du bar, cinq filles jouent au baby-foot. Tous les visages sont rivés sur l'aire de jeu, sauf celui d'une jolie blonde qui me sourit en passant.

De retour à la table, Alix, amusée, me dit :

— Je sens qu'on va rentrer à trois…

Je lui réponds :

— C'est mal me connaître !

Elle saute sur l'occasion :

— Eh bien justement, je ne te le fais pas dire. Je ne sais rien de ta vie, personne ne sait rien d'ailleurs… Tu débarques du jour au lendemain, tu quittes le club sur un coup de tête. T'es un putain de mystère !

Je pourrais mal prendre la façon dont elle me parle, mais je sais, au fond, qu'elle a raison. Il faut que je me dévoile un peu. Je prends le temps de lui parler de moi. Elle fait de même. Je suis heureuse de ce moment ensemble. Je sais alors qu'on peut devenir de véritables amies.

Il est 1 h 30 heures passées quand on rentre à la maison. Je dépose Alix qui me smacke pour me dire au revoir. Elle a beaucoup bu. Elle murmure :

— T'es une chouette fille.

Et titube jusqu'à la porte d'entrée.

De retour chez moi, je cherche des choses à faire pour demain. Mais rien ne vient. Alors je monte à l'étage, ouvre mes placards, décroche des armoires les cintres et jette à même le sol tous mes vêtements. Je me dis à voix haute :

— Maintenant, tu sais quoi faire demain. Trier et ranger.

Je m'effondre sur mon lit à moitié habillée. Moi aussi, j'ai trop bu.

Le lendemain, je me réveille vers midi et, devant ma penderie dévastée, je me demande ce qui s'est passé.

Je ne me reconnais plus.

Pas douchée, en jogging, je traîne à la maison. Mal de tête et plus de paracétamol. La journée va être longue.

Milieu d'après-midi, je me fais violence et monte ranger le linge. Je me suis appliquée à faire des piles parfaitement alignées. Aucun tee-shirt, pull, ou jean ne dépassent. Je mets de côté quelques fringues que je ne mettrai plus, qui ne me ressemblent plus. Je regarde cette armoire et me souhaite une vie tout aussi bien rangée.

Une pensée loufoque me traverse l'esprit : Comment faire pour oublier quelqu'un ? Curieuse, je regarde sur Internet. Il est écrit : « Oublier un amour impossible en trois étapes : 1 – Je coupe les liens, 2 – Je me reconstruis et 3 – Je m'occupe l'esprit. »

Force est de constater que je fais tout à l'envers. Je commence toujours par la fin.

J'appuie sur l'interrupteur du salon. Il fait déjà sombre. Je n'aime pas le dimanche soir. C'est la fin de la liberté et le début des obligations avec la semaine qui commence le lendemain. À Paris, je retardais toujours le moment de rentrer chez moi. J'allais souvent au cinéma, traînais sur les quais de Seine jusqu'à Notre-Dame pour observer les derniers touristes en train de s'embrasser, le soir, entre chien et loup.

À la campagne, le dernier soir du week-end, le village semble figé dans le silence. Les déjeuners qui s'étirent jusqu'en milieu d'après-midi sont enfin terminés. On se plante devant la télé, on plie les draps qui volaient encore quelques heures plus tôt sur les séchoirs.

Mon jardin ne fait pas exception : tout y est insupportablement calme. Quelques aboiements de chiens toujours en bruit de fond, mais aucune âme qui vive.

Je pense à Sara. Que fait-elle ? Comment va-t-elle ? Comment s'est passé son week-end ? Est-elle heureuse ? Je pars me coucher avec cette idée infondée qu'elle m'a déjà peut-être oubliée.

4 heures du matin. Je reçois un émoticône « Je pense à toi » et un autre « Tu me manques ».

Je repose le téléphone sur ma table de nuit. Je me cache sous la couette. J'essaie de me rendormir, mais trop de questions tournent dans ma tête : pourquoi m'écrit-elle à cette heure-ci ? Pourquoi ne dort-elle pas ? Vient-elle de baiser avec son mec ?

Surtout ne pas lui répondre.

Lundi matin. Je me remets au travail. Mon téléphone réclame une nouvelle fois mon attention. C'est encore Sara. Elle demande de mes nouvelles et veut savoir pourquoi je ne lui ai pas écrit du week-end. Je fais la sourde oreille. Et ne décroche pas quand elle appelle.

Elle me renvoie un message : « Réponds stp. »

Le téléphone sonne de nouveau.

Première sonnerie.

Deuxième sonnerie.

Troisième sonnerie, je décroche.

— Élo ?

— ... Oui.

— Je suis heureuse de t'entendre.

— Tu veux quoi ?

— Ben... Prendre de tes nouvelles... (Silence.) Qu'est-ce qu'il y a ?

Je suis de mauvaise humeur. Son appel m'agace au plus haut point. Je ne veux pas jouer le rôle de la confidente. Je sens qu'au bout du fil Sara ne comprend pas ma réaction. Je décide d'y mettre un peu du mien et demande alors plus calmement :

— Alors ce week-end ? Comment ça s'est passé ? Tu as retrouvé la flamme des débuts avec ton homme ?

Elle me raconte son séjour en bord de mer et s'y être profondément ennuyée. Sur la route du retour, ils ont eu une longue discussion. Aymeric, rassuré dans son couple, ne verrait pas en quoi la routine est un problème. Tout, dans le train-train quotidien et les habitudes, lui conviendrait, et pas question que ça change ! Sara, quant à elle, me semble désemparée. Je sens qu'elle voudrait que sa vie pétille, qu'il se passe quelque chose. De la passion ? de l'imprévu ? Être surprise, peut-être ? Mais de l'aventure, pour sûr.

Elle me dit de but en blanc :

— Élo, je veux être avec toi, tu m'as trop manqué.

Je reste sans voix.

Alors qu'elle redevient charmeuse de serpents, je m'efforce de ne pas succomber à la douce musique de ces mots. Sara, telle une sirène, attire les marins perdus par son chant enivrant et les pousse vers une mort effroyable. Je suis à la dérive sur un océan d'incertitude et à sa merci.

Elle propose que l'on se revoie. Je ne dis rien.

Elle me laisse le temps de réfléchir. Je ne dis rien.

— Ta peau me manque.

Je cède.

— La tienne aussi.

*

17 juillet, 8 h 12.

Deux appels en absence.

« Vous avez un nouveau message vocal à 3 h 47. Merci de recontacter le 660001. »

C'est Sara. Elle chuchote :

« C'est moi… Je n'arrive pas à dormir. J'avais besoin d'entendre ta voix sur ton répondeur. Écoute, Élo, on ne peut pas se quitter comme ça. Je ne veux pas devenir une étrangère pour toi. (Sa voix tremble.) T'es si distante, putain ! Ça me fait mal, j'ai si peur de te perdre. Tu sais ce que je voudrais là, tout de suite ? C'est me réveiller dans tes bras… Viens, on part deux jours, rien que toutes les deux. Promets-moi que tu y réfléchiras. Je t'appelle demain. Je pense à toi… Je t'embrasse. »

Sara a raison, nous ne pouvons pas nous quitter comme ça. Il nous faut un dernier moment à nous, loin du village. Faire l'amour une dernière fois. S'endormir ensemble, se réveiller ensemble. N'est-ce pas l'ultime Graal pour tous ceux qui s'aiment ?

Cependant, je ressens toujours au fond de moi cette crainte d'être encore déçue. Je reste sur mes gardes ; c'est la seule façon que j'ai de me protéger.

Installée à mon bureau, je me lance dans l'intendance des e-mails. Je n'arrête pas de me répéter : comment peut-elle quitter pour deux jours son mec et ses gosses ?

Vers midi, je fais définitivement une croix sur cette idée de week-end. Elle ne trouvera jamais le moyen de laisser sa famille ne serait-ce qu'une nuit. Je lui en veux. A-t-elle proposé cela, sachant très bien que c'était irréalisable, pour m'attirer une nouvelle fois vers elle ? Peut-être en a-t-elle simplement envie… En un quart de seconde, je la condamne et, la seconde suivante, je la gracie.

Il doit être 13 heures quand je me convaincs qu'elle a tout manigancé. Son escapade à deux ? Une ruse. Alors que ma tête crie au complot, mes doigts, machinalement, tapent sur Google : « Où partir pour un week-end de quarante-huit heures. » Je me reprends et clique plusieurs fois sur la touche *Delete*. A-t-on vraiment besoin de ces deux jours pour se dire adieu ?

Je vais me faire un thé. De la fenêtre de ma cuisine, je vois passer dans la rue M. et Mme Briand. Ces septuagénaires s'aiment depuis plus de cinquante ans. Elle s'accroche à lui comme le lierre à un chêne. Bien que les années aient fait leurs ravages, je suis certaine qu'il est – pour elle – le mur porteur du refuge de sa si longue vie. Je ne sais pas ce qu'il lui a dit, mais, en passant devant ma fenêtre, l'amoureuse aux cheveux gris rit aux éclats. Ils sont beaux. Eux savent ce que c'est de se battre. Certainement a-t-elle dû lutter pour pardonner ses infidélités, l'a-t-il rassurée quand elle a perdu leur premier bébé, probablement n'ont-ils pas toujours été d'accord sur l'éducation des enfants, mais jamais, jamais ils n'ont cessé de se battre pour garder leur amour intact.

Cet amour qui passe devant moi me redonne espoir : quelqu'un m'attend quelque part.

Mais avant ça, il me faut fermer le livre de mon histoire avec Sara. Le dernier acte sera ce week-end. Je suis d'accord pour y aller à la seule condition qu'après ces deux jours, tout s'arrête. Je suis prête à en écrire la conclusion et y apposer le mot FIN.

Je lui envoie : « Paris, ça te branche ? »

*

« Il faut que tu m'aides à convaincre Aymeric », m'écrit Sara quelques minutes plus tard. Ça ne sera pas une tâche facile. Mais Sara a déjà imaginé un plan qu'elle me détaille et que l'on mettrait à exécution le dimanche suivant lors d'un apéro. Elle a prévu tout un stratagème : je dois les convier à la maison pour rassurer son homme sur le bienfondé de ce week-end entre « meilleures amies ».

Je lui écris « NON ! NON NON NON ! ». Hors de question d'avoir son mec chez moi. Je lui en veux de la rendre malheureuse. De plus, il est l'obstacle à mon bonheur. Comment l'inviter à ma table sans aucune rancœur ? C'est au-dessus de mes forces.

Elle m'appelle en vitesse et chuchote : « Si tu m'aimes vraiment, fais-le pour moi. C'est la seule façon pour que l'on se retrouve. Il faut qu'il puisse te faire confiance, tu comprends ? » Elle raccroche sans attendre ma réponse.

Je souffle un grand coup et envoie : « OK. Mais compte pas sur moi pour faire la conversation. Je te laisse gérer. »

Ils arrivent le lendemain vers midi. Assis dans mon salon, Sara explique qu'elle n'a jamais pris le train, ni l'avion, ni même quitté pour un jour sa région natale. C'est l'occasion inespérée de découvrir la capitale qui la fait tant rêver.

Aymeric, de son côté, a peur qu'elle ne le trompe avec un autre homme une fois à Paris et nous le dit. Ironique situation… Sara me fait les gros yeux pour que j'intervienne. Je le rassure en expliquant que nous irons chez Jérémy, mon meilleur ami ouvertement gay. Je vois bien cependant que cette information n'apaise en rien ses doutes. Tant pis, j'aurai essayé.

Sara est dévouée à sa famille et ne s'accorde pas beaucoup de temps. Elle n'a d'ailleurs que très peu d'amis. Elle rappelle à son mec que c'est important pour elle de passer un moment avec sa meilleure amie. Il rechigne, demande ce qu'on peut bien lui trouver à cette ville de dingues vomissant de foule, de pollution et de bruit. Il me questionne sur Jey. Il me demande s'il est « vraiment » gay. Cette question idiote résume bien le personnage.

Après beaucoup d'hésitation, il donne enfin son aval.

— Ça me saoule, mais bon… Ce sont les femmes qui décident apparemment.

Ils quittent la maison vers 13 h 30. J'appelle Jérémy pour lui confirmer que nous débarquons dans dix jours. Je sens qu'il n'est pas emballé par l'idée de ce week-end en amoureuses.

— Rassure-toi, c'est la dernière fois que je la vois. J'ai décidé de tout arrêter. Cette relation n'est pas pour moi…

Il ne me laisse pas le temps de finir.

— Ahhhh enfin ! Je suis heureux que tu t'en rendes compte.

Je lui raconte alors en détail comment Sara a fait plier Aymeric :

— C'est une manipulatrice, cette fille… En tout cas, avoir un ami pédé, ça t'a bien aidée, non ? s'amuse Jey.

— Oui, carrément ! Il pense qu'on va chez toi. Je n'allais pas dire qu'on se prenait une chambre à l'hôtel…

Il se marre à l'autre bout du fil.

— Toi, tu aurais pu venir dormir à la maison, mais, elle, même pas en rêve !

Je ne peux pas enlever à Jey sa droiture : quand il n'aime pas, il n'aime pas.

Chapitre 6

C'est le grand jour. Je la retrouve devant chez elle. Elle me fait signe de sortir de la voiture et de rentrer une minute. Elle s'affaire aux derniers préparatifs pour ses enfants et donne les dernières instructions à un Aymeric affalé sur le canapé du salon. Il me regarde de travers : sûre qu'il doit penser que c'est ma faute si sa femme se barre tout le week-end en le laissant seul à la maison durant les deux prochains jours.

J'attrape la valise de Sara. C'est la seule raison valable à ce moment-là pour quitter la scène. Je m'installe au volant et téléphone à ma grand-mère pour la prévenir de mon absence.

Elle sort de la maison et rejoint la voiture. Les enfants disent au revoir à leur mère par des gestes de la main. Elle leur envoie des baisers en retour. Aymeric ouvre la grande baie vitrée pour fumer sa clope au soleil du matin d'été. Il nous lance :

— Bon week-end… et pas de bêtises.

Je démarre. Direction la gare.

Installées à nos places dans le wagon, nous avons le sentiment d'être en cavale, enfin libres. Nos quotidiens et nos habitudes s'égrènent au fur à mesure que les buildings sortent de terre. Nous sommes en partance pour la liberté.

Sara pose instantanément sa tête sur mon épaule comme vidée du combat mené pour obtenir ce moment rien qu'à nous. Sa main légère sur ma cuisse se pose comme une feuille. À son poignet, elle porte le bracelet que je lui ai offert. Elle a tenu promesse et l'a gardé comme relique de notre amour agonisant. Cela me touche. Je la sens heureuse de vivre cela à mes côtés, j'ai déjà hâte de lui faire découvrir les plus beaux endroits de la ville lumière. Après moins de trois heures de train, Paris sera à nous.

*

Gare d'Austerlitz.

À peine son pied foule-t-il le sol du quai que Sara prend de l'assurance. On remonte la voie vers le centre de la gare. Sa main rejoint la mienne qui se balançait dans le vide. Devenir anonyme lui va bien. Elle rayonne, me tient par le cou, m'embrasse, me câline publiquement. Je ne l'avais jamais vue ainsi. Je ressens un immense bien-être : c'est la première fois que notre histoire existe en plein jour au beau milieu de la foule.

Nous filons prendre le métro. Pour se rendre sur la ligne 5, il faut sortir de la gare, pour s'engouffrer à nouveau dans un escalier. Ce parcours fléché la fait sourire. Elle me suit en dévorant des yeux tout ce qui nous entoure. Gare de l'Est, nous changeons pour la ligne 4 et sortons à Barbès-Rochechouart. On décide de marcher pour rejoindre la station Anvers et éviter ainsi une troisième correspondance. Sara découvre avec surprise le métissage des gens du quartier, les odeurs de cette ville qui ne dort pas et les vendeurs à la sauvette plantés devant les immenses boutiques Tati. Le terre-plein central qui mène jusqu'à Anvers est magnifique en ce mois de juillet. Les bancs sont pris d'assaut par les touristes et les personnes âgées du quartier. Les arbres font de l'ombre sur les quelques kiosques à journaux. Nous sommes dans une carte postale typique de la vie parisienne.

Nous prenons le funiculaire de Montmartre. Sara se colle à la vitre comme le font les enfants. Nous déambulons dans les rues pour arriver place du Tertre. Les artistes rassemblés en son centre peignent et exposent leurs œuvres aux passants. Sara fredonne alors Aznavour et sa bohème, hymne de ce Montmartre immortel, tandis que l'on monte l'escalier qui nous mène à l'hôtel.

C'est un charmant quatre étoiles à la décoration moderne. J'aime ce contraste entre authenticité montmartroise et modernité parisienne. Sara était jusque-là plutôt camping, pour les quelques rares fois où elle a voyagé. Elle n'avait jamais eu l'occasion de découvrir de beaux endroits comme celui-là. Elle me prend dans ses bras et me remercie. La chambre est une invitation à se retrouver. Nous en avons une terrible envie, mais il nous faut suivre notre planning chargé. Nous nous résignons à patienter jusqu'au soir.

Une fois un sandwich avalé sur le pouce, nous partons en direction du Louvre, de la rue de Rivoli et de ses immenses arcades, des jardins des Tuileries où Sara joue à se cacher derrière les buissons. On rejoint Châtelet-Les-Halles et ses millions de gens avec leurs baskets qui foulent le béton… Place de la République, Sara reste plantée plusieurs minutes devant le monument des frères

Morice comme pour l'imprimer à jamais dans sa mémoire. Nous finissons notre après-midi dans les rues du Marais.

Il est 17 h 30 quand nous décidons de rentrer à l'hôtel prendre une douche pour nous rafraîchir. Les nuages absents toute la journée ont laissé le soleil de plomb de juillet prendre ses aises : il fait une chaleur insupportable.

La porte de notre chambre d'hôtel se referme. Nous nous retrouvons seules dans cet espace climatisé. Nous soufflons enfin. Sara me dit :

— Je vais me doucher, tu viens avec moi ?

Elle n'a pas à me le répéter, je m'exécute avec plaisir. Nous voilà dans cette grande douche à l'italienne, nues, aspergées par le grand jet d'eau. L'une contre l'autre, l'excitation devient de plus en plus grande. On s'embrasse de très longues minutes, puis mes mains la font jouir à plusieurs reprises.

Après une heure d'ébats sous la douche, elle me fait signe de la rejoindre sur le lit. Deux jours, c'est si court. Elle n'a plus la motivation ni l'envie de visiter Paris, ce qu'elle veut, c'est continuer à faire l'amour, là, tout de suite ! Elle veut profiter de chaque instant et de nos corps enlacés sous les draps. Je la ramène à la raison, le temps nous est compté si nous voulons voir tous les principaux lieux touristiques de la capitale. Elle me fait ses petits yeux doux, mais je résiste :

— Allez, allez, on s'habille, on va être en retard, les câlins devront attendre notre retour.

Quand nous quittons la chambre, il est déjà plus de 19 heures.

On a prévu de rejoindre Jérémy pour manger un morceau dans un restaurant israélien du Marais, une occasion de plus pour Sara de découvrir de nouvelles saveurs. La première rencontre entre Sara et Jérémy se fait sur un trottoir de la rue du Temple. Une simple bise pour elle tandis que j'ai droit à être serrée dans les bras de Jey. Furtivement, il me regarde et lève les yeux au ciel pour me faire savoir qu'il ne comprend toujours pas pourquoi je sors avec cette fille-là. Sara m'attrape aussitôt la main pour se sentir un peu plus en sécurité. Nous rejoignons la rue des Rosiers à pied. Jérémy ne cesse de me faire des signes du regard, je le sens, je le vois, il ne peut vraiment pas la supporter. À table, Sara essaye de s'intégrer, d'engager la conversation, mais Jey n'est pas du tout réceptif. Je suis déçue. J'aurais aimé que ces deux personnes chères à mes yeux s'entendent. Je fais bonne figure. D'ici la fin de soirée, j'aurai ma Sara pour moi seule.

Il est 20 h 30 quand nous terminons de dîner. Timing parfait pour aller voir le coucher du soleil sur les hauteurs de Montmartre, au pied du Sacré-Cœur. Nous sillonnons les rues bras dessus-dessous, la chaleur est encore lourde et le ciel commence à s'éteindre lentement.

Jey me parle, mais je n'entends pas. Mon attention reste accrochée sur Sara, qui devant moi monte les marches de la Butte. Je me fais cette réflexion : « Et dire qu'il y a quelques mois encore, je la trouvais quelconque, pas attirante… et aujourd'hui, je la trouve belle. Putain qu'est-ce qu'elle est belle ! » C'est sa simplicité que j'aime par-dessus tout. Son petit débardeur blanc offre une vue imprenable sur sa poitrine généreuse. Son pantalon chino beige met en valeur sa chute de reins, Armistice aux pieds, cheveux attachés grossièrement, pas de maquillage, complètement sans style, naturelle. Finalement, même sans artifice, son charme opère.

Nous arrivons, le cœur battant au pied de la basilique avec cet apaisement que nous procure le fait d'être ensemble, seules, loin de tout. Le panorama qui s'offre à nos yeux est époustouflant. Sara prend le temps de contempler chaque détail de cette immensité. Placée juste derrière elle, je l'enlace fort. Je pose mon menton sur son épaule, elle s'agrippe à mes bras. Le silence parle pour nous quand, tout à coup, son téléphone sonne et vient stopper ce moment unique.

C'est Aymeric qui l'appelle en Facetime. Elle décroche. Direct, sans même demander comment ça va, il lui dit :

— Il est 21 h 30 et ça fait une heure qu'on attend ton appel, tu fous, quoi, Sara, sérieux ? Les gosses comptaient sur ton coup de fil avant d'aller se coucher !

Jérémy se moque du ton employé par Aymeric. Je suis désolée pour lui, mais je suis heureuse – oui, je l'avoue – de savoir que Sara a oublié ses impératifs de mère au foyer. C'est la preuve irréfutable qu'elle ne s'ennuie pas à mes côtés. Elle prend quelques instants pour raconter sa journée à sa famille et leur montre la vue depuis le Sacré-Cœur, mais cela n'apaise pas pour autant l'agacement à l'autre bout du fil..

Jérémy en profite pour s'entretenir avec moi.

— Je ne comprends pas là, je pensais que c'était la dernière fois que tu la voyais. Excuse-moi, mais de ce que je vois, t'es pas prête du tout à la lâcher. Elle est comme une gamine et, toi, tu la regardes comme la septième merveille du monde. Je ne te comprends pas ! Je ne t'ai jamais vue avec ce genre de nana. Je n'accroche pas du tout. Je ne la sens pas ! Je ne sais pas, je ne la pense pas sincère. Elle profite juste de ce que tu lui offres. Elle s'amuse de cette expérience trépidante, mais chérie, je t'en prie, fais attention à toi, elle va te la faire à l'envers, j'en suis sûr ! Elle te manipule.

C'est exactement tout ce que je ne veux pas entendre. Ses paroles me font mal et je le lui dis. Jey et moi sommes très proches et nous avons pour habitude d'être très honnêtes l'un envers l'autre. Il a toujours été cash avec moi et vice-versa. Ça n'est ni l'endroit ni le moment de se prendre la tête, il me reste un peu plus de vingt-quatre heures avec mon a(i)mant et je compte bien en profiter.

J'avoue à Jey à demi-mot que je me suis menti à moi-même. J'étais pourtant décidée de mettre un terme à tout ça, mais je ne m'attendais pas à passer un moment aussi fort avec Sara. Il détourne son visage et regarde au loin, impuissant.

Le soleil tombe définitivement laissant les lumières artificielles de la ville prendre le relais pour illuminer la somptueuse capitale. Paris est la ville de l'amour… C'est vraiment ce qui nous arrive : nous vivons l'amour, la liberté, la légèreté d'être ensemble. Tout est si beau. Cela fait plus d'un an que j'ai quitté la folie parisienne, mais je reprends goût à cette vie le temps d'une parenthèse avec Sara.

De retour à l'hôtel, instinctivement, on se dirige vers la salle de bains. Il a fait encore très chaud et l'idée de se rafraîchir naît comme une évidence. La douche précédente n'était qu'un préliminaire. Il n'est plus l'heure de jouer, cette fois-ci nous y sommes, nos corps se réclament. La nuit est intensément noire. Nous sommes seules dans cette chambre au cœur de Paris. Sara me prend la main, je la rejoins. L'eau coule à flots.

Son corps est brûlant, son désir infini. Je me noie peu à peu dans son regard, je me laisse déstabiliser. Cette ambiance torride s'empare de moi et me perturbe. À la sortie de la douche, Sara, entreprenante, me pousse sur les draps blancs de ce gigantesque lit. On fait l'amour durant plusieurs heures.

On finit par sombrer dans les bras l'une de l'autre aux petites heures du matin. Je m'endors contre ses seins, elle se réveille contre les miens. Cette intimité pour la première fois partagée reste un souvenir merveilleux. Même en l'écrivant aujourd'hui, le parfum de sa peau me revient.

Dimanche matin, 8 h 32, j'ouvre un œil. Sara est allongée contre moi et dort encore. Je remarque qu'elle me tient le bras. Je n'ai pas envie de la réveiller et la laisse dormir. Je sors discrètement du lit, laisse un mot sur la table, puis pars à la recherche de la boulangerie la plus proche. J'achète des croissants fourrés à la crème pâtissière, puis détour par le Starbucks du coin pour récupérer deux chocolats viennois, histoire de bien démarrer la journée. Je veux rendre son réveil le plus doux possible.

Le bruit de la porte de la chambre que je viens d'ouvrir la réveille. Je pose le petit déjeuner et la rejoins vite dans les draps. Je la serre fort, très fort, contre moi. Mes mains épousent son corps nu, je lui chuchote à l'oreille que je suis la femme la plus heureuse d'être avec elle à son réveil. Tout naturellement, elle m'embrasse avec fougue et nous refaisons l'amour une heure avant de reprendre notre visite guidée. Au programme, ce matin, la Tour Eiffel !

Nous quittons l'hôtel et prenons le métro jusqu'au Trocadéro, où Sara découvre la dame de fer. Nous jouons les touristes en prenant la pose depuis la place pour quelques photos souvenirs, avant de redescendre jusqu'au Champs-de-Mars.

Au pied du monument, je lui fais la surprise d'une croisière sur la Seine. Elle est si excitée par l'idée ! Nous embarquons à bord d'un bateau-mouche et prenons place sur le pont extérieur, en plein air, où nous pouvons davantage admirer les plus beaux monuments de Paris. Sara m'embrasse et me glisse à l'oreille :

— J'ai envie de toi.

Ça me rend dingue. Pour calmer nos ardeurs, je pointe du doigt Notre-Dame de Paris. Elle me lance de façon effrontée :

— C'est là qu'on va se marier ?

Cette phrase dite sans réfléchir va avoir l'effet d'une bombe dans mon cœur pour le reste du week-end. Ses mots ne me quitteront pas et laisseront libre cours à un questionnement permanent dans ma tête : et si, finalement, elle annulait son mariage ? Et si, enfin, elle acceptait qui elle est ?

Chaque geste d'amour, chaque parole est décuplée lors de cette escapade à deux, loin de nos vies. Nous filons vers les Champs-Élysées où je l'invite au restaurant pour un dernier déjeuner en tête-à-tête. Nous prenons ensuite le temps de flâner sur l'avenue et de faire quelques boutiques avant de rejoindre la Concorde, le Jardin des Tuileries, puis, par dépit, l'hôtel pour récupérer les valises avant de filer à la gare d'Austerlitz.

Il est 17 h 12 quand notre train repart dans le sens inverse.

Sur le trajet, son visage devient plus sérieux. Elle a oublié sa vie quotidienne le temps de cette parenthèse, et le retour à la réalité va être cruel. Je ne dis rien. Je regarde par la fenêtre les paysages qui défilent. Elle ignore que je suis déjà en manque d'elle. Je n'arrive pas à profiter de l'instant présent. Je suis déjà à l'heure de la séparation. On s'était dit qu'on se quittait après ces deux jours. Pour ma part, je ne peux pas. Mais elle ? Que compte-t-elle faire ? Je n'ose même pas lui demander de peur de sa réponse… Était-ce vraiment notre dernier week-end ? Notre dernière fois ?

Je commence à regretter d'avoir accepté cette escapade. Je me suis crue capable d'affronter mes émotions, mais notre arrivée sur le quai me démontre le contraire : je suis prise à mon propre piège. Je veux déjà la revoir. Ce week-end d'adieu a renforcé mes sentiments et m'a confirmé une chose : je suis amoureuse.

Elle va retrouver ses enfants, je n'ai personne à retrouver. Si je veux finalement la garder, je vais devoir de nouveau la partager. Cette idée m'est insupportable après l'avoir eue pour moi, seule, deux jours durant. La souffrance qu'elle m'inflige à ne pas faire de choix m'est atrocement difficile à vivre.

La réalité est comme un camion de vingt tonnes pris à contresens sur une autoroute : je n'en sortirai pas indemne.

Elle me prend dans ses bras. La pudeur s'est emparée d'elle. Elle est distante et ne veut pas s'éterniser sur ce moment. Le contraste avec la fille que j'ai connue à Paris est saisissant.

Je la dépose devant son portail. Je n'attends même pas qu'elle remonte l'allée jusqu'à la porte d'entrée. Je démarre en vitesse.

Je veux rentrer chez moi.

*

Deux jours plus tard, je reçois un message : « Est-ce que tu penses à moi ? »

Je lui propose de passer à la maison pour discuter de la situation. Il s'est passé quelque chose de très fort à Paris. Elle comme moi ne pouvons le nier.

Elle arrive une heure plus tard. Accompagnée encore une fois de cette pudeur, elle m'enlace maladroitement, timidement. Je ne le lui fais pas remarquer, mais ça me vexe un peu. Elle se dit fatiguée depuis notre retour, perdue aussi, et assure avoir des sentiments très forts à mon égard. Mais voilà, la peur du regard des gens, de passer pour cette femme qui envoie tout balader pour vivre le grand amour avec une autre femme la terrifie. On n'annule pas son mariage à la dernière minute dans nos villages. Elle énumère les étapes de ce parcours du combattant : la rupture, la vente de la maison, la garde des enfants… C'est tout nouveau pour elle, cette histoire d'amour avec une femme. Elle qui, quelques semaines auparavant, ne s'est jamais vraiment posé la question, se trouve aujourd'hui à la croisée de deux chemins opposés. Tromper Aymeric quelques mois avant leur mariage ? Elle ne l'aurait jamais envisagé. C'est pourtant elle qui voulait essayer. Elle me déclare que c'est la première fois que c'est sérieux. Le garçon pour lequel elle a eu un coup de cœur il y a quelques années n'a, pour elle, plus aucune importance.

Mon amour est enfermé dans sa vie et je suis là, impuissante. Elle répète en boucle :

— Tu sais, s'il n'y avait pas eu les jumeaux, je serais partie, j'en ai la certitude, mais tout est compliqué, ma vie est ici.

Notre escapade paradisiaque à Paris n'a pas réussi à la faire flancher pour autant. Je sais qu'elle ne sera jamais assez forte pour tout plaquer.

Je comprends mieux pourquoi Aymeric est sur ses gardes. Sara aime plaire. J'avais déjà décelé ce trait de caractère. Elle aime plaire aux hommes et… désormais aux femmes. C'est quelqu'un qui cède à la tentation. Non pas parce que c'est une fille facile, non, simplement parce qu'elle s'emmerde dans sa vie et qu'elle a besoin qu'il s'y passe quelque chose. L'ennui est le pire ennemi des femmes d'ici. Ajouté à son besoin perpétuel de reconnaissance, Sara est fragile. Elle vit dans la culpabilité. Elle se sent coupable de tout : d'exister, de ressentir un besoin de liberté, de s'ennuyer de sa vie alors qu'elle a, à ses yeux, tout pour être heureuse.

Elle a beau tergiverser, elle ne le quittera pas ! Ma décision de stopper net cette relation est la seule alternative, je le sais maintenant. Elle comprend mon mal-être et se jette dans mes bras comme pour puiser une dernière fois cette énergie qui nous envahit lorsque l'on est l'une contre l'autre.

Nos mains se cherchent, nos lèvres se trouvent. On s'embrasse passionnément. Nos corps se lèvent du canapé et se retrouvent allongés sur le lit de la chambre d'une façon si naturelle que je ne me souviens pas, encore aujourd'hui, d'avoir monté l'escalier.

Sara est silencieuse, fragile, inquiète pour la suite, mais elle se laisse porter par le désir. Elle s'allonge, me fixe, aucun mot ne sort de sa bouche. Elle m'attrape par la nuque et me fait basculer sur elle. Mes yeux nagent dans les siens. On prend le temps de s'embrasser, de se câliner avant de se déshabiller mutuellement. Elle me lance :

— Je suis tout à toi, mon ange.

Comme j'aime quand elle est soumise !

Intensité inoubliable, douceur et tendresse mêlées. Chacun de nos gestes est lent, comme pour arrêter le temps et profiter de chaque seconde. Notre complicité est sans limite. Nous sommes connectées. Je ne peux expliquer cette fusion hors du commun qui s'empare de nous chaque fois que nous faisons l'amour.

Après son troisième orgasme, elle est en nage devant moi, sur le dos, offerte, des étoiles dans les yeux, submergée par le plaisir qu'elle vient d'éprouver. Mais je remarque des gouttes de sueur inhabituelles qui perlent sur son front. J'y pose alors délicatement ma main. Il est brûlant !

— Tu vas bien ?

— Avec toi, toujours… me répond-elle, mais je crois que je suis en train de tomber malade, je me sens très fatiguée depuis dimanche.

Je me rhabille rapidement et pars lui chercher un grand verre d'eau et de l'aspirine. Je lui fais promettre de prendre rendez-vous chez le médecin, car son état m'inquiète. Elle me remercie de prendre autant soin d'elle. Elle me serre fort dans ses bras pendant de longues minutes, rechausse ses sandales laissées à l'entrée et attrape son sac à main.

Nous nous quittons sur une dernière étreinte. Les larmes que nous avions abandonnées sur le canapé s'invitent de nouveau entre nous. On s'embrasse fort et on se promet deux choses : garder à jamais notre secret et se revoir quand nos sentiments se seront dispersés. Il me faut désormais laisser le vent prendre soin d'elle…

En passant le seuil de la porte, elle me lance :

— Je t'aime mon a(i)mant, prends soin de toi, je ne t'oublierai jamais. Tu seras toujours dans mon cœur.

Mot pour mot, le SMS envoyé quelques semaines plus tôt lorsque l'on s'est quittées avant la finale de handball. J'en tremble.

La porte se referme, je me plaque contre elle et glisse jusqu'au sol où le chagrin vient s'asseoir à mes côtés. Je laisse le passé derrière moi.

Dans deux jours, je pars en vacances. Un voyage au Maroc planifié depuis plusieurs mois avec Jey et deux amis parisiens. Quitter la région pour quelques jours sera, j'en suis sûre, le meilleur moyen de démagnétiser une fois pour toutes ce qui nous unit.

Chapitre 7

Il fait gris en ce mois d'août à Paris. Je rentre de Marrakech avec Jérémy, son ami et mon acolyte parisienne Juliette. Ça m'a fait du bien de la revoir et j'ai apprécié découvrir Victor. Jey a des vues sur lui et n'a eu que son prénom à la bouche durant tout le séjour. Je serre dans la paume de ma main une fiole de verre contenant un peu de sable du désert de Mezourga, rapporté en souvenir.

Dans le taxi qui nous conduit de l'aéroport vers le centre de Paris, je n'arrête pas d'ouvrir le bouchon de liège pour inhaler la senteur du soleil de là-bas. Sans succès. Si le voyage fut reposant, nos dix jours à Marrakech ne m'auront pas permis de faire sortir Sara de ma tête.

Au niveau du boulevard de la Chapelle, je me dis qu'elle ne m'appellera plus. C'est peut-être mieux ainsi, mais ça me rend triste. Pourquoi les décisions les plus sages sont-elles les plus difficiles à prendre ? République pour déposer Juliette, puis Châtelet pour Victor. Jey, jusqu'alors assis sur le siège avant, vient me rejoindre à l'arrière. Il insiste pour me raccompagner jusqu'à la gare d'Austerlitz.

— Ça ne va pas mieux, hein ? s'inquiète-t-il.

— Non, pas vraiment. Elle a foutu un vrai bordel dans ma vie, il faut que je prenne du temps pour tout ranger…

Je soupire.

Le chauffeur nous dépose devant la gare. Alors que je me lève pour sortir du véhicule, la fiole que j'avais oubliée sur mes genoux roule et s'écrase en mille morceaux sur le bitume.

— Et merde !

Les grains de sable se mêlent à la poussière de l'asphalte. C'est à l'image de ma vie sentimentale : je ne peux rien garder de précieux, inexorablement rien ne dure, tout se casse. Jey semble avoir lu dans mes pensées.

— Ne t'inquiète pas, chérie, c'est juste un signe pour que nous retournions vite là-bas.

Je souris. J'accuse le coup.

J'ai quitté Sara fiévreuse il y a douze jours aujourd'hui. Je m'attendais à ce que l'on garde contact durant mes vacances, mais elle en a décidé autrement. J'ai demandé des nouvelles la veille de mon départ. Elle m'a répondu avec ces mots expéditifs : « J'ai la mononucléose. Aymeric fait la gueule et me demande des explications. Il pense que je l'ai chopé à Paris. Bref. Bonnes vacances. »

Ça veut dire quoi ce « Bref » ? « Bref » comme « Ce n'est pas grave, je gère » ou « Bref » comme « C'est peut-être toi qui m'as refilé ça » ? J'ai voyagé contrariée et même le soleil n'y a rien changé. Je ne lui connais pas cette froideur. Comment peut-elle me balancer ça ?

*

Le 9 août, c'est la Saint-Amour au village. Il est de tradition de la célébrer par une fête le week-end suivant. Depuis le milieu de l'après-midi, Élise insiste pour que je l'y accompagne. Je n'en ai pas envie. Pas envie de sortir, pas envie de faire semblant, pas envie de croiser Sara, surtout.

Je reçois un SMS : « Je viens te chercher à 20 heures, sois prête. Bisous. Élise. »

J'essaie de me raisonner. Ça me fera certainement le plus grand bien d'aller faire un tour. J'accepte finalement et me prépare.

Mamie Louise m'a raconté que la fête de la Saint-Amour était un véritable moment de partage pour les gens du village. Alors qu'elle avait dix-sept ans, les jeunes filles espéraient y rencontrer leur prince charmant. Aujourd'hui, c'est devenu une fête aussi populaire que banale : beuverie pour les jeunes, sortie du mois pour les parents et un joli feu d'artifice pour les enfants. Tout le monde y trouve son compte, si on peut dire, sauf moi, qui ne rentre dans aucune de ces cases.

C'est la première fois que je vais à une fête de la sorte. Je ne sais pas à quoi m'attendre : vais-je devoir faire la chenille avec des inconnus ? Vais-je avoir droit à « On va s'aimer » de Gilbert Montagné ?

Pour être à l'aise, j'enfile une combi-short légère en jeans. Avec mes Vans, c'est parfait. Je mets un peu de cire mate sur mes cheveux. Deux minutes suffisent à me coiffer, l'avantage d'une coupe courte. Je suis prête. Il ne manque plus qu'Élise, Lisou pour les intimes.

Sur le chemin qui nous sépare de la place, Élise m'annonce avoir retrouvé un mec depuis peu, elle est heureuse de célébrer l'amour ce soir. Si elle savait… L'amour m'a arraché le cœur, l'a piétiné sur du gravier avant de le balancer dans un champ. Je passerai ma soirée à le suturer tout en regardant les gens s'amuser. Triste perspective.

La place décorée de lampions fait honneur à la fête. La piste de danse, près de l'église, attend déjà les premiers villageois. Le bal s'ouvrira à 21 heures précises, comme à l'accoutumée, par la « Bourrée de Saint-Chartier », la danse traditionnelle du Berry. George Sand, ayant vécu toute sa vie à Nohant-Vic, petite bourgade à une trentaine de kilomètres d'ici, en aimait tant le rythme et la gravité.

Nous arrivons avec Lisou, au moment de la remise des prix du concours de pétanque, qui a eu lieu dans l'après-midi. Mamie Louise est heureuse, c'est Jacques le facteur qui l'emporte ! Sur la place de la Mairie, des cabanons en bois vendent les produits locaux. Un stand de restauration sert des saucisses, des merguez, et des barquettes de frites…

Dans la foule, je cherche en vain Sara. Je ne peux m'en empêcher. Peut-être viendra-t-elle avec ses enfants pour le feu d'artifice. Alors que Lisou part nous prendre des bières, je reçois une tape sur l'épaule :

— Hey ma biche, comment ça va ?

Je reconnais immédiatement la voix rauque d'Alix. Ça fait plus d'un mois que je ne l'avais pas revue.

— J'ai trop de choses à te raconter… Mais avant ça, dis-moi, c'est comment, Marrakech ? Tu nous as ramené une jolie Marocaine ? Je veux tout savoir !

Je souris.

— C'était vraiment super, on a dormi dans un riad magnifique, on a fait des excursions dans le désert, du quad, visité un tas de trucs… Mais pas de mignonne Marocaine dans mes bagages.

Elle est ravie. Je remarque alors que quelque chose a changé sur son visage. Je la trouve radieuse et le lui fais savoir. Avec un large sourire, elle me révèle son secret :

— J'ai une nouvelle à t'annoncer. J'ai quitté Louis il y a quinze jours. Fin juillet, j'ai rencontré une jeune avocate sur Toulouse. C'est un truc de dingue. On se revoit le week-end prochain. Faut qu'on en parle, c'est tout nouveau pour moi, si tu vois ce que je veux dire…

Je ne suis pas surprise. Je la serre dans mes bras. Je suis si heureuse pour elle. J'ai toujours su qu'Alix aimait les femmes. Elle a sauté le pas pour vivre pleinement ce qu'elle a toujours été. Je l'admire, certaines femmes n'ont pas ce courage.

Avec les filles, nous passons un super moment. Nous buvons des coups, nous papotons avec un tas de gens, de tout, de rien. Mais Sara n'est toujours pas là. Je suis à mi-chemin entre la déception de ne pas la voir et la peur de croiser son regard. Je l'aime, elle me manque terriblement et, secrètement, j'attends de ses nouvelles avec l'espoir qu'elle ait le déclic de changer de vie.

Lisou nous rejoint, on trinque à l'amitié et aux vacances qui s'achèvent pour toutes les trois. Lundi 15 août étant chômé, nous reprenons toutes le boulot mardi.

Il est 22 h 20 quand le bal musette laisse place au DJ du coin. Assise à une table à échanger sur nos étés, j'aperçois soudain les jumeaux de Sara, Lola et Enzo. Spontanément, ils viennent nous embrasser avant de rejoindre les autres gamins du village qui courent sur la place. Sara est forcément dans les parages ! Mes yeux la cherchent intensément. La voix d'Alix se noie dans le bruit de fond alors qu'elle nous raconte sa rencontre avec Emy, sa jolie avocate de vingt-huit ans.

C'est alors que Sara apparaît dans mon champ de vision, accoudée à la buvette avec Jessica, sa future témoin. À leur droite, Damien, le mari de Jess, et Aymeric. De battre trop fort, mon cœur, s'il le pouvait, briserait mes côtes. J'ai envie de disparaître, de fondre comme neige au soleil et d'être absorbée par la terre. La voir heureuse me rend malheureuse. Ce que nous avons traversé n'a pas l'air de l'affecter. Je me rassure et me convaincs qu'elle joue la comédie quand nos regards se croisent enfin. Une fois, puis deux. Chacune reste à sa place, trop fière pour faire le premier pas.

La voix de Lisou casse le silence en proposant de se rapprocher des meilleures places pour le feu d'artifice. Prise dans le mouvement, je suis mes amies. Nous arrivons à hauteur de Sara, qui ne me dit pas bonjour. Suis-je devenue une étrangère à ses yeux ? Je lui envie cette force de laisser le passé au passé. Pourquoi cela m'est-il si difficile ? Son comportement soulève des questions qui me déconnectent un peu plus de ce qui m'entoure : veut-elle se protéger ? Peut-être a-t-elle tout avoué à Aymeric ? Sara a le talent de sauver les apparences, instinct de survie dans nos petits villages français. Mais mettre un mouchoir sur les problèmes ne les fait pas disparaître. J'ai besoin, pour ma part, de disséquer, de chercher, de comprendre pour faire mon deuil. Quand j'ai tout plaqué, j'ai mis presque six mois à reprendre confiance en moi. Très vite, la colère et le doute prennent possession de moi : après m'avoir utilisée, Sara me jette comme une vulgaire poupée de chiffon. Et si elle avait joué avec moi ? A-t-elle été sincère ? Je commence sérieusement à me poser la question. Ai-je été un simple amusement pour flatter son ego ? Pour la distraire ? Ces moments forts que nous avons vécus ne peuvent être une mascarade. Je ne peux m'y résigner. J'ai vu l'amour dans ses gestes, dans ses mots et dans ses gémissements. Sommes-nous allées trop loin ? Certainement. Sans doute veut-elle se racheter une conduite et se convaincre qu'elle est éperdument amoureuse du père de ses enfants. Je suis l'animal de compagnie offert à Noël pour recréer un semblant de bonheur familial et abandonné en plein été car devenu gênant…

Sa décision, je peux la comprendre. Je me serais même contentée des miettes : elle serait devenue ma meilleure amie, une confidente. Mais être invisible à ses yeux me fait mourir à l'intérieur. Pourquoi devenons-nous si insignifiants aux yeux de ceux que nous avons aimés ? Si l'indifférence est le jour qui suit l'amour, j'aurais préféré ne jamais le vivre.

À ce moment-là, un début de larmes fait briller mes yeux. Je mets ça sur le dos de la fumée des grillades. La bière m'aide à tenir le coup. Je puise en moi la force de sourire, d'être invincible, comme si rien de tout cela ne m'affectait.

Aux alentours de minuit, Alix me traîne jusqu'à la piste de danse. Après plusieurs demandes, sa main n'a laissé aucune chance à la mienne : elle l'attrape et me tire vers elle. Je ne peux résister plus longtemps. Patrick Sébastien nous prend pour des sardines, Alix saute sur place et m'incite à faire de même. Je me prends au jeu. On rit. Je hurle pour couvrir la musique :

— On doit être ridicules à sauter comme ça.

— Celui qui est ridicule, me répond-elle, c'est celui qui ne saute pas !

Je regarde autour de moi. C'est bien la première fois ici que les gens sont indifférents au regard des autres. Il n'y a aucun artifice, aucun jugement. Dans les clubs que je fréquentais dans la capitale, on se jugeait, on se critiquait, allant parfois jusqu'à singer celui qui était différent de nous. Critiquer les autres pour éviter d'avoir la lumière sur soi. Un jeu auquel je me suis adonnée moi aussi. « On va s'aimer… » J'avais raison, il n'y a pas de fêtes rurales sans Gilbert. Cette chanson inoffensive est une balle en plein cœur. Les paroles de cet amour indestructible prennent une toute autre dimension. Cela aurait pu être une lettre d'amour que j'aurais glissée sous l'oreiller de ma belle un dimanche matin, au réveil. « Les Lacs du Connemara » me font quitter la place, loin des rires, loin de Sara. Je suis ailleurs. Légère, presque heureuse.

4 heures du matin. Alix est complètement déchirée, Élise propose de la raccompagner. Je fais à pied les quelques centaines de mètres qui me séparent de la maison. Dix-sept nuits que le sommeil rechigne à prendre soin de moi, mais cette nuit-là, la fatigue et l'alcool ont pris en otage mes pensées les plus sombres. Je m'endors… Enfin.

*

Lundi 15 août. La colère ne me quitte pas depuis samedi soir. Il nous fallait prendre de la distance, c'est évident, mais de là à nous condamner à l'ignorance la plus absurde, je ne suis pas d'accord. J'aurais appris à ne plus la désirer, à la considérer comme une amie. Le temps est un allié ; encore faut-il lui donner une raison de servir sa cause. J'avais bien sûr prévu d'étouffer mes sentiments. Ça n'est pas chose facile, mais je ne suis certainement pas la seule femme sur terre à devoir m'y atteler. J'ai lu qu'il faut parfois imaginer une grande armoire, mettre nos souvenirs dans une boîte, les ranger et tourner la clé comme on fermerait une porte sur le passé. Jamais je n'aurais pensé que Sara veuille, après ce rangement nécessaire, jeter la clé au fond d'un lac. Je fais souvent ce rêve où nous sommes en voiture. Elle se gare près d'un pont, mets les warnings, sort et se penche vers un fleuve. Je sors comme une folle de l'habitacle et plonge pour récupérer la clé de nos souvenirs. Je me réveille au moment où mon visage touche la surface de l'eau.

Je n'ai encore pas dormi de la nuit. La colère s'est allongée sous les draps, à mes côtés. Elle ne me lâche pas, me parle et me fait ressasser les plus infimes détails. Quand mes paupières commencent à être lourdes, Sara apparaît et je me réveille. Je cherche sur ma table de nuit mon téléphone quand je me souviens l'avoir balancé dans un tiroir de la cuisine pour arrêter d'attendre un signe de sa part. Je descends. Je suis faible. Je libère l'objet de plastique de sa prison de bois. Je remonte et me remets au lit. Je me cache sous les draps comme une ado qui ne souhaite pas être surprise par ses parents à regarder son écran en pleine nuit. Je regarde les photos de notre week-end à Paris. Quand tout va mal, j'ai souvent cette envie d'avoir encore plus mal. Le pire nous attire toujours : tant qu'à pleurer, il faut sortir l'artillerie lourde.

Je me replonge dans notre idylle jusqu'à sourire seule, sous ma tente de fortune. Je tombe sur notre dernière photo prise dans le train au retour de Paris. Sara, endormie dans mes bras, tient ma main.

Des larmes… encore. Je fais le constat que je suis seule. À cet instant précis, mais dans ma vie aussi : mes parents sont à plus de trois cents kilomètres, mes amis de toujours à Paris. Je pourrais, bien sûr, me confier à Mamie Louise, mais je n'ai pas envie de la contrarier avec mes histoires de cœur.

Pourtant, la peine est bien plus légère quand elle est partagée. La parole libère. J'écope d'une double peine : l'absence et le secret. J'ai donné trop d'importance à cette fille. Je lui ai permis d'être mon anxiolytique pour estomper la solitude de mon existence.

Oublier un amour n'est pas simple quand ce dernier apparaît en filigrane chaque jour que Dieu fait : je la croise tout le temps, je la vois vivre, surmonter notre histoire. Cela me tue. Et quand je ne la croise pas, nos amis en commun me rappellent à son souvenir. On me demande si elle va bien, comment vont ses enfants… Il y a des jours où j'ai envie de tout balancer et de leur dire de ne plus m'emmerder avec ça. Les mots sont forts, mais ils sont à la hauteur de ma douleur.

J'ai déjà tenté de la quitter deux fois avant de tomber amoureuse et de me fracasser en mille morceaux. Je voulais nous protéger et, finalement, je commence à regretter d'avoir été la seule à prendre cette décision. Je suis coupable d'avoir voulu le grand amour, coupable d'avoir osé aimer, coupable d'avoir quitté.

J'ai besoin de réponses et d'en avoir le cœur net, je lui envoie un message d'une vingtaine de lignes. Je dois savoir ce qu'elle ressent. Je sais que sa réponse ne sera pas à la hauteur de mes interrogations. Elle est si peu expressive. Je suis la condamnée qui fait appel en espérant un non-lieu. À 5 h 25 du matin, il est temps que je sache pourquoi elle met une telle distance entre nous.

Mardi 16 août, 6 h 40. Sa réponse fait tinter mon téléphone.

« Élo, arrête de penser que je me suis amusée avec toi, ce n'est pas vrai ! Tu sais à quel point tu es importante pour moi, mais je ne veux pas détruire ma famille et mes projets de vie. Il faut qu'on arrête cette relation, voilà pourquoi je t'ai ignorée et pourquoi je ne t'écris plus. Et puis je te rappelle que c'est toi qui jusqu'ici as tout fait pour que l'on se quitte... Voilà, tu as tes réponses. Prends soin de toi. »

Si les mots sont des balles, je suis morte fusillée ce matin au nom de l'amour. Sara se montre plus forte que je ne le serai jamais. Elle respecte tellement ma décision qu'elle préfère couper les ponts. Et moi, j'ai fait la connerie de la quitter avec l'espoir que le manque la ramènerait à la raison.

Je lui réponds par une question simple : « Sara, je veux que tu sois sincère, éprouves-tu quelque chose pour moi ? »

Mes mains tremblent, mon cœur se débat. Je reste bloquée sur mon téléphone, sur les trois petits points de suspension qui indiquent qu'elle rédige un message. Les plus longs points de suspension de toute ma courte vie. Quand soudain surgissent à l'écran ces mots-là : « Je suis tombée amoureuse de toi, Élodie... Je me voile certainement la face, mais c'est comme ça, je suis désolée. »

Je crois bien que le temps a dû s'arrêter quelques secondes. Pardon, je suis sûre que le temps s'est arrêté. Sinon je n'explique pas pourquoi ma main, mon visage et mes yeux sont restés figés.

« Non Élo, je ne t'aime pas et je ne t'ai jamais aimé ! » C'est ça qu'elle aurait dû écrire ! Ça m'aurait permis de faire mon deuil, de l'oublier et pourquoi pas – allons jusqu'au bout – de la détester, de la haïr, ne lui offrir que du dédain en retour. Mais non, au lieu de tous ces sentiments détestables, elle souffle sur les braises d'un amour mort.

J'aurais aimé qu'elle ne m'ait jamais aimée. J'aurais pu ainsi poser la première pierre à ma reconstruction.

Mais voilà, ses mots me rendent dingue. Je veux la serrer dans mes bras. Là, tout de suite. J'exige qu'elle soit là. Je veux l'aimer, fort, très fort, plus fort encore. Alors je vais l'attendre. Mille ans, s'il le faut. Je serai le fantôme qui viendra veiller sur ses nuits. Je me réincarnerai en tulipe jaune, sa fleur préférée. Elle ne me regardera alors plus qu'avec délectation. Elle me désirera. Je serai une fleur coupée dans un vase, peut-être. Je fanerai pour sûr, qu'importe tant qu'elle me désire.

J'enrage. Elle m'aime, mais elle va se marier avec le père de ses enfants. C'est un fait, une fin annoncée. Elle veut réussir sa vie de famille pour de mauvaises raisons, selon moi. Et la réalité dans tout ça ? Un anneau de métal, si précieux soit-il, n'a pas d'effet magique sur les couples et sur l'amour.

Elle a connu la dépression du quotidien. Pourtant, elle ne paraît pas vouloir en sortir. Entre l'amour et le confort, c'est souvent le second qui gagne. Il faut du courage, de l'envie et peut-être un peu de folie pour tout quitter.

Je suis le chemin de traverse, le détour, la sortie d'autoroute prise par erreur et dont on ne se souviendra bientôt plus. Je suis la baguette de pain qu'on a laissé durcir et que l'on émiette pour les oiseaux. Je suis le linge sale oublié au fond du panier. Je suis l'amante que l'on cache et l'amour que l'on renie.

Dans son livre *Quelle nuit sommes-nous ?*, Hafid Aggoune a écrit : « La vie s'arrête lorsque la peur de l'inconnu est plus forte que l'élan. » J'avais de l'élan pour deux, j'étais prête à sauter avec toi dans l'inconnu pour essayer de « toucher le ciel », comme le dit cette putain de chanson. J'ai sauté, oui, ça oui, j'ai sauté ! Mais tu ne m'as pas suivie. Alors que je tombais dans le vide, je t'ai vue te pencher et me regarder en contre-plongée m'écraser à terre. Nous avions toi et moi l'envie de nous découvrir et rien ni personne – en tout cas, il y a à peine un mois encore – ne pouvait se mettre en travers de notre chemin. Mais Sara, la peur nous a tuées. Le regard des autres t'a emprisonnée à vie. Il est difficile pour toi d'accepter que la moindre personne du village sache que tu aimes une FEMME. Inconcevable que ton image en prenne un coup !

À Paris, je ne connaissais pas mes voisins. Ils n'étaient pour moi que des bruits et des pas dans la cage d'escalier. On ne partageait rien, si ce n'est un « bonjour » de courtoisie, de temps en temps. Je vivais librement, sans que mes faits et gestes soient constamment épiés. C'est si différent ici ! Le potin est un art élevé au rang de la rhétorique. Tout se sait, tout se discute, tout se commente. Le moindre mouvement inhabituel est aussitôt capté, répété, déformé ! Les habitants du village sont à l'affût de tout et tout le temps : une voiture absente devant chez l'un, une lumière allumée très tard chez l'autre attisent la curiosité et nourrissent les rumeurs les plus folles.

Je comprends Sara, mais je reste convaincue qu'elle doit apprendre à vivre pour elle et non à travers ceux qui l'entourent.

Cette tempête dans mon crâne ne s'apaisera jamais. Je suis en manque d'elle. Je veux son attention et la revoir.

Message envoyé à 7 h 45 :

« Voyons-nous stp. Parlons de vive voix. C'est la seule chose que je te demande… »

Réponse à 7 h 46 :

« OK. Rendez-vous demain 15 h 30 au passage à gué. »

*

À la veille de la rentrée des classes, le thermomètre dépasse encore allégrement les trente degrés. L'âne de la voisine s'est réfugié sous l'ombre du grand chêne. Après plus de dix minutes de marche, j'arrive au point de rendez-vous. Je m'avance sur le petit pont en bois et m'assois du côté ombragé. Tout est calme autour de moi. Le son léger du ruissellement d'eau de la rivière et le vent qui fait danser les feuilles m'apaisent. La canicule de ces dernières semaines a eu raison des promeneurs, qui n'ont pas osé s'aventurer jusqu'ici en plein après-midi.

Je vais la revoir ou plutôt elle vient pour me voir. Cette pensée me fait du bien. À une centaine de mètres, je distingue sa silhouette. À chaque pas qu'elle fait, le stress gagne du terrain.

J'ai préparé des phrases à lui dire. Comme le temps nous est compté, il me faut ne rien oublier. Elle s'approche de moi et me lâche un timide « Salut ». En une seconde, le malaise s'installe. Sa pudeur érige de nouveau un mur entre nous.

Les inconnus se serrent la main, les amis s'embrassent, les amoureux se serrent dans les bras. Mais nous ? Qui sommes-nous l'une pour l'autre ? Des *amireuses*, peut-être : pas tout à fait amies, indéniablement encore très amoureuses. Comme nous ne savons pas encore très bien où nous en sommes, on décide instinctivement de ne faire aucun geste. Chacune dans son camp. Elle finit par venir s'asseoir près de moi sur le pont.

Étant à l'initiative de cette rencontre, je comprends qu'elle attend de moi que je prenne la parole. J'écourte rapidement les « Comment ça va ? » et les « Écoute, moi plutôt pas mal », qui n'apportent rien au débat, et en viens directement à la questionner sur son dédain le soir du bal. Elle me répond qu'elle essayait de se consacrer à son homme et que, oui, elle voulait également savoir si cette indifférence allait m'affecter. Je n'ai pas besoin de réagir, ma question lui a donné la réponse qu'elle attendait.

La conversation s'enlise : elle ressasse les mêmes arguments, j'abats les mêmes cartes. Il n'y a ni gagnantes ni perdantes, seulement deux visions incompatibles. D'un seul coup, elle se lève :

— Viens, on descend à la rivière.

Je ne rechigne pas et la suis. En s'approchant de la rive, je lui accorde le talent de savoir dévier les conversations comme si rien ne l'atteignait. Je suis en train de lui parler et, elle, elle veut voir la rivière. Pendant qu'elle se déchausse, je continue la discussion en l'amenant à croire que l'on peut rester amies et lui lance les deux ou trois phrases que j'avais passé la matinée à formuler dans ma tête.

— Allez, l'eau est très bonne. Profites-en, ils ont écrit sur le journal que ça ne devrait pas durer, ils craignent la sécheresse.

Je plisse les sourcils d'incompréhension. Elle veut vraiment aller se baigner ? J'aurai dû, à ce moment-là, prendre mes affaires et me barrer. Je lui parle de quelque chose de sérieux et elle ne pense qu'à s'amuser. Elle insiste :

— Allez, viens… On peut continuer à discuter dans l'eau.

Je prends deux minutes de réflexion avant d'enlever mes chaussures et de la rejoindre. De toute façon, les dés sont pipés, je lui cède toujours tout. Alors que mes mollets prennent l'eau, elle commence à m'éclabousser.

— Alors Élo, tu disais quoi ?

— Je disais que…

Elle continue de plus belle et ça la fait rire. Je lâche :

— T'es insortable. Qu'est-ce que je vais faire de toi…

Alors que je la dévisage, elle s'avance vers moi.

— Arrête de me regarder comme ça, tu vas finir par craquer !

Je riposte sur un ton amusé qu'elle craquera avant moi. Je donne des coups de pied dans l'eau pour l'asperger à mon tour. Elle rit et me fixe droit dans les yeux. Un silence absolu s'installe.

— Oui, je vais craquer, mais il ne faut pas, on ne peut pas, on n'a pas le droit.

À ses mots, son pied glisse sur un caillou de la rivière. Je la rattrape par le bras pour l'aider à se relever. Elle se ressaisit, son corps se détache du mien, mais sa main reste dans la mienne. Je la guide jusqu'à la rive. Elle se met à genoux pour enfiler ses chaussures. En se redressant, je suis face à elle. Droite, inébranlable, forte comme jamais. Alors qu'elle rebrousse chemin vers le pont, elle se retourne d'un seul coup, et m'embrasse.

*

Nous sommes tous à la recherche du bonheur. Aimer et être aimé nous rend heureux, pour une nuit ou pour l'éternité. Je suis convaincue que la vie nous offre plusieurs amours. Chacun aussi unique qu'enrichissant. Mais qu'en est-il de la passion ? Quand le cœur s'emballe, que l'excitation alterne alors entre peur et désir ? Quand le manque nous ramène sans cesse à l'autre, qu'il nous obsède, que nos repères sont bousculés ? On se perd un peu, beaucoup, passionnément justement. Ceux qui sont aimés avec sincérité et passion connaissent la puissance de ces sentiments et savent combien il est difficile de vivre le jour d'après, quand tout s'est dissolu…

Avant Sara, je n'aurais jamais imaginé qu'aimer pouvait offrir autant d'émotions d'une telle intensité. Un désir si puissant et insatiable. Sans elle, le quotidien devient terne, sans couleur, sans envie, les doutes fleurissent dans mon esprit de conquérante.

À Paris, tout est joué d'avance. Les applications et les rencontres d'un soir abîment l'attraction que l'autre éveille en nous. La multitude des filles que l'on rencontre empêche certainement nos cœurs de se poser à l'ombre d'une autre. Avant, je n'avais pas le sentiment de vivre. Je survolais mon existence, mes amours. Dans cette nouvelle vie en province, je veux de l'authenticité.

De l'amour, du vrai. Celui qui ouvre le chemin aux lendemains lumineux.

Quand je suis avec Sara, les étoiles plein les yeux et les papillons dans le ventre ne sont pas des images à l'eau de rose. Je les ressens au plus profond de moi… Je suis vivante avec elle. Invincible, indestructible. Tout ce que la société moderne d'aujourd'hui refuse que l'on soit.

Il y a des moments où je regrette d'être partie avec elle à Paris. Je n'aurais jamais dû céder. Rester sur ma conviction que cela mènerait inévitablement à une douleur plus intense. Vous allez certainement sourire, mais je ne peux plus supporter d'entendre une chanson écoutée ensemble là-bas, de mettre à nouveau un tee-shirt sur lequel elle a posé sa joue. J'ai pleuré l'autre jour devant un reportage à la télévision sur la création de Notre-Dame de Paris. J'en rirai certainement dans quelques années.

Ce week-end d'adieux nous a flinguées.

Et puis est venu ce baiser, cet après-midi. Je cherche un sens à tout. Qu'elle m'ait embrassée, veut forcément dire quelque chose. Même dans un monde en ruines, je vois le beau dans un insignifiant rayon de soleil. La pensée d'une femme amoureuse vacille comme la flamme de bougie : on s'efforce de tenir, de fuir les conditions d'un amour qui ne nous convient pas et finalement, faibles, nous sommes parfois prêtes à tout accepter. J'ai moi-même envisagé être celle de l'ombre… Celle dont on ne parle pas, que l'on cache. Tant qu'à souffrir du manque, je préfère la partager. Notre connexion parfaite prouve que l'on s'est trouvées, elle et moi. Qui peut en dire autant ?

Cette passion, cette fusion, cet amour est rare et je ne peux prendre le risque de passer à côté. Sara est mon repère, mon inséparable. Mon âme sœur.

*

Depuis cet après-midi près du passage à gué, nous nous revoyons presque tous les jours : soit le matin avant qu'elle ne parte au travail, soit je la rejoins entre midi et deux. Les week-ends, c'est plus compliqué. Sara est obligée de s'inventer des occupations hors de la maison pour qu'Aymeric ne se doute de rien. Chaque samedi matin, elle modifie son planning pour passer me voir avant d'aller travailler. La journée, notre amour s'écrit par SMS. Matin, midi, soir, on s'envoie des mots doux, des snap de ce que l'on mange, de ce que l'on fait, d'elle nue sous sa douche, de moi et de mon désir à la retrouver… (J'ai noté sur mon carnet d'écrire à l'inventeur de Snapchat. Je lui dois bien ça !) Souvent nous sommes en parfaite symbiose. Nous partageons la même idée au même moment. Hier, elle s'est réfugiée dans les toilettes de son lieu de travail et m'a envoyé plusieurs messages dont un qui m'a particulièrement touché :

« Tu manques à moi beaucoup. »

Notre amour n'a nul besoin de faire de phrase. Il est instinctif, animal, sauvage parfois.

Et puis on refait l'amour de longues heures une à deux fois par semaine. Souvent chez moi, quelques fois chez elle quand Aymeric bosse…

Le matin, on se raconte nos rêves et ce plaisir à nous y retrouver. Moi dans les siens, elle dans les miens. Ça nous fait rire.

Il est 7 h 20 ce lundi matin quand elle m'écrit avoir quelque chose à me dire. Son texto est bref. Je cherche dans mon immense lit le deuxième oreiller et le blottis contre moi, pensant évidemment que c'est elle que je serre d'amour. J'attends la suite.

Elle texte :

« Aymeric m'a attrapé par la taille cette nuit. Je dormais à poings fermés, j'ai (selon lui) dit dans mon sommeil : “Moi aussi, Élo, je t'aime”. »

Oh putain ! Il sait.

Chapitre 8

J'appelle une première fois, Sara ne décroche pas. Une seconde, toujours pas de réponse. Ça me stresse. « Bonjour, vous êtes bien sur le répondeur de Sara, merci de… ». Aymeric a compris, il sait tout, j'en suis sûre.

Il est hors de question que Aymeric découvre notre liaison. Perdre Sara pour si peu m'est inconcevable. Je cherche dans ma bibliothèque le dictionnaire des rêves. « Dire je t'aime à quelqu'un. » J'essaie de trouver la parade en démontrant qu'un « je t'aime » murmuré et rêvé ne vaut rien. (Pour ma part, évidemment, il vaut de l'or.) Je fais les cent pas dans la maison. Je m'imagine tous les scénarios possibles. J'embrasse toujours le pire avant de me raisonner. Je me dis qu'après tout, ça n'est qu'un rêve.

Mais qu'en pensera Aymeric ?

Je tente de nouveau d'appeler Sara. Je me rends compte soudain que le futur époux peut s'étonner de tant d'appels en absence. J'arrête, elle me rappellera… Elle doit être en train de préparer ses enfants pour l'école. À tous les coups, c'est ça. Ça ne peut-être que ça… Quoi d'autre, sinon ? C'est plus fort que moi, je la rappelle.

Elle décroche. Je ne lui laisse pas le temps d'en placer une. Je lui fais part du fruit de mes recherches, elle me stoppe net :

— Détends-toi, ma chérie, c'est bon, j'ai géré, ne t'inquiète pas, il n'a rien capté ! Je lui ai raconté un bobard, ça l'a calmé de suite. Je lui ai expliqué que, dans mon rêve, tu quittais le village pour retourner t'installer à Paris. On était sur le quai de la gare quand tu m'as dit : « Prends soin de toi, je t'aime comme une sœur. » Ce à quoi j'ai répondu : « Moi aussi Élo, je t'aime. » C'est passé comme une lettre à la poste. Je suis bonne comédienne !

Je me sens tout de suite un peu bête de m'être autant inquiétée, mais soulagée quand même. Je commence à comprendre que Sara fait ce qu'elle veut de lui. Il gobe tout ce qu'elle lui raconte.

Elle change de sujet au bout du fil. Elle veut qu'on aille ensemble en fin de journée à l'apéro dînatoire de reprise au club de hand. J'hésite. Pas facile de revenir après les avoir quittées, même si je suis restée en bons termes avec tout le monde. Elle veut y passer une petite heure seulement, car les enfants ont école demain « et faire la nounou, c'est pas pour mon mec », me dit-elle. J'ai du mal à dire non. Après tout, ça me permet de la voir et de passer du temps avec elle.

Elle passe me prendre en voiture. Naturellement, je pose ma main sur sa cuisse, elle remarque que je porte toujours notre bracelet. Je regarde qu'il manque le sien à son poignet.

— Il s'est cassé la semaine dernière. Je le laisse dans le tiroir de ma chambre. Je suis dégoûtée de ne plus pouvoir le porter…

Je vois bien que ça l'affecte.

— Ça n'est pas bien grave, je t'en offrirai un autre.

Elle glisse ses doigts entre les miens.

— Ce n'est pas pareil. Celui-là a une valeur sentimentale. Je le garde précieusement, mais ça me fait mal au cœur de ne plus l'avoir sur moi.

On arrive vers 18 heures, les filles viennent me saluer.

— Hey, que fais-tu là ? me lance Alix.

Camille, optimiste, s'enthousiasme.

— Tu reviens jouer dans l'équipe ?

Loin du groupe qui m'entoure, j'aperçois Pierrot, qui, appuyé contre le mur, me fixe avec un léger sourire. J'ai un énorme pincement au cœur, mais je ne le montre pas. N'ai-je pas fait une erreur en quittant le club ? L'avenir me le dira. Pour l'instant, je profite de les revoir, d'être auprès de celle que j'aime. Demain est un autre jour.

— Vous m'excusez une seconde, les filles...

Je quitte le groupe pour rejoindre Pierrot, qui prépare quelques amuse-bouches. Il est content de me revoir. Du haut de son mètre quatre-vingt-dix, il me lance :

— Alors comment ça va, ma grande ?

Il est toujours aussi prévenant. Ça me rassure. Je lui réponds que je n'ai encore pas commencé les entraînements dans mon nouveau club. Le transfert de licence est un peu long et le championnat ne débute pas avant le mois prochain.

— Bon, ça, c'est bien, mais... toi, Élodie, comment tu vas ?

Je ne peux pas l'expliquer, pourtant j'ai le sentiment qu'il sait pour Sara et moi. Il voit clair dans mon jeu : je fuis certains sujets, reste vague sur d'autres. Ce secret est lourd à porter. Il pose soudain sa large main sur mon épaule et me dit droit dans les yeux ce que je n'oublierai certainement jamais :

— Dans la vie, on peut faire des compromis, se mettre en quatre pour les autres, faire des efforts pour qu'on nous aime. Mais à force, tu vas commencer à t'oublier. Un peu plus chaque jour : oublier ce dont tu as envie, ce qui te rend spéciale, unique… Oublier même ceux qui t'aiment vraiment. Pose-toi la question : est-ce que je suis toujours fidèle à mes convictions ? À mes valeurs ? À mes envies ? Et si tu ne sais pas répondre, refais le chemin à l'envers… C'est que tu as laissé traîner des bouts de toi un peu partout.

Et merde, il sait. Ce n'est pas possible sinon… Ses mots me flinguent le cœur, tellement il dit vrai, mais je tiens. Rester droite, sourire en toutes circonstances, j'ai appris.

Alix vient nous ramener au centre de la mêlée où chacune raconte comment s'est passé l'été, les pays visités, les couples qui se sont faits et ceux qui n'ont pas tenu… Ça me fait du bien de les revoir. Je n'aime pas les rumeurs et autres potins, mais ce soir, je m'en fous, j'ai besoin de légèreté.

Soudain Sara attrape son sac.

— Allez hop, on y va, je te dépose chez toi et je rentre à la maison, les enfants m'attendent. J'ai déjà une demi-heure de retard…

On embrasse les filles et on regagne la voiture. Comme elle me regarde avec insistance, je lui demande :

— Qu'est-ce qu'il y a ?

Elle me répond, amusée :

— Rien !

*

Pendant la vingtaine de kilomètres qui séparent le gymnase du village, nous reparlons des filles, du boulot et évoquons le fait que nous n'avons pas envie de nous quitter ce soir. Sara revient sur l'épisode du bracelet.

— Ça me contrarie vraiment de l'avoir cassé, putain… Ça représentait beaucoup pour moi.

Je ne dis rien. À la radio, Cyndi Lauper chante « *True Colors* ». Je me dis que l'on porte tous des masques, que l'on a peur de se montrer tels que nous sommes, sous nos vraies couleurs.

Elle balance comme ça de but en blanc :

— Je veux qu'on se fasse un tatouage. Le même, au même endroit. Comme ça, c'est pour la vie. Je t'aurai à jamais dans la peau…

Je la fixe pendant un moment. J'attends que sorte de sa bouche un « mais » ou un « je plaisante ».

Comme ni l'un ni l'autre ne viennent, je lui demande :

— T'es sérieuse ?

Ses yeux quittent la route, se plongent dans les miens et les fixent. C'est un oui que je lis au plus profond de sa rétine.

— Mais tu n'en as aucun ? Ce serait ton premier…

— Oui, le premier et le plus fort, me répond-elle avec assurance.

Ça me touche évidemment, mais je reste sur mes gardes… Un tatouage ? Pourquoi ? Et comment le justifier auprès de son homme ? Nouveau silence dans la voiture. Je regarde mes poignets tatoués et j'imagine un nouveau dessin à l'encre qui aurait le code indéchiffrable de notre secret. J'aurai cette fille qui me fait souffrir autant que je l'aime gravée à jamais. Suis-je capable de ça ? Et quand elle sera mariée, l'an prochain, que signifiera ce dessin indélébile ? Que je l'ai perdue pour toujours ? Symbole d'une fin annoncée ?

— Tu n'as pas peur de le regretter un jour ?

— Non, et toi ?

Comme je reste silencieuse et regarde la nuit derrière la vitre latérale du côté passager, elle enchaîne :

— Tu sais, Élo, je ne pourrai jamais le regretter, impossible ! Quoi qu'il arrive tu seras toujours dans mon cœur et si demain je ne t'ai plus dans ma vie, il me rappellera l'intensité de notre histoire… Et la promesse d'un secret entre nous.

À ses mots, j'en conclus une nouvelle fois qu'elle ne quittera pas son homme. Si elle a besoin de se tatouer notre histoire sur la peau, c'est qu'elle sait d'avance qu'il est déjà temps d'en garder le souvenir. C'est maladroit de sa part. Je commence à avoir l'habitude avec elle. Elle me demande si j'ai une idée du motif. Je ne sais pas. Après quelques secondes, elle propose :

— Je pense à ce i entre parenthèses que l'on glisse dans le mot amant… Cette petite lettre change tout. Il devient aimant, comme l'une pour l'autre, mais aussi l'aimant qui nous attire naturellement l'une vers l'autre… T'en penses quoi ?

L'idée me plaît, mais je reste toujours sur mes gardes. Elle veut que je cède :

— J'ai toujours pensé que les parenthèses qui protègent ce i sont symboles d'infini et d'immensité…

— Je vais prendre le temps d'y réfléchir.

Il nous reste cinq kilomètres avant d'arriver jusqu'au panneau d'entrée de la commune. Devant chez moi, Sara ne s'arrête pas, au contraire, elle accélère. D'un air déterminé, on traverse le village à toute allure pour aller se garer un peu plus loin, près du bois.

Elle s'arrête, met le frein à main, détache sa ceinture, se tourne vers moi et m'embrasse. Sa main est déjà sur ma poitrine et s'aventure plus bas. Elle me dévore des yeux avant d'ouvrir la portière. Comme elle descend, je la suis. Elle m'embrasse de nouveau et me plaque contre le coffre de la voiture familiale. Quand nos lèvres se quittent, je croise un regard envoûtant. Ça me rend folle, folle d'elle. Je suis incapable de résister. Ses mains quittent ma nuque pour déboutonner violemment mon pantalon. Je suis trempée. Elle a ce pouvoir, cette emprise inexplicable sur moi. Ses doigts entrent en moi, jusqu'à me faire oublier l'heure, le jour et le lieu. Nous sommes propulsées dans un monde de plaisir sous le bruit des feuilles au vent.

Je déboutonne à mon tour son pantalon, soulève son tee-shirt et joue de ma langue sur ses seins pendant que je la caresse. Elle gémit comme j'aime. Nos souffles se saccadent, nos corps sont à 130 battements par minute, nous jouissons à l'unisson. La petite mort s'est emparée de nous.

Je l'embrasse sur le front, elle reste blottie sur mon épaule comme pour ne pas quitter le rêve.

— Je te ramène ? me chuchote-t-elle à l'oreille.

Aucun mot ne sort de ma bouche, seule ma tête lui répond oui.

Devant la grille de la maison, je lui dis que je suis d'accord pour le tatouage. Elle me souffle un « je t'aime ».

*

Sept mois déjà que Sara et moi sommes ensemble. Aujourd'hui, c'est son anniversaire. Il est 12 h 30. Garée dans la zone commerciale où elle travaille, j'attends sagement dans ma voiture qu'elle me rejoigne comme à son habitude durant ses pauses déjeuner. Elle marche à vive allure dans ma direction. Elle est heureuse de me voir. À peine la portière ouverte, je lui dis :

— Joyeux anniversaire mon a(i)mant.

Évidemment je lui ai envoyé un SMS ce matin, mais je tenais à lui dire de vive voix.

Elle rit :

— Merci, ma chérie. On va où ?

— Je t'emmène déjeuner dans un petit endroit sympa, tu verras.

J'ai réservé dans un restaurant à la sortie de la ville.

À table, je commande deux coupes de champagne en apéritif. On trinque. Sara me révèle qu'à la maison, ça n'est toujours pas le bonheur. C'est parfois compliqué : Aymeric passe le plus clair de son temps avec ses potes et leur complicité se serait peu à peu abîmée avec le temps. Je n'arrête pas de m'interroger sur leur relation. En tout cas, pour moi, une chose est sûre : si elle doit finir sa vie avec un homme, Aymeric n'est pas un mec pour elle. Au boulot, c'est aussi difficile : elle enchaîne les heures supplémentaires, ce qui la fatigue beaucoup. Sara est une bosseuse, c'est une de ses qualités. Je sens mon a(i)mant fragile, sur le point de craquer alors que son regard brille et se trouble. J'ai envie de lui dire : « Mais putain ouvre les yeux, ne t'inquiète pas je suis là, moi… Regarde. JE SUIS LÀ ! » Elle a besoin d'être soutenue, d'être tirée vers le haut, d'être valorisée et, à mes yeux, Aymeric ne porte que peu d'importance à son profond mal-être. Soudain, son téléphone sonne. C'est son père. Il veut lui souhaiter son anniversaire. Elle sort du restaurant pour prendre l'appel. Je profite de ce court moment pour commander à la serveuse une tartelette aux fraises, dont elle raffole. J'ai pris le soin d'apporter une bougie. À son retour, elle découvre la flamme vacillante qui attend d'être soufflée…

— Oh, t'es un amour, merci…

Alors qu'elle inspire, je lui dis :

— Attends ! Attends ! Fais un vœu.

Elle réfléchit, les yeux levés au plafond. Et revient à moi avec un : « C'est bon, je l'ai… » Puis, elle souffle.

J'essaie de me convaincre qu'elle a fait le vœu que notre histoire ne s'arrête jamais… Il est temps qu'elle retourne travailler. Je la dépose, mais avant de se quitter, je lui tends une enveloppe joliment décorée. Elle est encore plus émue. Il semblerait qu'elle n'ait pas l'habitude de ce genre d'attention. Dans l'enveloppe, une carte d'anniversaire que j'ai pris le soin d'asperger de mon parfum, celui qu'elle aime tant. J'y ai glissé une invitation à une journée shopping demain, son jour de repos. J'ai envie de lui faire plaisir. Je l'embrasse sur le front, dans la rue, mes lèvres n'ont que rarement accès aux siennes. Il nous faut rester discrètes.

20 heures. Je termine à peine de dîner sur la table basse de mon salon quand mon portable sonne. Je suis surprise de cet appel. C'est elle.

Sara ne me téléphone que très rarement quand Aymeric est là. Je sens à sa voix que ça ne va pas. L'homme qui partage sa vie a oublié son anniversaire. Pas un mot, pas un gâteau, ni même une attention. Rien. Sara est en larmes :

— J'ai besoin de rien, mais quand même, c'est dur ! Je suis devenue quoi pour lui ?

Je suis déchirée de la savoir dans cet état. J'en veux tellement à Aymeric. Pourquoi lui fait-il subir tout cela ?

— Je ne veux plus de cette vie avec lui. Je voudrais pouvoir me barrer, mais avec les enfants, ce n'est pas possible, tu comprends ? S'ils n'avaient pas été là, je serais partie depuis longtemps, mais j'ai tellement peur de les perdre. J'attendrai qu'il me quitte. Je ne veux pas être responsable de notre échec. En tout cas, merci d'être là… Heureusement que je t'ai, toi !

Je reste muette, je ne comprends pas ce qu'elle attend. J'ai envie de la secouer, de la kidnapper et de l'arracher à cette vie que ne lui ressemble plus. Je la rassure, lui dis les mots qu'elle veut entendre – « Ne t'inquiète pas, il va se rattraper, c'est sûr… » Je la sens apaisée quand on raccroche. Et je pars me coucher, impuissante de ne pas être là, près d'elle, pour la serrer dans mes bras. J'envoie un message à Jey pour avoir un peu de soutien, lequel ne démord pas : « Tu veux qu'elle ouvre les yeux, mais ça n'arrivera jamais. Il faut que tu te réveilles, bébé ! Tu mérites tellement mieux que cette fille ! »

J'attrape mon calepin sur la table de nuit, confident de mes émotions, et écris : « Et moi, dans tout ça ? »

Je débarque chez Sara au petit matin le lendemain. Elle est seule. La nuit a été dure pour elle, je veux la réconforter.

Je toque à la porte, elle m'ouvre et se jette sur moi. On se serre fort, c'est notre rituel. On se voit trois à cinq fois par semaine et, chaque fois, cette étreinte est aussi vitale que nécessaire. C'est ainsi que l'on se connecte l'une à l'autre. Sous les multiples épaisseurs qui l'habillent, entendre les battements de son cœur m'apaise. Ma main droite caresse tendrement ses courbes pendant que mon autre main entoure sa taille. Sara, elle, a l'habitude de se blottir dans mon cou et de me gratouiller la nuque avec ses ongles. Le temps est sur pause jusqu'au baiser qui met un terme à notre rituel amoureux.

Nous partons aujourd'hui pour la journée shopping que je lui ai préparée. Direction la zone commerciale la plus proche.

Notre sortie se passe merveilleusement bien. Notre duo rayonne, entre rires et petites attentions... Je vois Sara épanouie et je fais tout pour qu'elle le reste. Nous faisons les magasins, je la gâte : nouvelles chaussures, nouveau bombers, jeans, sweat, chemisiers... Au feu, ma carte bancaire ! Qu'importe, quand on aime, on ne compte pas. Elle me répète sans cesse qu'elle n'a aucun style vestimentaire, alors je joue la styliste d'un jour pour son changement de look. Je l'invite au restaurant pour le déjeuner avant de reprendre de plus belle l'après-midi. Tandis que nous évoquons le fait que nous adorons les parcs d'attractions et qu'une journée à Disneyland à deux serait fantastique, le rêve d'un week-end – comme il y a quatre mois lorsque nous sommes allées à Paris – se dessine.

Elle me provoque.

— Viens, on y va ! Au pire on fait croire à Aymeric que tu m'as offert les billets pour mon anniversaire, comme ça il n'a pas d'autre choix que de me laisser partir ! Et puis, il sait que tu es « ma meilleure amie », donc j'obtiendrai ce que je veux, t'inquiète, je gère.

Effectivement, vu comme ça, c'est tentant. Je me connecte immédiatement depuis mon téléphone et achète deux billets d'entrée au parc. Noël étant dans un mois et demi, nous pourrons profiter de la magie et de l'ambiance des fêtes. Pour sa part, elle mettra son plan à exécution dès ce soir en l'annonçant à son mec.

La journée s'achève sous la pluie. Avant de regagner nos maisons respectives, nous faisons rapidement l'amour dans la voiture à l'abri des regards. Le bruit de l'eau qui tombe sur le toit rend l'instant très romantique. Alors qu'elle se rhabille, elle me remercie pour cette journée. Je la dépose chez elle et lui demande quand nous pourrons nous revoir. Elle me dit qu'elle ne sera pas libre avant mercredi prochain. Six jours sans elle, l'enfer.

*

Ce matin, je reçois à mon réveil une vidéo de Sara. « Bonjour, petit cœur, bien dormi ? » Elle mime des baisers en posant ses doigts sur ses lèvres. Je réponds par une vidéo de moi sous les draps : « Bonjour toi, je viens de me réveiller. Je passe te voir comme prévu pour 10 heures… » Je filme le haut de mon sein gauche et montre avec la main l'emplacement de mon cœur. Je file sous la douche sans voir que j'ai reçu un nouveau message d'elle :

« Je t'ai complètement zappée. J'ai quelque chose d'autre de prévu. »

Elle m'a oubliée. Je reste de longues secondes le portable à la main sans savoir qu'en faire. Elle m'a oubliée ! La phrase me revient en boucle.

Quelques mots sur un écran pour me dire qu'elle a prévu autre chose. J'envoie : « Sérieux ??? » Elle répond : « Oh mais ça arrive… »

Moi : « Non, à moi, ça ne m'arrive pas. Quand tu me donnes RDV, je suis là. Et surtout, je ne te plante pas une heure avant. »

Elle : « Élo, il faut que tu comprennes que j'ai une vie bien remplie aussi… »

Moi : « Oui, ça, je sais, il n'y a pas que moi dans ta vie. »

Énervée, sans même attendre la réponse, j'enfile à l'arrache mon bas de survêt, un sweat, attrape mon vieil iPod et pars courir. Le brouillard de novembre a pris ses aises, on ne voit pas à un mètre, mais je m'en fous, j'ai besoin de me défouler, expulser la colère dans les gouttes de sueur. Je vais me mettre huit kilomètres dans les jambes, ça va me calmer.

*

De l'autre côté du village, M. X rentre du boulot et découvre sur la table de la cuisine un mot griffonné qu'a laissé sa femme à son attention :

« Pascal,
Je n'en peux plus. C'en est trop.
Je te quitte.
Myriam. »

M. X a passé la nuit à tourner les pages de l'album de photos de famille. La pire des choses à faire : il revit son mariage dans les Cévennes, le bac de son fils et les souvenirs de son enfance dans le sud de l'Espagne. Pour oublier, il décide de vider dans son gosier la bouteille du vieux whisky qu'il gardait pour les grandes occasions. Que sa femme soit partie en est une. Vers 22 heures, il envoie un premier SMS à sa Myriam chérie. Suivront des centaines, peut-être des milliers d'autres, auxquels, évidemment, elle ne répondra pas.

À 8 h 40, il reçoit un semblant de réponse par le biais d'une de ses amies : « Ta femme est chez moi. Elle veut que tu la laisses tranquille. Merci. »

*

Je contourne le passage à gué, emprunte quelques petites routes de campagne, rejoins la place du village, puis la forêt pour enfin revenir à la maison par la route. Quelques vaches et moutons m'observent.

Sali dans son orgueil, M. X monte dans sa Mégane noire à 8 h 42, bien déterminé à connaître le fin mot de l'histoire.

Dans mes oreilles se joue « *Highway to hell* » d'AC/DC, et c'est exactement ce que je vis : ce matin, ma vie est un enfer. J'ai la rage, je cours vite. Plus vite, plus vite encore. Que mon cœur explose mes entrailles de battre si fort.

Dans mon dos, M. X n'a pas remarqué ma présence sur le bord de la route. Il ne sait plus si c'est à cause du brouillard ou de l'alcool. Certainement les deux.

8 h 44. Impact.

Mon corps vole, mes pieds quittent le sol. Je vois le monde à l'envers comme le bonhomme coincé d'une boule de Noël que l'on retourne pour que tombe la neige. À cet instant précis, pour moi, pas de paillettes, mais de la boue et du sang.

M. X a dû penser à une biche. Il ne s'est pas arrêté.

Blackout.

Chapitre 9

Après de longues minutes, je retrouve mes esprits. Face contre terre, un mètre en contrebas de la route, je suis allongée au milieu des branchages et des pierres. Sous mon corps, l'herbe est mouillée, j'ai froid. Mon premier réflexe est de bouger mes jambes. Les sentir se lever me rassure. Je tente de m'extirper du fossé, mais de vives douleurs dans le dos et le bassin m'en empêchent. Mon épaule et mon cou me font atrocement mal. Je glisse difficilement ma main dans la poche de mon bas de jogging. L'écran de mon téléphone est brisé, mais je ne le réalise pas tout de suite. Je souffle dessus pensant que ce sont des brindilles d'herbes tout en tapant dans la barre de recherche de mes contacts : S. A. R. A. Je la réclame. Je veux être avec elle, là, maintenant, tout de suite. Je tremble. Une, puis deux, puis trois sonneries… Elle décroche.

— Allô ? C'est moi, tu peux venir me chercher, je me suis fait renverser par une bagnole…

En le verbalisant, je prends conscience de ce qu'il vient de m'arriver. En état de choc, ma voix se casse un peu.

— Je suis dans le fossé, sur la gauche, après le grand virage, du côté de la ferme du vieux Gribaux, tu vois ?

— Oh putain ! Je saute dans la voiture, j'arrive. Donne-moi cinq minutes. Ne t'inquiète pas, ça va aller, j'arrive.

J'espérais sincèrement la voir aujourd'hui, mais je n'aurais jamais cru que ce soit dans de telles circonstances. Je n'arrive pas à comprendre ce qui a bien pu se passer, je courais pourtant sur le bas-côté, je n'empiétais pas sur la route. Ce qui me fout en rogne, c'est que le/la conducteur/conductrice ne se soit même pas arrêté/e. Et si c'était volontaire ? Un seul prénom me vient à l'esprit… Immédiatement, je me ressaisis. Ça ne peut pas être lui. Ma douleur veut trouver le coupable, comme si ça pouvait la soulager.

J'entends au loin une voiture qui arrive et ralentit à mon niveau.

— Putain, Élo !

Sara se gare sur le bord de la route et fait le tour de son véhicule pour arriver jusqu'à moi, affolée. J'ai froid, je saigne du poignet et de la tête et, pourtant, dès que son visage apparaît devant moi, je la regarde et lui dis en rigolant :

— T'as vu ? Même pas mal !

Elle se fige.

— Arrête, ce n'est pas drôle…

Elle est nerveuse et je vois bien qu'elle s'agite dans tous les sens. Elle regarde à droite et à gauche de la chaussée, comme si elle attendait quelqu'un.

— Bon, ils foutent quoi, là, les pompiers…

À l'expression de mon visage, elle comprend que je ne les ai pas appelés. Mon seul et unique appel était pour elle. Elle balance « T'es folle » tout en composant le 18.

Quand les secours et la gendarmerie arrivent sur place, ils me prodiguent les premiers soins. Le caporal sapeur-pompier s'approche du brancard.

— Vous avez une sacrée chance, vous. Ça aurait pu être beaucoup plus grave. Véhicule contre piéton, dans 80 % des cas, y a plus de piéton.

Alors qu'il me passe la minerve au cou, je souris et réponds :

— Je suis une fille en béton armé…

Sanglée dans une coquille de protection, je suis glissée à l'intérieur du camion. Sara se tient près des deux portes arrière. Elle a les yeux qui brillent un peu trop fort. Je la rassure, ça va aller…

— Je te rejoins directement aux urgences, souffle-t-elle en me serrant la main.

Court voyage sous les sirènes en compagnie d'un sapeur-pompier, qui veut s'assurer que je ne m'endorme pas. Je dois donc décliner en boucle mon identité. Mais la douleur se fait de plus en plus vive. Je commence à craindre d'avoir des séquelles. Je relâche la pression et fonds en larmes. Le jeune homme à l'uniforme trouve les mots justes. Il veut savoir s'il faut prévenir des parents ou un proche. Je lui réponds gentiment que, pour le moment, je préfère n'inquiéter personne. Je le ferai plus tard dans la journée. Tant que Sara est là, c'est tout ce qui compte.

Arrivée aux urgences, je ne peux toujours pas bouger. Je suis placée dans un couloir en attendant d'être prise en charge par un médecin. Sara arrive, je suis rassurée de la voir. Sa main rejoint la mienne, je me sens en sécurité. L'attente est longue, les minutes passent et toujours personne pour s'occuper de mon cas. Cinq personnes avant moi attendent leur tour. La lumière blafarde des néons rappelle la froideur de l'hôpital. Sara ne lâche pas ma main, elle essaie tant bien que mal de me détendre, de me faire rire… Elle brise le silence.

— Je me sens coupable. On s'est pris la tête pour des conneries et j'ai failli te perdre. T'imagines, si…

Je ne la laisse pas finir.

— Chut, vivons l'instant…

Sa main me serre plus fort. Comme les néons m'aveuglent, je ferme les yeux pour me reposer et pense au destin. C'est un sacré farceur, celui-là : il voulait que je la revoie, il a réussi son coup. Je me sens presque obligée de lui dire merci !

Le chef de service arrive.

— C'est vous, la joggeuse ?

Je réponds en me forçant à sourire :

— Oui, du moins, ce qu'il en reste…

— Soyez rassurée, les signes vitaux sont bons, mais on va quand même vous garder quelques jours pour faire des examens complémentaires, IRM, radio, etc.

Il se tourne d'un coup vers Sara.

— Vous êtes ?

Surprise, elle bafouille :

— Euh… une amie.

Il lui explique alors qu'elle ne pourra pas m'accompagner, seule la famille y est autorisée. Déçue, elle culpabilise de me laisser. Je ressens un soupçon de colère à ce moment précis. Si elle avait ajouté « petite » à « amie », elle aurait certainement pu être à mes côtés. Ça me contrarie qu'elle n'assume pas. Je lui dis que ça ne sert à rien de m'attendre des heures dans le couloir et qu'il est préférable qu'elle rentre. Que l'opinion des autres soit aussi importante dans sa vie commence à me peser. Elle a du mal à me laisser partir, elle m'embrasse sur le front tandis qu'une larme coule le long de sa joue. Le médecin débloque le brancard et m'emmène dans la salle d'examens. La double porte se referme sur Sara.

Cet après-midi-là me semble interminable. Attendre, attendre, toujours attendre… Mon portable n'a plus de batterie. Impossible de le recharger. Dieu que l'ennui est ennuyant. Les heures passent lentement entre examens, demander à boire, prise de sang, échographie, demander de nouveau à boire, mesurer la douleur sur une échelle de 1 à 10, supplier d'avoir un (putain de) verre d'eau… être perfusée au bras, juste au-dessous de mon bracelet, pour calmer les douleurs. Enfin être amenée dans une chambre. Dormir un peu et dîner.

Je termine à peine ma compote que l'on frappe à la porte. Alix a amené ma grand-mère qui est dans tous ses états. J'en ai les larmes aux yeux de les voir. Ça me fait du bien, ces visages familiers. Mamie Louise est passée à la maison, a pris mon chargeur – elle sait que, sans mon téléphone, je suis perdue –, des magazines et mon ordinateur portable, si je désire regarder une série ou un film. Vers 20 h 30, l'infirmière nous informe que les visites sont terminées. On se prend dans les bras, on s'embrasse. Elles repassent demain, « promis ».

Je branche mon iPhone… Il lui faut deux bonnes minutes pour que l'écran s'allume. Déverrouillage du téléphone, composition du code pin et, direct, un nouveau message. C'est elle.

« Tu es ma plus belle rencontre, on a vécu tellement de choses ensemble. Elles resteront à jamais dans mon cœur.

Tu fais et tu feras partie de ma vie pour toujours. Tu m'as fait découvrir tellement de choses et je suis heureuse que ce soit avec toi. Tu m'as redonné confiance en moi et je ne te remercierai jamais assez. Tu es une femme superbe, même si tu ne le penses pas. Tu as tout pour toi, je t'envie, j'aimerais tant te ressembler mon a(i)mant, tu me manques à chaque instant. Prends soin de toi.

TU ES LA FEMME DE MA VIE ! »

Je reste sans voix. Immobile. Je ne suis pas habituée à de telles déclarations de sa part. Elle est si avare de mots tendres et si peu expressive concernant ses sentiments. Tout cela ne lui ressemble pas et je ne peux m'empêcher de penser à mal. Cette étrange sensation ne me quitte pas : pourquoi cette déclaration ? Là, maintenant ? Se sent-elle coupable de ne pas assumer qui nous sommes l'une pour l'autre ? J'ai toujours le sentiment qu'il y a un « mais »… qui n'est jamais vraiment dit.

Je m'endors sur cette pensée.

*

Après quatre jours d'hospitalisation, je rentre enfin chez moi. Conclusion de l'accident : une vertèbre fissurée, une luxation de l'épaule, une entorse au poignet, quelques gros hématomes et quatre points de suture au-dessus de l'arcade sourcilière. Je ne m'en sors, finalement, pas si mal.

Le médecin m'a préconisé une immobilisation d'un mois minimum avec port d'une ceinture lombaire, des antidouleurs et du repos. Ne rien pouvoir faire, tout ce que je déteste. Je ne peux ni marcher correctement, ni me baisser, ni porter des charges lourdes… Mon dos est compressé, mon épaule droite est en écharpe pour un minimum de trois semaines et mon poignet gauche attelé. L'énorme hématome au niveau de la cuisse gauche m'empêche de rester assise trop longtemps… La fin d'année va être longue, très longue.

Le handball ?

— N'y pensez même pas ! m'a lancé d'un ton sec le kiné hier.

La saison s'arrête ici pour moi. Je le prends avec fatalisme. C'est comme ça…

Mon accident repousse également mon week-end à Disneyland avec Sara. Il faut que je me renseigne sur la viabilité des billets l'année prochaine. Il ne me reste plus qu'à annuler l'hôtel.

*

Alix est venue me chercher en voiture pour me ramener à la maison. Durant le trajet, je suis énervée. Le film de l'accident défile sans arrêt dans ma tête sans que je comprenne comment j'ai pu être renversée sur le côté droit alors que le véhicule venait par l'arrière. Savoir que le chauffard a pris la fuite me reste en travers de la gorge.

Je repense à l'hôpital. Alix m'a rendu visite chaque jour. Elle a permis à ma grand-mère, qui ne conduit que rarement, de venir me voir autant de fois qu'elle le pouvait. Cette fille est un bonbon au miel. Sara, quant à elle, est venue seulement hier, dernier jour d'hospitalisation, en toute fin d'après-midi. Emploi du temps soi-disant très « chargé ». Je me suis sentie seule, délaissée, oubliée.

Triste contraste avec la déclaration enflammée envoyée quelques jours plus tôt par SMS. Je ne suis pas sa priorité, il est temps que je le comprenne. Pour le fun, elle est là, mais pour le reste, il n'y a plus personne.

Je passe la porte de chez moi et remarque immédiatement que le ménage a été fait. Ça sent bon…

— Ta grand-mère a passé la journée d'hier à tout ranger et préparer pour ton retour… dit Alix.

Ça me fait tellement plaisir. Sur la table de la cuisine, une assiette recouverte de papier d'aluminium, avec, juste à côté, un mot de sa main :

« Ma grande, je te souhaite un doux retour chez toi.

Je viens te voir dans l'après-midi.

Je t'aime. Mamie. »

Sur la table du salon, un bouquet de fleurs. Et une carte.

« Mon cœur, bienvenue à la maison ! Je t'embrasse fort. Le seul homme de ta vie. »

Merci mon Jey.

Alix me regarde en souriant et ouvre grand les bras :

— Comme les crêpes et les fleurs, c'était déjà pris, je suis en charge du câlin. Allez, viens par là !

*

On a conscience de notre liberté seulement le jour où on la perd. Ma mobilité est très limitée. Ma deuxième journée à la maison, je la passe allongée sur le canapé et, quand la douleur devient trop insistante, je me lève et fais un aller-retour jusqu'à la cuisine pour éviter les fourmis dans les jambes.

Il est 15 heures quand on frappe à la porte. C'est Alix.

— Je suis allée faire quelques courses et j'ai pris des choses pour toi…

Elle sort les articles un par un de son cabas.

— Du pain, du fromage à raclette, des œufs… Je voulais nous prendre une bouteille de vin, mais avec les médocs, c'est peut-être pas l'idéal…

Je suis agréablement surprise de sa visite. Sans rien demander en retour, elle prend soin de moi, s'inquiète de comment je m'en sors. Je lui explique que c'est une immobilisation d'un mois seulement, que ça va passer vite. Le plus compliqué sera les quinze premiers jours, selon le docteur, car je manquerai d'autonomie. Alix saute sur l'occasion.

— Tu sais quoi ? Je suis en vacances encore pour deux semaines. Je n'ai rien de prévu… Emy ne peut pas quitter Toulouse car trop de boulot avec les Prud'hommes et je ne veux pas y aller non plus, si c'est pour rester seule des journées entières. J'ai qu'à venir squatter ton canapé, comme ça, tu n'es pas seule et je peux t'aider au quotidien… Ça sera plus simple pour toi et ça me fait plaisir.

C'est adorable de sa part, mais je pense immédiatement à Sara : si elle veut venir me voir, comment fera-t-on ? Alors qu'Alix plaide sa cause, une pensée s'immisce dans mon cerveau : « Élo, t'as en face de toi une amie qui te propose son aide de façon spontanée, alors que la fille que tu aimes n'a même pas trouvé du temps pour venir te voir. Y en a marre… Pense à toi ! »

— OK, Alix, faisons ça. C'est super, comme idée. Je peux même te laisser mon lit. C'est moi qui squatte le canap', impossible avec mon dos de monter à l'étage pour l'instant.

— Trop bien, on est coloc' pour dix jours ! Je vais chercher des affaires. Ce soir, je te ferai un bon repas… ça va être sympa.

Son énergie me fait du bien.

*

Je ne manque de rien. Alix m'aide pour les courses et la cuisine. On se prévoit des soirées films et séries : hier soir, c'était pizzas devant Florence Foresti. Ce soir, nous commençons la dernière saison de *Orange is the new black*. Elle ne le dit pas clairement, mais je vois bien que les scènes entre nanas l'excitent un peu. Alix tourne toujours autour du pot pour parler de sexe avec moi. Je suis à ses yeux célibataire, vivant seule avec – certainement – des envies à combler. Je sens bien qu'elle s'imagine qu'en vivant à la maison, il peut se passer quelque chose entre nous, mais Alix est une amie pour moi, rien de plus.

Depuis deux nuits déjà, j'ai retrouvé mon lit. C'est au tour d'Alix de camper sur le canapé. En descendant ce matin, je vois un énorme sapin de Noël dans mon salon.

— Je sais, nous ne sommes que fin novembre, mais j'avais très envie qu'on le fasse ensemble… me dit-elle avec des yeux d'enfant qui me font craquer.

En décorant l'arbre, je me prends la tête : la bienveillance d'Alix fait écho à l'indifférence de Sara. Elle n'est venue me voir qu'une seule fois ces deux dernières semaines. Je crois qu'elle s'en fout… D'ailleurs, de savoir qu'Alix vit à la maison n'a pas eu l'air de la gêner. Quand je repense à la scène qu'elle m'avait faite quand elle avait dormi un soir chez moi en juin dernier. Aujourd'hui, ça me fait presque rire.

Ma mère me disait souvent : « C'est dans les pires moments que l'on se rend compte de la vraie valeur des gens. » Sara lui donne tristement raison. Bien sûr, elle m'écrit tous les jours, déclare que je lui manque, mais ce ne sont que des mots… Les actes peinent à suivre. Résultat : on ne se voit plus. Elle trouve toujours une excuse pour ne pas passer. Si j'avais été seule et dans la capacité de lui faire l'amour, elle serait venue, j'en suis sûre. L'opportunisme est un parfum qui lui va bien. C'est certainement cruel de ma part, mais je commence à penser qu'elle m'utilise.

*

Le temps de décembre est gris maussade, entre froid et pluies incessantes. Mon moral cherche un peu d'éclaircies, mais les nuages dans ma tête sont parfois trop épais. Littéralement : je broie du noir. Je ne peux me résoudre à l'idée que Sara ne puisse s'octroyer quelques heures pour passer à la maison. Quand on veut, on peut ! Et d'autant plus quand on « aime » et que l'on vit à moins de deux kilomètres de distance !

Ce matin, je traîne en jogging jusqu'à 11 heures. Je n'ai envie de rien. Alix m'a préparé un super petit déjeuner avec pamplemousse pressé et pancakes. Elle repart cet après-midi. Ça va me faire tout drôle, la maison, sans elle. J'ai un peu peur du vide. Je la remercie d'avoir passé ses vacances avec une fille toute cassée et pas très rigolote. « Tu dis n'importe quoi », rétorque-t-elle.

Je file sous la douche. Soudainement, sous le jet puissant d'eau chaude, les larmes me viennent. Fatiguée par tant d'émotions, je lave mes pensées et les laisse filer dans le siphon pour les oublier à jamais. Je me concentre sur ma respiration : j'inspire intensément, expire lentement plusieurs fois. J'ai appris cet exercice à Bali. Il permet de se recentrer sur soi, de ramener l'esprit qui divague vers l'instant présent. Mon corps ralentit, mes pensées négatives s'effacent et mes larmes cessent.

À tâtons, ma main cherche une serviette de bain sur le portant vide.

— Alix ? S'il te plaît, tu peux m'apporter une serviette ? Placard de droite dans la buanderie.

Elle débarque aussitôt. Comme j'ai encore du mal à bouger l'épaule, elle déplie la serviette et me la présente bras tendus pour que je m'y blottisse. Ses mains – maintenant chacune un angle de la serviette – font le tour de mes épaules. Ses bras m'entourent d'un coton fraîchement repassé. À cet instant, son visage près du mien, ses yeux me déshabillent et ses lèvres s'approchent lentement des miennes. Juste avant qu'elle m'embrasse, je tourne mon visage et lui offre ma joue.

— Désolée, Alix, je… je ne peux pas.

Elle se ressaisit avant de quitter la pièce. Dans la chambre, je l'entends rassembler ses affaires. Elle dit avoir réfléchi durant le temps passé ensemble.

— Je vais aller rejoindre Emy à Toulouse. Je veux donner une chance à cette histoire…

Je la serre dans mes bras. Je ne saurai jamais si j'ai accéléré sa décision en refusant ce baiser. Je constate seulement qu'elle va beaucoup me manquer et que ma vie se vide des gens que j'aime. La solitude prend ses aises. Il va me falloir apprendre à vivre avec.

*

Un mois après l'accident, mes douleurs au poignet et à l'épaule ont presque disparu. Le dos me fait encore un peu mal la nuit, mais c'est supportable. J'ai revu le médecin aujourd'hui et je suis consciente de m'en être tirée à bon compte. À être restée immobilisée si longtemps, je mesure ma chance d'être en vie. Je veux désormais profiter de chaque jour.

Sara me manque énormément, mais je reste en colère contre elle. Enfin décidée à mettre un point final à cet amour qui n'en est plus et à ses « je t'aime » qui n'ont aucun sens, je lui envoie un message coup de poing :

« Tu vois, c'est quand j'en ai le plus besoin que tu n'es pas là. Je ne veux plus de tout ça, je n'en peux plus, huit mois que ça dure. J'ai l'impression que tu profites simplement de moi. Je ne veux plus qu'on s'appelle, plus qu'on s'écrive, plus qu'on se croise. Je ne veux plus être qu'un simple pion, tu ne peux pas tout avoir, Sara, c'est lui ou moi, pas les deux. Tes belles paroles me détruisent. Je t'en prie, rends-moi ma liberté… »

Elle me répond presque instantanément avec un smiley qui pleure. C'est la seule réponse que je mérite ? Sa réaction m'achève. Elle ne me retient même pas. Le réveil est difficile et la douche, froide. Je me sens si seule. J'ai envie d'appeler Jey, mais il ne saura pas m'écouter. Il passera vingt minutes au téléphone à me répéter qu'il avait raison, qu'elle me menait en bateau depuis le début… Je ne veux pas l'entendre. Je dois oublier cette fille. L'effacer de mes souvenirs, la rayer de la liste.

Mais vouloir oublier quelqu'un, c'est finalement y penser tout le temps.

*

Nous sommes à cinq jours de Noël. Comme mon frère a prévu de passer le réveillon du 24 chez sa belle-famille et que ma mère est d'astreinte à l'hôpital ce jour-là, nous avons décidé de tous nous réunir chez Mamie Louise pour le déjeuner du 25. Ça fait longtemps que l'on ne s'est pas vu. On se skype de temps en temps, mais ce n'est jamais vraiment pareil. J'ai hâte de tous les retrouver. Mon neveu Gabin a neuf ans maintenant et la petite dernière Lison, cinq ans. Ils ont bien grandi.

Avant les retrouvailles, il me manque encore quelques cadeaux à acheter : un jeu vidéo pour mon neveu et un parfum pour ma mère. J'embarque avec moi ma grand-mère qui a prévu de faire des courses pour le déjeuner familial.

— Je sens que t'as prévu un repas pour tout un régiment !

Elle rit de ma remarque.

Sur le parking du supermarché, alors que je tente de me persuader ne plus vouloir de nouvelles de Sara, je vérifie toutes les cinq minutes si elle ne m'a pas laissé un message. Je suis, à moi seule, un paradoxe. Mamie me demande si j'attends un appel important. L'air détaché, je lui réponds :

— Non, non, rien d'important…

— Alors profitons d'être toutes les deux, ma grande, laisse un peu ton téléphone…

Elle a raison. Difficile de me sevrer de cette femme. Je jette mon portable dans la bagnole.

Dire que je n'ai pas pensé à elle serait mentir. Dire que je n'ai pas tapé des SMS que j'ai effacés avant de les envoyer, aussi. Dire que je n'ai plus envie qu'elle m'écrive, que je ne veux plus la revoir, serait mentir encore. Ces jours sans elle me démontrent à quel point je suis ma propre ennemie. Je me raconte des salades. Est-ce une forme de protection ? Certainement.

Devant ma glace avant d'aller me coucher, je me regarde et je suis fière de moi. J'ai quand même tenu. C'est peut-être idiot, mais pour moi, c'est une victoire. Je tiens mon engagement à ne pas la contacter.

Mais la vie veut me tester. Je reçois un snap de sa part. « Coucou ». Je fais silence. Je tiens bon. Je file au pieu. Nouvelle victoire.

Après deux tentatives infructueuses de « ça va ? » et de « je te manque ? », elle m'écrit un long message.

« Quatre jours… Quatre jours c'est long, j'ai l'impression que cela fait une éternité que je n'ai pas eu de tes nouvelles. Je pense à toi tout le temps, je me pose tellement de questions, comment tu arrives à tenir. Je sais que tu ne veux plus que je te contacte, mais je voulais juste que tu saches que je pense à toi. »

Et merde ! Je suis FAIBLE. Face à ses mots, devant l'écran, je tremble. Et je cède encore.

« Si tu tiens à moi, arrange-toi pour que l'on se voie. »

*

C'est le jour du réveillon de Noël. Ces dernières semaines ont été éprouvantes : mon accident, l'absence de Sara et la présence d'Alix… J'ai besoin de silence et de me retrouver. Je dîne chez Mamie Louise vers 19 heures. Vers 21 h 30, je serai probablement déjà de retour à la maison. Je veux passer la soirée chez moi, au chaud, lire un peu et me coucher.

Avant de partir, je remarque l'écharpe que Sara avait oubliée sur le portemanteau de l'entrée. Je la serre contre ma joue et inspire le parfum délicat que les fibres de laine ont préservé intact. Il est déjà temps pour moi de filer chez ma grand-mère.

— Mamie, j'ai pris du foie gras, du moins ce qui restait. Tout a été dévalisé.

Assise à la table dressée pour deux, elle est radieuse. On se remémore les Noëls de mon enfance en Nouvelle-Calédonie. Le dîner, comme prévu, s'achève assez tôt. Je l'embrasse avant de reprendre la route vers la maison.

Sur le meuble de l'entrée, mon téléphone vibre : c'est Jérémy en Facetime. Lui est seul ce soir. Il a bossé toute la journée et n'a pas pu prendre le dernier TGV pour rentrer chez ses parents à Dijon :

— Ils font un peu la gueule, mais bon. Paris est si déprimant, le soir du 24. Les rues sont vides… Tu fais quoi, toi ?

On décide de réveillonner à deux en visio. S'il y a bien un soir où l'on doit être entouré des gens qu'on aime, c'est bien celui-là et de ne pouvoir être à ses côtés me fend le cœur. Quant à Sara, toujours pas de réponse à mon invitation à se retrouver, envoyée la veille par SMS.

Le lendemain, je me réveille vers 8 heures. Je m'étais résignée à ne pas la contacter, mais le 25 décembre est un jour particulier. L'envie est trop forte : « Bonjour Sara, je te souhaite un joyeux Noël. J'espère que tu as été gâtée… »

Deux heures plus tard, je repars chez Mamie Louise pour l'aider à préparer le repas. Je sais combien il est difficile de recevoir autant de personnes à son âge. Mon frangin fume sa clope sur le pas de la porte quand j'arrive.

— Ah v'la la campagnarde, t'es pas venue en tracteur ?

J'aime tant mon frère et son humour à deux balles. Il n'en revient toujours pas de ma décision d'avoir quitté Paris. Mes parents arrivent quelques minutes après. Je suis si heureuse de les voir. Je les accueille dans la cour. Les tempes de mon père ont blanchi, je le lui fais remarquer avec tendresse. Ma mère, toujours aussi « roots », est venue en jeans et chemise. Mon frère lui dit qu'elle aurait pu faire un effort, ce à quoi elle réplique avec humour :

— J'en fais déjà beaucoup en te supportant.

Pendant quatre heures, nous déjeunons et rions aux éclats. Nous avons tous été très gâtés par le père Noël et probablement pris trois kilos ! Ce moment en famille est pour moi une bouffée d'oxygène. Le temps est suspendu, je ne pense à rien, si ce n'est de profiter de l'instant présent. Ça me fait un bien fou !

Je quitte la table pour me poser tranquillement sur la méridienne avec mon petit neveu Gabin et ma nièce Lison qui regardent sagement un film de Noël à la télé. Sur mon téléphone portable apparaît enfin un message d'elle :

« Merci, moi aussi je te souhaite un joyeux Noël ! J'espère que tu vas bien. Moi moyen. J'ai passé mon peu de temps libre du mois de décembre à vouloir faire plaisir à tout le monde : j'ai pris à Aymeric le blouson, le parfum et la ceinture qu'il voulait tant. J'ai couru les magasins pour répondre aux listes de mes enfants. J'ai commencé à préparer le dîner la veille (comme tu sais, je travaillais hier). Il ne bossait pas, lui. Mes parents sont venus déjeuner à la maison. Ma mère nous demande ce que le Père Noël nous a apporté. Il était fier de montrer son blouson. Moi, je n'avais rien à montrer. Je m'en fous des cadeaux, tu le sais, mais c'est Noël. Je me tue toute l'année à lui faire plaisir. Il m'a encore oubliée. Je ne mérite pas ça. »

Je le déteste ! Après avoir manqué son anniversaire il y a deux mois, c'est maintenant au tour de Noël ! Comment est-ce possible ? Je suis désemparée, impuissante et surtout très en colère. J'aurais tant aimé couvrir Sara d'amour et de cadeaux. Lui témoigner l'attention qu'elle mérite. Cette situation est inacceptable. J'enrage et j'ai mal pour elle.

Je balance à Sara que son mec ne la respecte pas. Elle ne me répond plus. Comme ce sont les vacances scolaires, je n'aurai pas l'occasion d'aller la réconforter. Je n'aurai de toute façon accès à elle qu'à la rentrée.

À trente ans, on peut faire le choix de ne plus subir. Elle sait ce qu'elle a à faire si elle ne veut plus vivre ça. Je devrais, moi aussi, suivre ce conseil.

*

Chaque année qui se termine nous invite à l'introspection, au bilan des 365 jours passés. La mienne fut riche en émotions : des hauts, des bas, des rires (beaucoup), des pleurs (souvent). Et puis, j'ai appris à connaître Sara, j'ai quitté mon équipe de hand, je suis partie au Maroc, j'ai eu ce putain d'accident… En ce 31 décembre, j'écris sur mon calepin ma seule résolution pour l'année à venir : « ÊTRE HEUREUSE. »

Depuis Noël, la communication avec Sara est chaotique. Elle n'a certainement pas dû apprécier ma remarque concernant son futur époux. Elle l'a cherché, c'était trop pour moi. Il ne faut pas venir se plaindre si l'on n'est pas capable de supporter la critique. Et puis après tout, je ne suis pas la thérapeute de son couple.

En début de soirée, elle m'appelle en Facetime, je décroche. Aymeric est parti quelques instants chez son voisin. Elle en profite pour me souhaiter un bon réveillon de la Saint-Sylvestre. Toute sa famille est attendue pour une soirée déguisée. Au début de l'appel, l'échange est quelque peu tendu, mais au fil des minutes la complicité revient. Je la vois alors enfiler devant la caméra son déguisement de reine égyptienne. Elle est sexy et je le lui fais remarquer.

De mon côté, je rejoins quelques amis pour la soirée du Nouvel An. Je n'ai pas le cœur à la fête, mais l'appel de ma belle m'a fait du bien. La voir rire quelques instants devant son téléphone m'a donné l'espoir que le meilleur reste à venir. Que la nouvelle année nous offre plus de temps à passer ensemble. Je cherche en vain une étoile filante dans le ciel pour m'assurer que mon vœu se réalise.

Comme pour bien finir l'année, je reçois un message. Sara me propose de passer la soirée chez elle vendredi prochain. Aymeric doit se rendre à Clermont-Ferrand pour assister au salon de la Pêche et des loisirs avec ses copains. Il n'était pas plus emballé que ça d'y aller, mais Sara a réussi à le faire changer d'avis. Elle ne perd pas le nord : elle a vu en cet évènement une belle opportunité à saisir pour avoir du temps pour elle, pour nous. Ses parents viendront même chercher les petits le temps du dîner. C'est une invitation pour la moins inattendue. Dans mon agenda, je note au premier week-end de janvier : « Soirée en amoureuses. »

31 décembre, 23 h 59. Les douze coups de minuit retentissent dans le village. Les garçons embrassent les filles et tous se souhaitent une bonne année. Je regarde le ciel. Toujours pas d'étoile filante qui brille à l'horizon. Alors j'en choisis une au hasard et lui parle comme si c'était elle.

« Bonne année à toi, Sara.

Je n'ai jamais autant aimé de toute ma vie.

Que cet amour nous réunisse un jour… pour toujours. »

Chapitre 10

Un chiffre qui glisse, une nouvelle année qui commence. Je me la souhaite belle et remplie d'amour. Cependant, je me pose énormément de questions quant à mon avenir sentimental. J'étais celle qui au début de notre relation voulait la stopper avant de tomber amoureuse et d'en subir les conséquences. Mais voilà, nous avions certainement sous-estimé la force des sentiments, cette attraction magnétique, cette alchimie inexplicable qui nous ramène toujours l'une à l'autre. À chaque pas en avant, Sara en fait deux en arrière. Dès qu'elle prend conscience de ses sentiments, elle impose cette distance entre nous par peur de s'avouer amoureuse d'une femme. Je suis esclave de cette situation. Je pourrais tout laisser tomber, mais je n'en ai pas le courage. Ça me bouffe à l'intérieur, ça me consume à petit feu.

D'un côté, je suis excitée à l'idée de la retrouver, et de l'autre, je crains chaque jour que ce soit le dernier. Celui où elle me laissera définitivement derrière elle, sans même se retourner. Être sur le qui-vive tout le temps fatigue. Ma tête bouillonne, mon cœur palpite. Elle comme moi connaissons l'insécurité d'aimer. Cet état me ramène à mon enfance, aux événements qui m'ont marquée et ont fait de moi qui je suis.

Mes parents m'ont appris à considérer mon prochain, mais ont oublié de me préparer à la perte et aux séparations successives dues aux mutations de mon père. Ils ne m'annonçaient le départ que quelques jours avant que cela n'arrive... Pour me protéger, me disaient-ils. J'ai compris alors qu'un monde pouvait changer en quarante-huit heures, que rien ne dure, que les relations humaines ne sont que sables mouvants. À chaque départ, j'avais l'impression de perdre une partie de moi-même. J'ai commencé à me forger un mental d'acier. Ce qui ne tue pas te rend plus fort. Mais ce qui ne tue pas abîme, laisse des traces au plus profond de soi. J'ai développé depuis une peur viscérale de l'abandon.

À dix-huit ans, quand je me suis installée seule à Paris pour mes études, j'y ai rencontré Laure, une femme formidable. Nous sommes devenues rapidement amies. Coach de vie et maître de conférences à la Sorbonne, Laure m'a aidé à me comprendre et m'a initiée au développement personnel. Aujourd'hui encore, cela me passionne et m'aide à améliorer mon quotidien. J'ai appris avec Laure qu'un manque terrible d'attention, d'amour ou le fait d'être séparé de ceux qu'on aime de manière répétitive est une charge trop lourde pour une enfant. Apparaît alors une blessure profonde en nous, qui ne fait que se creuser, années après années. J'ai constamment à l'esprit l'idée que quelqu'un peut à tout moment m'abandonner. En amour ou en amitié, je suis intense et entière, prête à tout donner sans demi-mesure. Et cela peut parfois me jouer des tours. Je m'attache rapidement, c'est plus fort que moi.

Il y a un an et demi, je voulais une vie plus simple, construire un nouvel avenir et, pourquoi pas, fonder une famille. L'ancienne chef de projet que j'étais ne voulait que réussite professionnelle, argent et réputation. En prenant le train vers le centre de la France, j'étais en quête de sérénité, je voulais vivre dans le vrai. Un amour impossible à quatre lettres s'est alors mis sur mon chemin, *Sara*. Une jeune femme aussi attirante qu'imprévisible. Avec elle, je n'ai aucune certitude sur l'avenir et pourtant ma dépendance amoureuse m'empêche de la quitter. Foutu paradoxe qui empoisonne mon existence. Je sens que la vie mettra un terme à tout ça. Je vis cet amour comme si c'était le dernier. De manière intense, folle, déraisonnée, stupide parfois. Mais chaque émotion me rappelle que je suis vivante.

Demain, vendredi, je la retrouve. C'est notre soirée. Des retrouvailles après une fin d'année éprouvante.

*

Depuis quelques jours, les températures ont chuté. Le compteur de la voiture affiche 19 h 24 et –2 degrés. J'attends Sara derrière le volant, chauffage à fond, « *Lost on you* » de LP à la radio me tenant compagnie, tandis que je la vois au loin la porte du local où elle travaille s'ouvrir. C'est elle ! Elle trottine jusqu'à moi avec un grand sourire. Elle s'installe sur le siège passager, me prend dans ses bras et m'embrasse de longues minutes, comme pour rattraper le temps perdu en fin d'année. Notre complicité est restée intacte, je suis soulagée. Je lui propose d'aller dans un petit resto branché du centre-ville où j'ai mes habitudes avec mes clients. Le cadre y est sympa et l'on y mange très bien. Une occasion de plus pour la sortir de sa cage de verre.

Nous voilà sur la route. Je profite des dix minutes qui nous séparent du restaurant pour revenir sur ce qui s'est passé le mois dernier. J'ai besoin de lui faire comprendre que j'ai souffert de son absence durant ma convalescence et que j'en ai vraiment marre d'être mise tout le temps au second plan. J'ose de nouveau lui avouer en face ma souffrance et ma déception. Sa réponse fuse :

— Élo, tu me connais, je suis comme ça. Je ne dis rien, j'encaisse, mais ça ne veut pas dire que je ne ressens rien. En fait, ça m'a carrément fait chier qu'Alix ait passé dix jours chez toi. Ça m'a fait mal, tu n'imagines pas. Alix ne veut qu'une seule chose, c'est coucher avec toi, tu le sais très bien. Alors oui, je suis jalouse. J'aurais préféré être celle à tes côtés dans des moments pareils, mais j'ai ma vie, mes enfants, la préparation de mon mariage qui a lieu dans six mois. Tous les jours, je me répète que je dois suivre ce chemin tout tracé, donc je ne peux rien te dire, rien te reprocher, rien t'interdire. Tu fais ce que tu veux avec Alix, mais je ne veux pas assister ni de près ni de loin à votre amitié. Depuis le début, je le sais, je te rends malheureuse, je nous fais souffrir. Tu mérites tellement mieux que moi, Élo... Je suis incapable de te donner plus, incapable de prendre la moindre décision. Je suis complètement paumée. Tu sais ce qui est encore plus dur dans tout ça ? C'est que je vais me marier. Il faut qu'on arrive par je ne sais quel moyen à stopper définitivement notre relation avant le grand jour. La vie va nous séparer et je sais pertinemment que tu auras toujours ta place dans mon cœur et que je t'aimerai toujours en silence.

Je suis sonnée par ses propos, mais lui réponds calmement, tout en fixant la route qui défile sous les lumières jaunies des lampadaires du centre-ville.

— J'ai beaucoup de mal à comprendre. Tu me dis m'aimer intensément, être tombée amoureuse, que je suis ta plus belle rencontre et, au final, tu choisis de me perdre. C'est incohérent ! Tu me parles de ton mariage… Franchement Sara, tu te vois le jour J, en robe blanche, jurer fidélité en regardant ton mari dans les yeux, avec tout le monde autour de toi ? Tu te vois célébrer cette union sachant qu'en ce jour particulier, moi, la femme de ta vie, enfin, pour les autres ta « meilleure amie », je suis là, à côté de toi, à faire semblant ? En tout cas, si ça peut te rassurer, sache que je ne viendrai pas à la cérémonie, je ne m'en sens pas capable. Je trouverai une excuse pour qu'Aymeric n'ait pas de soupçon sur mon absence ce jour-là. Être le témoin de cet amour qui n'est qu'illusion, te voir jouer la femme épanouie au bras de ton mari sachant qu'on couche ensemble depuis près d'un an, franchement, c'est au-dessus de mes forces, désolée. Peut-être que, pour toi, ça semble facile, mais, pour ma part, mes talents de comédienne s'arrêtent là.

La tension est palpable dans la voiture. Je me gare sur le grand parking, prends mon sac quand soudain, elle attrape mon avant-bras. Elle ne revient à aucun moment sur mes propos concernant son mariage, puis me souffle après un long silence :

— Je sais plus quoi faire, putain. Chaque fois que l'on prend de la distance, le manque me ramène toujours à toi. Je n'ai jamais ressenti quelque chose d'aussi fort pour quelqu'un. Ça arrive juste au mauvais moment dans ma vie, tout ça. C'est compliqué, je sais qu'il va falloir un jour ou l'autre que ça s'arrête, mais pour le moment, là, tout de suite, je n'ai vraiment pas envie de penser aux lendemains. Je veux juste qu'on profite de notre soirée, s'il te plaît ! Je ne veux plus parler de tout ça ce soir, OK ?

Comme d'habitude, j'encaisse. Encore une fois, je me plie à sa volonté pour ne pas la perdre et ne pas gâcher ce moment ensemble. Je m'efforce de garder la tête haute. Quant à elle, je le vois, mes mots l'ont également bousculée. Elle reste assez silencieuse. Sur les quelques mètres que nous parcourons pour rejoindre La Cinquième Marche, j'essaie de détendre l'atmosphère en changeant de sujet.

La serveuse nous installe, à notre demande, dans un recoin à l'arrière du restaurant. L'ambiance tamisée offre une intimité particulière à l'endroit. Je ne sais pas si c'est le reflet de la lumière douce sur le verre à eau, mais ses yeux brillent d'un vert limpide et étincelant. Ses traits réguliers dégagent une douceur angélique. Je ne la quitte pas du regard et elle non plus. Parfois, les mots sont inutiles, le silence offre les messages les plus beaux. Nous dînons en tête à tête, profitant de chaque seconde, riant aux éclats comme deux gamines qui viennent de se retrouver.

Sur le comptoir du bar, une trentaine de roses glissées dans un vase sur lequel on peut lire « Offrez-moi ». J'en extrais une de couleur rose pâle et la lui donne. Elle me remercie à la vue de tous en m'embrassant sur la joue. Elle me propose ensuite de terminer la soirée chez elle. Toutefois, elle doit passer récupérer ses enfants chez ses parents. Elle me demande d'attendre à côté de son pavillon et de la rejoindre une fois les petits couchés pour éviter qu'ils me voient. Elle m'explique avoir menti à Aymeric : il ne la sait pas dehors ce soir. Elle a mis son père dans la confidence en cas d'interrogatoire.

J'attends une vingtaine de minutes à l'extérieur. Les jumeaux dorment déjà à poings fermés. Le temps de les mettre au lit, et elle me fait entrer. Elle me propose de nous installer sur son canapé, devant la télévision, et nous sert un verre de vodka-pomme.

Ses gestes sont tendres. Elle s'allonge, pose sa tête sur ma cuisse pendant que je passe ma main dans ses longs cheveux noirs. Je sens son désir monter doucement, mais elle m'a prévenue dans la voiture : « Ce soir, pas de gros câlin, je suis indisposée. » Nous restons une bonne heure à regarder la télévision, blottie l'une contre l'autre. Ma priorité, c'est d'être avec elle.

Vers minuit, Aymeric appelle. Je suis à côté, mais je ne bronche pas, le moindre bruit pourrait nous trahir. Il veut savoir si ça va, ce qu'elle a fait ce soir, si les enfants vont bien. Sa jalousie maladive prêche le faux pour savoir le vrai.

— C'est bizarre, la voiture n'est pas devant la maison, lui lance-t-il à l'autre bout du fil.

À ce moment-là, je suis en train de me demander s'il n'a pas de doute sur la fidélité de sa femme et s'il n'a pas missionné quelqu'un, un voisin, pour la surveiller.

— N'importe quoi, je suis à la maison !

Et elle claque la porte d'entrée en guise de preuve. Il ne bronche plus. Sara a un aplomb remarquable pour ce genre de situation. Elle ment si bien que Aymeric finit par la laisser tranquille. Derrière lui, on entend ses copains qui rigolent tout en buvant des coups. Elle est rassurée, il est bien avec eux, il ne rentrera pas par surprise cette nuit, pour elle, c'est une certitude.

Une fois l'appel avec son homme terminé, elle grimpe sur moi, comme si l'échange avec lui avait boosté son envie d'être libre. Sara me dévisage avec son regard d'allumeuse, je craque en une seconde. Elle sait tellement y faire. Cela fait deux mois que j'ai eu mon accident et que nous n'avons pas fait l'amour. L'abstinence des dernières semaines décuple notre désir. Je l'attrape par le cou, me jette sur elle et l'embrasse d'un long et langoureux baiser. Elle commence à ouvrir mon chemisier blanc, bouton après bouton. Je sens l'excitation monter en nous. Ses mains se posent sur ma poitrine, puis détachent mon soutien-gorge. Je suis presque offerte, quand je décide de faire durer l'instant. J'attrape alors ses poignets, puis la fais basculer sur le canapé afin d'être à mon tour au-dessus d'elle.

Elle me fixe, me chuchote un simple :

— J'ai envie de toi, putain !

Je lui réponds par un baiser. Elle me fait signe de la suivre dans sa chambre. À ce moment-là, j'hésite.

— Tu es sûr que c'est une bonne idée ?

Les enfants sont dans leur chambre, j'ai peur qu'ils nous entendent.

— C'est bon, Élo, t'inquiète. Laisse-moi deux minutes, je vais vérifier qu'ils dorment bien, je ferme la maison à clé et j'arrive.

Ce n'est pourtant pas la première fois que je fais l'amour avec Sara dans le lit conjugal, mais, seule dans sa chambre, ce soir-là, je prends le temps d'observer : une lampe de chevet pour seul éclairage, une vieille parure de couette démodée qui recouvre le lit, un jeans sale d'Aymeric et un paquet de chips entamé qui traînent à même le sol. En face, une commode en bois avec, au-dessus, des photos du couple à la plage datant de quelques années. Je culpabilise, me dis que tout ça ne me ressemble pas et que je n'ai pas ma place dans sa vie.

Quand elle me rejoint, je suis assise sur le lit à me poser des millions de questions. Je n'ai pas le temps de souffler qu'elle me pousse violemment contre le matelas. Je suis trempée, mais ne le lui dis pas, elle le découvrira par elle-même. On s'embrasse, se déshabille doucement avec une passion dévorante, quand d'un coup elle attrape ma main et la rentre dans sa petite culotte. Étonnée, je lui dis :

— Mais je croyais que… ?

Elle rit.

— Je voulais juste te faire languir un peu.

Sara dans toute sa splendeur. Elle est charmeuse, joueuse et aime s'amuser des situations. Pour la peine, je ne lui laisse aucun pouvoir et prends immédiatement les commandes :

— Cette nuit, c'est moi qui mène la danse, je vais te faire crier !

Durant deux bonnes heures, je prends le temps de m'occuper d'elle. Je lui fais l'amour comme jamais. Sara me dit souvent que j'ai des doigts de fée. D'ailleurs, mes doigts et ma langue aiment se faufiler, se glisser dans les recoins inexplorés. Et soyons réalistes, l'égoïsme sexuel est rare chez les femmes. Nous voulons d'abord faire plaisir à notre partenaire. Elle jouit dans mes bras.

Après l'amour, on envisage de se revoir cette semaine. On organise nos agendas pour se dégager du temps ensemble.

Il se fait tard, je me lève et me dirige vers la salle de bains pour me passer un peu d'eau sur le visage. Sara, nue, m'y rejoint, m'attrape par derrière et m'entoure de ses bras. Elle me supplie de passer le restant de la nuit chez elle. J'hésite. Elle veut se réveiller avec moi, ajoute-t-elle.

Je lui signale qu'on prend déjà assez de risques comme ça. Elle s'en fiche, mais j'ai la trouille qu'Aymeric, pour je ne sais quelle raison, ne rentre de Clermont plus tôt que prévu. Je n'imagine pas une seule seconde qu'il puisse nous retrouver enlacées dans leur propre lit, dénudées au petit matin. Pour une fois, je me surprends à être raisonnable et reprends la route vers chez moi. Il est 3 h 46, je retrouve ma voiture garée un peu plus bas dans le village et rentre avec le regret de l'avoir laissée, mais avec la satisfaction de ne pas avoir cédé.

*

Dans toute relation impossible, il y a toujours cette envie de croire que tout peut arriver et qu'un jour, la situation changera pour le mieux. Enfant, nous avons certainement trop lu de contes de fées. Cela fait deux semaines que nous avons repris nos habitudes, Sara et moi. On s'appelle tout le temps, on se voit tantôt chez moi, tantôt chez elle, on se raconte nos journées, on rigole, on fait l'amour. Mais depuis nos retrouvailles, Sara me rappelle toujours à l'ordre : même si elle me dit être amoureuse, elle souhaite stopper notre relation avant son mariage, mais n'y parvient pas encore. Elle en parle régulièrement et j'en viens toujours au même constat : elle se ment à elle-même. Qu'importe, elle se mariera coûte que coûte.

Je passe par une multitude de sentiments. Je suis perdue, je le sais. Par moments, elle me déçoit tellement que mon amour se gangrène de colère. Il m'est arrivé d'écrire sur mon carnet des choses horribles la concernant, dont je ne suis pas fière. Ces mots, comme un électrochoc pour rompre le charme à tout jamais.

À d'autres, mon amour pour elle est sans limite. Elle me donne la force de me surpasser chaque jour. Ce que j'aime chez elle, c'est qu'elle est à l'opposé de toutes celles qui sont passées dans ma vie. Nos différences font nos aspérités, notre authenticité. L'ennui profond serait d'aimer une personne identique à soi-même, une jumelle émotionnelle. Je n'ai pas envie que tout s'arrête...

Je lui parle de reprogrammer notre week-end à Disney, mais elle a peur que cela soit encore plus destructeur pour nous, et que l'on ait encore plus de mal à se détacher après. Durant plusieurs minutes, je négocie notre départ : si on a commencé notre relation par un week-end à Paris, autant y mettre un terme à Paris, une dernière fois avant de se séparer. Elle finit par accepter, mais l'idée de passer deux jours dans un parc d'attraction ne l'enchante plus vraiment. Ce qu'elle veut, c'est profiter de nous, de passer nos derniers moments ensemble, et finalement ça me va très bien. « Je dirai à Aymeric qu'on part à Disney le week-end prochain, de toute façon, c'était un cadeau d'anniversaire, il ne pourra pas refuser. Mais on reste à l'hôtel, je veux profiter de toi mon a(i)mant ! » Les choses les plus simples sont les plus intenses.

*

La force de persuasion de Sara a encore fait plier Aymeric. Elle a réussi à s'octroyer quelques jours loin du foyer familial. Ça lui aura néanmoins valu une petite dispute sans conséquences.

On décolle en voiture fin de semaine. La route est longue, il nous faut partir samedi à 16 heures pour arriver le soir vers 19 heures. Au volant, je ressasse les souvenirs de notre dernière escapade, l'été dernier.

Lorsque l'on arrive à l'hôtel, nous sommes accueillies par un charmant réceptionniste. Je donne mon nom.

— Bonsoir, madame Garnier, voici votre carte, chambre 414, quatrième étage. Passez un agréable séjour.

L'hôtel est contemporain avec une décoration épurée, de type scandinave. Un feu de bois crépite dans la cheminée ancienne du bar-restaurant juste en face de la réception. J'invite Sara à prendre un verre et à grignoter un morceau avant de rejoindre notre nid douillet. Nous papotons et rions autour d'un club sandwich et d'un verre de champagne. Nous sommes plus complices que jamais, nous nous dévorons du regard. Après avoir brièvement dîné, nous récupérons nos valises pour regagner l'ascenseur. Le réceptionniste situé un peu plus loin me regarde avec un très grand sourire. Je comprends alors qu'il a répondu à ma demande envoyée hier matin par e-mail.

En entrant dans cette belle chambre spacieuse, Sara découvre sur le lit un énorme bouquet de roses rouges accompagné d'une carte : « Que ce week-end soit inoubliable ! Je t'aime et je t'aimerai toujours mon a(i)mant. » Émue, elle recouvre son visage de ses mains par pudeur, pour ne pas me montrer qu'une larme coule. Je m'approche d'elle, elle se retourne et se glisse contre moi.

— Merci, t'es vraiment trop chou, toi ! Personne ne m'a jamais fait une telle surprise. On a jusqu'à demain soir, alors profitons, je veux tout oublier à tes côtés pendant vingt-quatre heures.

Nous n'avons qu'une seule nuit sur place. Le décompte se met alors en route dans ma tête. Il nous faut vivre intensément ces heures qui nous séparent du jour, du réveil douloureux où l'on enterrera, pour toujours, notre amour.

Sara se fait couler un bain. Assise sur le bord du lit, je regarde ma belle qui se déshabille. Elle m'invite à la rejoindre. Je me dévêtis à mon tour et me pose un instant contre l'encadrement de la porte. Allongée dans la baignoire, lumière éteinte, seule la faible lueur du couloir de la chambre éclaire le haut de sa nuque. L'eau est chaude, les murs suintent de vapeur, j'entre lentement et m'assois devant elle. Mon dos s'appuie alors sur sa poitrine et je pose ma tête sur le devant de son épaule. Il n'y a plus aucun bruit, seul le ruissellement de l'eau fait écho dans la pièce. Je ferme les yeux, profite de ce corps à corps. Sara prend possession immédiatement de mon être. Je me surprends depuis quelque temps à aimer ça. Sa main gauche glisse sur mes seins, pour venir les caresser pendant que son autre main descend le long de mon ventre, plonge dans l'eau à la recherche de mon bouton déjà proéminent. Elle le presse doucement, fait tournoyer son doigt tout autour… Des plaisirs solitaires auxquels elle s'adonne, elle m'en offre le meilleur. Après m'avoir possédée, elle me propose de sortir et de la rejoindre dans la chambre. Je m'exécute.

Je me sèche rapidement et m'allonge sur le grand lit. Sara extrait un foulard de sa valise et me bande les yeux. Elle ne me laisse pas le choix, ce soir, je m'offre entièrement à elle. Preuve irréfutable de l'amour que je lui porte. Sans doute est-ce notre dernière fois, je veux lâcher prise.

Sara prend de l'assurance. Alors qu'elle maintient mes poignets joints au-dessus de ma tête, elle m'embrasse, puis mordille le lobe de mon oreille droite. J'en frissonne. Sa langue brûlante glisse le long de mon cou pour se perdre dans le creux de mon nombril. Ses mains effleurent le galbe de mon entrecuisse quand, soudain, elle s'interrompt.

— Bouge pas, j'en ai pour une seconde.

Je ne vois absolument rien à travers les fibres de soie, ce qui décuple mon excitation. Que me réserve-t-elle ? J'entends qu'elle cherche quelque chose dans sa valise. Je lui demande ce qu'elle fait. Elle me répond en riant :

— Ne te pose pas de question, j'ai envie de m'amuser.

Je me concentre sur ma respiration quand, tout à coup, mon corps se contracte au contact d'un liquide froid qu'elle étale généreusement sur ma poitrine. Je demande ce que c'est.

— Du lait concentré sucré ! me dit-elle.

Elle commence par sucer mes tétons durcis qu'elle aspire et mordille, jusqu'à la douleur parfois. Elle part ensuite explorer le reste de mon corps. Ses doigts glissent un peu plus bas vers mes lèvres désormais bien trempées. Elle introduit un doigt. Ma ceinture abdominale se tord. Après plusieurs minutes de gémissements, elle se place entre mes jambes et les écarte suffisamment pour se mettre entre les deux. Je sens sa bouche chaude se poser sur moi pendant que sa langue s'active sur mon clitoris déjà bien excité. Pendant ce temps, ses doigts me fouillent de longues minutes. Ils se courbent en moi pour stimuler mon point G. Je sens une vague de plaisir indescriptible monter en moi. L'endorphine tel un poison chaud parcourt mes veines. Ma taille se cambre, la courbe de mes reins s'affine. Ma respiration s'accélère, mes pieds se raidissent, je perds connaissance quelques secondes. Mon corps finit par lâcher et mon esprit par divaguer. C'est l'apothéose, la jouissance extrême. L'oasis en plein désert, celui qui n'apparaît que dans les mirages. L'orgasme m'arrache au monde qui m'entoure.

Sara ne s'arrête pas là. Elle retire ses doigts pour les remplacer par sa langue. Mes gémissements de plaisir l'excitent. Elle a ce nouveau pouvoir sur moi, elle m'a fait jouir. Elle me demande de venir s'asseoir sur son visage, à califourchon. La tête enfouie dans mon intime, la bouche adossée à l'humide, Sara entre sa langue agile dans les profondeurs de l'antre délicieux. Je mouille comme une folle tant elle me fait du bien et, plus je mouille, plus elle s'active à me déguster jusqu'à ce que ma jouissance lui inonde la bouche, me laissant comblée par une attention que jamais je n'aurais imaginée. J'ai perdu le contrôle, les mots s'échappent :

— Mais que c'est bon ! On dirait que tu as fait ça toute ta vie !

Elle rit et remonte jusqu'à ma bouche en position assise pour m'embrasser fougueusement, comme pour y sceller un pacte, celui de prendre le relais pour la faire crier à son tour. Elle retire le foulard de mes yeux, je reviens à la vie.

Je la plaque sur le lit, me mets au-dessus d'elle, l'immobilise. À l'aide du foulard laissé à l'abandon sur les draps, je lui attache les poignets. Je passe ma main dans ses longs cheveux, l'embrasse puis lui murmure à l'oreille :

— Je vais bien m'occuper de toi. Laisse-toi faire…

Elle se mordille la lèvre et ferme les yeux. Ma petite esclave s'offre à moi sans rechigner. J'ai la clé de son corps, je connais par cœur les mots de passe de ses plaisirs. Je commence par caresser ses formes que j'effleure du bout des doigts. Je manque d'air à bouffer sa poitrine que surplombent deux tétons pointant vers le ciel. Elle soupire. J'embrasse lentement toutes les parties de son corps : ses hanches, le bas de son ventre, ses cuisses jusqu'à aller effleurer du bout de la langue ses grandes lèvres gonflées par l'excitation. Ses jambes comme d'habitude se mettent à trembler, preuve irréfutable de son début de transe. Il n'y a pas plus magnifique que de donner du plaisir à la personne que l'on aime. Mes doigts cherchent son âtre. Je commence par de légères pressions, puis intensifie le rythme et la cadence, tout en faisant des mouvements circulaires. Après l'avoir fait gémir une première fois, je m'attaque maintenant à ce qu'elle aime le plus, le *trois en un* : allongée sur le ventre, la tête entre ses jambes, je prends le soin de stimuler d'une main ses tétons pendant que je lui fais un cunnilingus. Mon autre main, jusqu'ici posée sur son aine, s'approche de sa fente humide, pour y introduire un doigt, deux, puis trois avec des mouvements de va-et-vient. Son corps se raidit. Elle est sur la rampe de lancement…

Après son sexe, ma bouche est littéralement aspirée, happée, par son cul. C'est nouveau pour elle. Elle n'a jamais laissé son homme s'aventurer dans cette voie-là. Je rends ma langue la plus dure possible afin d'entrer en elle. Elle ne rechigne pas à ce plaisir, au contraire. J'y insère ensuite délicatement mon majeur. Ma langue remonte plus haut pour simultanément titiller son clitoris qui s'est durci. Son corps recommence à se crisper, à se cambrer, ses jambes continuent de trembler, sa respiration se coupe, elle attrape l'oreiller, le mord et pousse un râle de plaisir. Un cri si intense que les occupants de la chambre d'à côté tapent sur le mur.

Dans un éclair de lucidité, elle me demande :

— À combien d'orgasmes, j'en suis ? J'ai arrêté de compter après quatre…

Elle se met à rire. Elle aime ça et elle en redemande.

Après s'être occupées l'une et de l'autre à tour de rôle, nos deux corps s'enlacent avec tendresse. On se câline, on se caresse, et nous continuons à faire l'amour à l'unisson dans des positions toujours improbables. En cuillère, l'une sur l'autre en 69, puis dans la position du ciseau. Il faut un peu de souplesse, mais c'est sans doute l'une des positions les plus intenses que je connaisse. Le clitoris a deux fois plus de terminaisons nerveuses que le membre d'un homme. Dans cette position, quand nos deux clitoris sont stimulés l'un par l'autre, c'est un feu d'artifice qui explose dans nos têtes.

Sara et moi sommes si complices, si fusionnelles que nous ne formons plus qu'une jusqu'aux petites heures du jour.

*

Un rayon de soleil se glisse dans l'ouverture des rideaux de la chambre et court sur ma joue. J'ouvre un œil, attrape mon téléphone, il est 9 h 14. Jey m'a envoyé quelques messages hier soir, je n'ai encore eu guère le temps de lui répondre. Il ne sait pas que je suis à Paris, je lui raconterai mon week-end demain. Sara dort contre moi, agrippée à mon bras. Je passe un long moment à la regarder, à enregistrer cette image pour la fixer à jamais dans ma mémoire. Je me défais délicatement d'elle et plonge sous la couette pour lui offrir un réveil en douceur. Je lui écarte délicatement les jambes. Nous refaisons l'amour avant d'appeler le room service pour le petit déjeuner et de prendre une douche ensemble.

Dans la salle de bains, Sara évoque le tatouage qu'elle veut que l'on se fasse. On reparle du motif, elle insiste sur le i entre parenthèses qui séparent les mots « amant » de « aimant ». Je sors mon calepin de mon sac, prends un stylo et griffonne le signe sur une page vierge. Deux coups de crayons plus tard, elle me dit :

— Tu sais quoi ? Je veux ce motif-là, esquissé de tes propres mains, ça lui donnera plus de sens. Garde-le dans ton carnet, le tatoueur n'aura qu'à le décalquer.

Je suis touchée qu'elle veuille marquer sa peau d'un de mes dessins. Je réfléchis quelques instants et finis par lui dire :

— Écoute, je devais t'offrir un séjour à Disneyland pour ton anniversaire, ça ne s'est pas fait. Laisse-moi te faire ce cadeau à la place. Si ça te dit, à Châtelet, je connais un endroit parfait, on peut y aller cet après-midi…

Les yeux de Sara brillent comme ceux d'une enfant. Je ne peux m'empêcher de penser que ces traits bleus noirs sur la peau, c'est son idée, mais qu'en dira Aymeric ? Elle rigole.

— Ne t'inquiète pas pour ça, c'est mon jardin secret, il ne saura même pas que tu as le même. Il ne fera pas le lien.

Je me demande si Aymeric n'est pas un peu naïf, comme garçon. Sara ment sans cesse, raconte toujours des histoires à dormir debout et rien ne se passe. Ça me paraît incroyable !

*

Sara trépigne d'impatience : dans quelques minutes, nous serons toutes deux liées pour la vie. Il aura fallu un peu de persévérance pour que le tatoueur nous accepte entre deux clients. Le motif ne fait qu'un centimètre, ça sera rapide. Il reproduit à l'identique le dessin gribouillé quelques heures plus tôt. Sara commence. Pendant qu'il s'applique sur le haut de son avant-bras, sous la pliure du coude, il nous demande la signification de ce (i). Sara est fière de lui expliquer. En riant, le grand barbu tatoué de la tête aux pieds nous dit :

— Ah OK, parce que, vu comme ça, perso, ça me fait penser à un sexe féminin. La parenthèse pour les lèvres, le point pour le clito et le bâton pour la fente. Enfin, je vois ça peut-être parce que je suis un mec.

À aucun moment Sara et moi ne l'avions imaginé. Finalement, cette observation renforce d'autant plus notre volonté ; ce symbole de féminité ne nous correspond pas si mal.

C'est à mon tour. Je choisis un endroit un peu plus discret. Sous mon sein gauche, sur le cœur. J'ai l'habitude de passer sous l'aiguille, donc aucune appréhension, juste celle de regretter un jour cette nouvelle empreinte.

Quand nous sortons de la boutique, Sara m'embrasse pour me remercier de ce cadeau et me dit :

— Je ne le regretterai jamais parce que ce que j'ai vécu avec toi est la plus belle chose qui me soit arrivée. Ce tatouage est le signe de notre secret, le secret de cette liaison interdite. Je veux qu'on se fasse la promesse à jamais, là, tout de suite, maintenant, que tout ce qui s'est passé entre nous restera entre nous pour toujours.

Je lui prends les mains, la regarde droit dans les yeux et lui fais cette promesse.

*

Ces deux jours furent intenses. Sara, tout comme moi, n'a guère envie de rentrer. Pourtant, il nous faut reprendre le travail demain. Ce dernier week-end ferme enfin la boucle, signe la fin d'un amour intense. Mais mon incertitude sur l'avenir ne s'est pas dissipée. Nous sommes incapables de nous projeter. Quitter quelqu'un quand ça ne va plus, quand on ne s'aime plus semble bien plus facile. Se quitter en s'aimant si fort est d'une violence incommensurable. La conviction que cet amour est impossible m'aide à tenir. Mais il n'y a pas pire rupture que de se séparer alors qu'on s'aime encore.

Nous reprenons la voiture vers 17 heures. Il nous faut une bonne heure pour sortir des bouchons parisiens et rejoindre l'autoroute. Pendant que nous sommes à l'arrêt, j'observe Sara sur le siège passager. Elle est obsédée par son nouveau tatouage et l'embrasse en riant. Sur le chemin du retour, jamais nous n'évoquons la séparation. Elle est heureuse et, comme le bonheur est contagieux, je le suis aussi. Demain est un autre jour.

Paris s'éloigne dans la vitre arrière. La ville des Lumières nous offre un dernier cadeau : un magnifique coucher de soleil. Ticket de péage dans la machine, la barrière s'ouvre. Je démarre. Ma main sur le pommeau passe les vitesses. La sienne, sur ma cuisse, glisse.

70 kilomètres/heure. Sa main sur la couture de mon jeans, je m'affole :

— Qu'est-ce que tu fais, Sara ? Arrête tes conneries, je peux pas m'arrêter, là.

Ça m'excite, mais je ne peux pas lui dire, sinon elle va continuer.

90 kilomètres/heure. Elle répond :

— Pas besoin de t'arrêter. Laisse-toi faire.

Elle ne me laisse pas le choix et j'aime ça.

120 kilomètres/heure. Tout va très vite, ça peut devenir dangereux. Le bouton de mon pantalon saute. La fermeture éclair descend. Sa main glisse plus profond. Je m'agrippe au volant, humide.

130 kilomètres/heure. Il fait nuit noire. Ligne droite. Sa deuxième main soulève mon sweat. Elle mordille le téton de mon sein droit.

140 kilomètres/heure. Excès de vitesse.

— Arrête, Sara, je ne peux pas conduire comme ça, c'est trop dangereux !

Les phares, venant d'en face, m'éblouissent.

135 kilomètres/heure. Je me concentre sur la route. Ça la fait rire. Dans ma tête, je me dis : « Je ne vais pas tenir longtemps… Je vais pas tenir. » Sara insiste. Elle a appris très vite les bases. Elle est joueuse. Je me mords les lèvres.

130 kilomètres/heure. Orgasme.

Chapitre 11

Le retour de Paris est bien plus difficile que la dernière fois. Les larmes, à nouveau, se sont immiscées dans nos baisers ; nos corps aimantés ont eu peine à se lâcher… Je pensais que ce serait plus simple cette fois-ci, mais l'amour fait toujours autant mal.

Je n'ai pas croisé Sara depuis. On tient la promesse que l'on s'est faite : garder nos distances. Naïvement, c'est la seule solution que l'on ait trouvée. J'espère chaque jour que tout mon être se défasse de l'emprise de cet amour. Bien sûr, j'appréhende de la revoir. Car évidemment, nous allons nous croiser. Comment peut-on s'éviter dans un village de cinq cents âmes ? La vraie question est : comment vais-je réagir ? On s'est dit que l'on serait les meilleures amies du monde. Ça ne doit pas être si difficile de tenir ce rôle. Certes, les premiers mois seront douloureux, mais avec le temps, on y arrivera certainement.

Nous essayons de nous projeter, marchant l'une à côté de l'autre pour toujours mais à une place différente : je nous préfère amies, c'est mieux que rien. Je veux être là pour elle, m'assurer de son bonheur, être sûre que ses yeux pétillent encore. Je me ferai petite pour prendre place à l'endroit qu'elle me réserve près d'elle, pour combler cet amour qui, selon elle, lui est impossible. Je sourirai, même si ça m'arrache les tripes de la voir dans les bras d'un autre.

Dans cinq mois, elle lui dira oui. Rien ne peut changer le cours des choses. Deux choix s'offrent à moi : soit je la regrette éternellement et je vis sur les ruines de cet amour impossible, soit j'en fais le deuil et je m'efforce d'être heureuse pour elle.

La journée, tout va bien. Je reste positive. Je regarde cette histoire avec beaucoup d'affection et de maturité. C'est le soir que tout se complique. Tout ce que je pensais pouvoir affronter le jour m'effraie quand vient la nuit. Mes sentiments jouent les Docteur Jekyll et Mister Hyde. L'angoisse me réveille ; j'attrape mon calepin et lui livre ma souffrance. Pourquoi je n'arrive pas à laisser Sara à sa vie ? Peut-être parce que je suis seule et que je ne peux parler à personne de ce secret. J'ai aussi la peur d'être abandonnée de nouveau. Il y a eu un moment où Sara me nourrissait d'espoir, je pensais qu'avec le temps, elle assumerait tout et que nous formerions une famille. Depuis notre retour, mon espoir est mort.

Entre deux rendez-vous professionnels, je l'appelle. Je sens à sa voix qu'elle ne va pas bien du tout. Elle me confie voir son médecin demain pour un arrêt de travail. La dépression est de retour. Elle est complètement paumée dans ses sentiments et n'arrive plus à gérer cette double relation. Elle pleure beaucoup et n'a le goût de rien. Je m'inquiète. Sa détresse est une bonne raison pour briser le pacte : il me faut la revoir.

J'insiste et lui demande de passer à la maison après-demain quand elle aura déposé les enfants à l'école. Je ne peux pas la laisser dans cet état-là, de la sentir comme ça me casse à l'intérieur.

*

Elle débarque à la maison. On s'embrasse sur la joue comme le feraient deux amies. À la télévision passe le dernier clip de Louane, « Tourne ».

— Ça me fait penser à nous, cette chanson, me dit-elle.

Je ne réponds rien, je souris. Je lui ai préparé un chocolat chaud et un pain au chocolat. En déposant le tout sur la table basse du salon, je lui demande comment elle va ce matin. Elle est en arrêt pour deux semaines minimum. Elle a besoin de se retrouver, d'y voir plus clair. Je tente le tout pour le tout : veut-elle vraiment que notre liaison s'arrête ? Elle me répond ne pas avoir le choix et ne plus arriver à tout gérer. Et pour la toute première fois, elle manifeste de la culpabilité envers Aymeric.

Je m'étais pourtant promis de rester à ma place. Mais de la voir si malheureuse, je ne peux que réagir. Au diable les promesses, je l'aime. Je veux me battre. Je suis sûre que nous avons plein de belles choses à vivre ensemble. Les larmes montent quand elle me dit :

— Tu vois, Élo, on s'était juré que c'était notre dernier week-end et là, le fait que tu ne veuilles pas qu'on arrête, eh bien, je suis encore plus paumée. Chaque fois que l'on s'efforce de rompre, j'ai l'impression que l'on n'y parvient jamais. Regarde-nous ! On souffre trop. Pourquoi on n'arrive pas à se quitter, hein ?

Je connais la réponse.

— Peut-être parce qu'on s'aime beaucoup trop fort.

— Oui, c'est bien ça, le problème, rétorque-t-elle. Je vais me marier et toi tu débarques dans ma vie au mauvais moment. Je t'aime, je n'ai pas envie de te perdre, mais notre histoire est impossible. J'aurais préféré dès le départ qu'on devienne amies, au moins j'aurais été sûre de t'avoir à mes côtés pour toujours. Parce que là, je ne vois pas vraiment d'issue. Il faut qu'on arrive une fois pour toutes à couper les ponts. Je ne peux pas t'offrir ce que tu veux, je n'en ai pas le courage et puis, je sais très bien que tu mérites mieux que moi, je te fais trop souffrir.

Les larmes ont pris d'assaut ses yeux et se forgent une rivière le long de ses joues. Je culpabilise, je me sens fautive. Faut-il que je disparaisse de sa vie ? Où dois-je continuer à croire que l'amour sera le plus fort ?

Je pars à l'étage chercher un paquet de mouchoirs. Dans le salon, j'entends un bruit sourd. Quand je redescends, je la retrouve allongée sur le sol, tremblante. Sara est en pleine crise d'angoisse. Je panique à mon tour, les larmes montent. Je lui relève la tête et la serre contre moi. Je trouve les mots justes pour l'apaiser.

— Calme-toi, je suis là. Ne t'en fais pas : on va y arriver, mais je t'en prie, calme-toi !

Après de longues minutes, elle s'agrippe à mon cou, je la relève du sol et la ramène sur le canapé.

Je l'embrasse sur le front, signe que je suis là et que je la protège. Si c'est l'unique solution, je vais disparaître de sa vie. Définitivement.

*

Il n'aura fallu que vingt-quatre heures pour qu'elle reprenne contact avec moi après son passage à la maison.

Son fils Enzo est tombé dans la cour de l'école et a besoin d'aller aux urgences pour passer une radiographie de sa cheville. Aymeric est au travail, elle me demande de l'accompagner. Elle est fatiguée et ne se sent pas de conduire. Sa fille Lola, restée à l'école, ne sort que dans trois heures. Ça nous laisse en théorie le temps de faire l'aller-retour. Je suis contente de revoir Enzo. J'adore ce gosse, il est intéressant, rigolo et très affectueux.

Nous attendons dans la salle d'attente de récupérer quelques papiers, mais heureusement pas de casse d'après le radiologue. La présence d'Enzo nous pousse à parler de tout sauf de notre situation actuelle. Ça nous fait du bien de discuter de choses positives. Je vois alors Sara retrouver peu à peu le sourire. Je suis pour ce gamin la meilleure amie de sa maman. J'aimerais tant qu'il ait raison.

Je les dépose devant chez eux après l'hôpital, puis je rentre chez moi. À la maison, je fais un brin de ménage, ouvre le courrier, allume la télé et me pose enfin après avoir couru toute la journée, quand je reçois un appel de Sara :

— Mon a(i)mant, je voulais te remercier pour aujourd'hui. Enzo était content de te voir… et moi aussi.

— Avec plaisir, tu sais très bien que je serai toujours là pour toi.

— Merci… Je voulais te parler d'un truc, mais il y avait Enzo, alors j'ai préféré attendre.

— Ah bon… Qu'est-ce qu'il y a ?

— J'ai arrêté la pilule.

— Quoi ? Mais pourquoi ?

À ce moment-là dans ma tête, c'est l'incompréhension totale. Un silence s'installe, je réitère ma question :

— Pourquoi ? Pourquoi m'appeler pour me dire ça, là, maintenant ?

— Je ne couche plus qu'avec toi depuis des semaines. Donc, pour le moment, je ne suis pas près de tomber enceinte, ne t'énèrve pas !

— OK, Sara, mais pourquoi alors ? Je ne comprends pas.

— J'aimerais avoir un troisième enfant…

— Quoi ? Un gosse ? Tu n'en as pas assez de deux ? Et moi, dans tout ça ? Si tu tombes enceinte, Sara, je n'arriverai même plus à te toucher. Je sais que tu ne vas pas bien en ce moment, j'entends ton mal-être, mais là, pour le coup, j'ai beaucoup de mal à te suivre.

— Je sais, c'est égoïste, mais cet enfant, je le veux pour moi et pour t'éloigner du monstre que je suis. Je savais que tu réagirais comme ça.

— Ah, parce que tu crois vraiment que faire un enfant pour ces raisons-là, c'est une solution ?

— Écoute, Élodie, je ne suis pas bien. J'ai besoin de me raccrocher à quelque chose et de me prouver que ma vie est auprès de mon mari et mes enfants. Si je tombe enceinte, je sais que, par la force des choses, on se séparera. Je ne peux pas tout avoir, tu me le répètes assez souvent.

Énervée, je lui balance :

— À aucun moment, tu penses à moi, en fait !

— Bien sûr que si ! J'ai envisagé de fonder une famille avec toi, ça m'a traversé l'esprit, je ne te le cache pas, mais je ne me vois pas imposer ça aux jumeaux. Et puis, je ne veux pas être pointée du doigt par la famille d'Aymeric.

Pas envie de passer pour une salope. Quant à mes parents, ils l'aiment beaucoup, je ne veux pas les décevoir.

— Tu n'assumes toujours rien. Je comprends que ce processus soit long, que tu ne peux pas assumer une relation avec une femme en un claquement de doigt, mais Sara, ça fait un an qu'on sort ensemble ! Tu me dis être heureuse à mes côtés, que je suis ta plus belle rencontre, que tu ne veux pas me perdre, c'est incohérent. Donc, en gros, tu préfères être malheureuse toute ta vie ?

— Oui... Le bonheur de mes enfants est ma priorité, je te l'ai toujours dit.

— Les enfants ressentent tout. Je pense qu'ils n'ont qu'une envie, c'est de voir leur maman épanouie, pas en train de pleurer matin et soir. Et puis concevoir cet enfant avec Aymeric, c'est un peu bizarre, non ? Surtout en ce moment.

— Sois rassurée, cet enfant, je veux juste qu'il ait le même père que son frère et sa sœur. De toute façon, ça ne sert à rien de t'agacer, je ne suis pas enceinte !

— Si tu penses que cette grossesse peut nous séparer à jamais, effectivement, tu as raison. Je ne conçois pas la vie de cette façon, mais après tout, tu fais bien ce que tu veux.

Cette discussion me poignarde au cœur. Je suis à terre, je raccroche. Je suis terriblement en colère, un enfant ne répare pas un couple ébranlé. Il me faut bien de longues minutes pour reprendre mes esprits. Je file chez ma grand-mère pour le dîner afin de tout oublier le temps d'un repas. Je n'emporte pas mon portable. Grand besoin de déconnecter.

*

Les jours suivant, je reçois toujours de ses nouvelles. J'en donne aussi. J'évite de me faire du mal et je n'aborde jamais le sujet de la grossesse.

Elle n'arrive toujours pas à remonter la pente de sa dépression. Son arrêt maladie court depuis déjà plus de deux semaines. Elle consulte par Internet une psychologue qui va, selon elle, l'aider à choisir avec qui elle doit poursuivre sa vie, lui, moi ou aucun des deux. J'ai deux chances sur trois de finir sur la voie de garage. C'est super, l'amour !

De mon côté, je n'arrive plus à faire face. Je me sens complètement impuissante. Ma vie tourne autour du travail et de son mal-être.

Hier, c'était la Saint Valentin, et j'avoue avoir pensé à elle toute la journée. Je me suis imaginée à ses côtés et je me suis également torturée à les imaginer, eux, les futurs époux, dînant en tête-à-tête, et achevant leur nuit à baiser comme des fous. On aime se faire des films qui finissent mal, toujours.

Au matin du 15, je ne tiens plus. J'attends qu'Aymeric parte au travail et envoie à Sara un message en lui disant que je n'ai pas voulu la déranger pour la Saint Valentin, que j'ai préféré la laisser avec son homme, mais que j'ai pensé fort à elle. Elle me répond alors instantanément : « Tu parles, j'ai passé une soirée de merde ! Il n'avait rien prévu, pas de bouquet de fleurs, pas un mot, rien comme d'habitude. Journée normale, banale, chiante ! »

Sa réponse me met dans une joie indescriptible. C'est horrible, je sais, mais c'est le cas. Qu'est-ce que je ne l'aime pas, ce mec ! À sa place, j'aurais fait dix fois mieux. Il perd des points…

Alors que je savoure ma petite victoire, je pense à une chose : comment est-ce possible ? Après son anniversaire, Noël, maintenant la Saint Valentin, et, elle, elle accepte tout ça sans broncher ? N'a-t-il aucune considération pour sa femme ? Ou bien faut-il se rendre à l'évidence : Sara me mentirait-elle ? Et si la vie de merde à laquelle elle essaie de me faire croire n'était qu'un tissu de mensonges pour que je reste accro et qu'elle dirige le jeu ? Je sais combien Sara peut être bonne comédienne, je l'ai vue de nombreuses fois à l'œuvre… Je la laisse se plaindre au téléphone, la rassure, comme d'habitude, mais, pour la première fois, je ne prends pas part au bashing de son mec.

Elle enchaîne en me racontant que sa psychologue lui a demandé de lui citer les qualités d'Aymeric et les miennes, et que ce fut apparemment plus compliqué pour l'un de nous deux. Cependant, elle lui demande de prendre de la distance quelque temps avec lui comme avec moi, afin de mesurer lequel des deux lui manque le plus.

Sara suit les instructions à la lettre : les jours suivants, je la sens moins présente dans nos échanges. Elle est fuyante, moins affectueuse. Ses paroles sont insipides et son regard vide quand je la vois.

*

Depuis une semaine, je suis préoccupée, je dors peu. L'avenir me fait peur. Et si pour elle tout ça n'était vraiment qu'un jeu ? J'ai bien tenté de m'investir dans le travail pour ne plus penser, mais je n'y arrive pas. Je finis par tout remettre en question : pourquoi suis-je venue dans ce village ? Comment ai-je pu tomber amoureuse d'une femme que je détestais au début ? Pourquoi ai-je donné une chance à une histoire si compliquée ? Tout se bouscule dans ma tête.

Jey me connaît par cœur et s'inquiète. Mon manque de réactivité à lui répondre est un signal de souffrance évident. Il m'envoie beaucoup de messages, je ne le texte que pour les choses les plus essentielles. Une simple question comme « Comment tu te sens aujourd'hui ? » me fait fondre en larmes.

*

Vendredi soir, 21 heures. J'entends que l'on se gare devant le grand portail. Du haut de ma chambre, je tire le rideau pour regarder qui peut venir chez moi sans y être invité. Jey ! C'est lui tout craché, il débarque sans prévenir.

— J'ai amené de quoi boire ! me lance-t-il en sortant de grands sacs de courses du coffre de la voiture de location.

Il n'a pas dîné, je lui prépare une assiette de pâtes. Je vois bien que la curiosité le démange, mais je ne veux pas parler de Sara. On discute de tout, de rien, de nos souvenirs en commun, mais l'alcool est traître, je baisse ma garde et me confie à lui. Je lui raconte combien cet amour me tue : son désir d'enfant, notre promesse à devenir amies elle et moi. Il répond d'un ton moqueur :

— Ma chérie, il faut que tu arrêtes de te voiler la face. Il faut que cette conne sorte de ta vie une bonne fois pour toutes. C'est la seule solution.

Vexée, je coupe court à la discussion. Je n'aime pas quand il lui manque de respect, c'est comme s'il m'insultait moi.

Je n'ai pas le souvenir du nombre de verres que j'ai bus, mais je me réveille avec une sacrée gueule de bois vers 13 heures le lendemain. Je ne me souviens pas non plus avoir monté les marches qui mènent jusqu'à ma chambre. Dans la cuisine, Jérémy prépare le petit déjeuner.

— Je te fais des pancakes ?

J'acquiesce d'un signe de tête. Je regarde mon portable pour voir si j'ai des messages de Sara. Aucun. Je lui envoie : « Comment vas-tu ? » Pas de réponse.

L'après-midi avance. On traîne à la maison. Jey veut faire mille choses et, moi, j'ai besoin de repos. On trouve un compromis : une partie de bowling vers 16 heures.

Entre deux lancers de boule, j'envoie des snaps à Sara. Toujours silence radio. Je suis un peu agacée. Ne pas me répondre alors que je m'inquiète pour elle, ce n'est vraiment pas sympa. Je sais qu'elle traverse les mêmes émotions, mais mes mots sont des bouteilles à la mer, perdus en pleine tempête.

C'est cool d'avoir Jérémy à la maison ce week-end. On rigole, on papote, on passe du bon temps. Le dimanche midi, nous sommes invités chez Mamie Louise. Entre le plat de résistance et le dessert, je checke mon portable. Toujours pas de nouvelles. Jey balance :

— Arrête avec ton téléphone !

Il a raison, il a fait des kilomètres pour me voir. C'est ça, les vrais amis.

En toute fin d'après-midi, il doit reprendre la route. Avant de me quitter, il me prend la tête entre les mains :

— Tu vas l'oublier, l'autre, tu vas enfin pouvoir aller de l'avant.

Ses mots me font du bien. Après tout, il faut que je m'habitue à ce que Sara et moi, nous nous éloignions un peu… Mais les bonnes résolutions du jour s'évaporent quand vient la nuit. Je ne supporte pas qu'elle m'ignore. Je renvoie : « ?????? »

Je sais qu'elle a lu le message, mais toujours pas de réponse. Ça me saoule. J'éteins mon portable.

*

Lundi matin, je me réveille en sursaut après un terrible cauchemar : pour se venger, Aymeric avait dit à tout le village que sa femme se tapait une gouine, et tous les habitants nous pointaient du doigt. J'en ai mal au ventre. J'attends 8 h 30 qu'elle dépose les petits à l'école, pour débarquer chez elle. Je suis en colère de son silence. Je ne mérite pas ça. Je frappe… fort. Elle ouvre. Je lis sur son visage qu'elle est de mauvais poil. Je m'en fiche, je lâche les chiens :

— Non mais tu te fous de moi ? C'est quoi, ton problème ?

— Élo, je…

Je ne lui laisse pas en placer une.

— Je me suis inquiétée tout le week-end ! Tu me laisses comme ça, sans nouvelles. Ça me démonte ! Mais tu me prends pour qui, bordel ?

À ces mots, son regard change. Elle hurle :

— Quoi ? Tu attendais de mes nouvelles ? Pardon ? (Plus fort) Tu attendais de mes nouvelles ? Alors là, c'est la meilleure !

— Tu n'as pas reçu mes messages de tout le week-end ?

— Si, bien sûr, je les ai reçus ! Je suis même venue te voir !

Ça me calme dans la seconde. Je réponds d'un ton plus doux :

— Quoi ? T'es venue ce week-end ? Quand ?

— Ton meilleur ami ne t'a pas fait de compte rendu ? Pourtant, c'est lui qui m'a ouvert et m'a balancé que tu ne voulais plus me voir !

Je me ressaisis et tente de comprendre.

— Attends, attends, on se calme… Tu es venue me voir ? Mais je ne suis pas au courant.

— Je suis passée samedi matin avant de partir au travail. Ton *meilleur* ami ne t'a rien dit ?

Elle s'effondre en larmes. Je la prends dans mes bras.

— Mais c'est quoi, cette histoire ?

Elle me fait entrer et me raconte absolument tout.

— Je savais que tu n'étais pas en forme, cette semaine. Tout se sait dans le village. Fabrice, ton voisin, m'a dit l'autre matin que tu avais l'air fatigué depuis quelques jours. Je ne savais pas que Jérémy était chez toi. Il devait être 10 heures quand j'ai frappé à ta porte. C'est ton pote qui m'a ouvert et, là, j'aurais préféré ne jamais venir.

— Attends, mais pourquoi il ne m'a rien dit ?

Elle enchaîne :

— Dès qu'il m'a vu, il m'a aboyé dessus : « Qu'est-ce que tu fous là, toi ? » Je lui ai dit que je passais te voir. Il m'a répondu : « Ça, ça ne va pas être possible. Tu n'as pas compris qu'on ne veut pas de toi ? » J'ai insisté pour te parler deux minutes. Il s'est alors mis à gueuler plus fort : « Tu n'as pas compris ce que je t'ai dit ? Élodie ne veut plus te voir ! Tu as vu le mal que tu lui fais ? Tu ne crois pas que tu as assez fait de dégâts comme ça ? T'es une égoïste, tu ne penses qu'à ta gueule. Tu vois, Élo, elle est entière, elle t'a tout donné, et, toi, tu as tout pris et tu as tout broyé. Tu t'es servie d'elle. Donc tu sais ce que tu vas faire ? Tu vas dégager, tu vas sortir une fois pour toutes de sa vie. Et si tu reprends encore contact avec elle, tu auras affaire à moi. Parce que ton mec, il n'est au courant de rien, mais, moi, je n'aurai aucun scrupule à aller lui raconter ton petit cinéma. Donc casse-toi ! »

Sara finit de raconter son histoire en pleurant. Je reste sans voix. Jamais je n'aurais pensé que Jey puisse me trahir de la sorte. Dans ma tête me reviennent les derniers mots qu'il m'a dits en regagnant sa voiture : « Tu vas l'oublier l'autre, tu vas enfin pouvoir aller de l'avant. »

J'entends qu'il ait voulu me protéger, mais je le vis comme un véritable coup de poignard dans le dos. Ma colère contre celui que je pensais être mon meilleur ami est proportionnelle à ma déception. Je ne sais pas comment réagir face à elle. Je me confonds en excuses et lui assure que je n'ai jamais voulu ça. Elle me poursuit entre ses larmes :

— Tu sais, il aurait pu tout dire à Aymeric, finalement, je m'en fous. Quand Jérémy m'a annoncé que tu ne voulais plus me voir, je ne t'ai plus répondu, je suis désolée. J'ai vraiment eu peur de te perdre pour toujours, en vérité.

Je la console, lui dis que je dois rentrer à la maison. J'ai des comptes à régler.

*

— Tu te prends pour qui ?

À l'autre bout du fil, un long silence. Je relance :

— Oh, je te parle, là ?

Jey me répond enfin :

— Mais ouvre les yeux, putain, cette fille s'est servie de toi ! J'ai passé tout le week-end à te ramasser à la petite cuillère et, toi, tu la laisses encore décider de tout ?

— On essaie de construire une amitié, bordel ! Qu'est-ce qui te prend de lui parler comme ça et surtout de parler en mon nom ? Tu débarques chez moi, c'est très gentil et je t'en remercie, mais là, franchement, tu n'avais pas le droit de te mêler de mes affaires ! T'aurais dû me dire qu'elle était venue !

— Non, non et non ! Je l'ai fait pour toi ! Je ne te comprends pas, Élo, t'es aveugle ou quoi ? C'est un truc de malade !

— Tu n'as pas à me sauver, Jey, je suis une grande fille.

— Tu sais quoi ? Ne me demande plus d'être là pour te soutenir dans tes problèmes de cœur. Ta Sara, je ne veux plus jamais en entendre parler, t'as compris ?

— T'inquiète, c'est pas prévu ! Jamais je n'aurais pensé que tu puisses me trahir, toi ! Je ne suis pas près d'oublier.

— Te trahir ? Franchement, va te faire foutre, Élo, tu me gonfles.

Je lui raccroche au nez.

Cette trahison est la goutte d'eau qui fait déborder le vase. Je craque.

*

Sara entame son second mois d'arrêt de travail. Ce matin, après avoir déposé ses enfants à l'école, elle me confie sur snap qu'elle ne tient plus le coup moralement et écrit ces mots qui ont l'effet d'une bombe : « Je vais me foutre en l'air. » Je saute dans ma voiture à la seconde.

9 h 42, j'arrive chez elle. Je frappe, personne n'ouvre. Les secondes prennent tout leur temps, je m'impatiente. Je toque de nouveau, plus fort. Je commence à l'appeler par son prénom à travers la porte. Les voisins de la maison d'en face sortent sur leur palier. Non pas pour m'apporter de l'aide, mais pour observer, heureux d'avoir enfin quelque chose à se mettre sous la dent. Dans ce village tous sont à l'affût du moindre scoop. Je frappe encore, toujours plus fort. Je l'appelle sur son portable.

J'entends du bruit. Elle vient enfin m'ouvrir. Sur son visage, je décèle immédiatement qu'il s'est passé quelque chose. Je connais mon a(i)mant par cœur, rien ne peut m'échapper. Elle est là, plantée devant moi, en survêtement, cheveux trop rapidement attachés. Sa fatigue se lit sur son visage et son teint est pâle. La maison est silencieuse, des images sur l'écran de la télé, mais pas de son. Elle s'assoit sur le canapé les jambes croisées, attrape un coussin et le met au creux de ses bras. Elle me dit d'une petite voix :

— Comment ça va, toi ?

Je lui réponds, incrédule :

— C'est plutôt à toi de demander ça !

Elle s'approche de moi, vient poser sa tête sur mon épaule et se met à pleurer. Ma main droite vient glisser sur son dos pour la réconforter. Je laisse le silence s'épaissir avant de la relancer :

— Sara, je suis là. Dis-moi ce qu'il se passe.

Elle se redresse.

— Je suis complètement larguée dans mes sentiments, je ne sais pas si j'aime encore Aymeric, je m'ennuie tellement à ses côtés, mais en même temps, je ne me sens pas capable de le quitter, j'aurais trop de peine pour lui. Cette nuit, je n'ai pas beaucoup dormi. J'ai eu une longue discussion avec lui. Ça faisait un bon moment que ça trottait dans ma tête, j'ai enfin trouvé le courage. J'ai prétexté des problèmes financiers et un manque de budget, je l'ai convaincu d'annuler le mariage.

Chapitre 12

L'espoir de ne plus avoir à la partager renaît enfin. L'annulation de son mariage est un signe fort. Elle dit à qui veut l'entendre que c'est pour des raisons financières, mais je sais que ça n'est pas que ça. Je suis dans la confidence, qu'elle ne peut épouser le père de ses enfants et lui jurer fidélité alors qu'elle mène une double vie et a des sentiments pour moi. L'essayage de la robe lui a fait prendre conscience de cette absurdité. Elle ne veut, ne peut plus jouer cette mascarade.

J'ai envie d'être là pour elle, de voyager avec elle, de la gâter, de l'aimer. Être l'épaule sur laquelle elle peut s'appuyer, être sa force quand la vie l'épuise. Je veux être son moteur, son essence, son air, son eau. Celle qui par les caresses la répare de son passé.

Je veux également qu'elle soit fière de moi et, à mon tour, l'aider à devenir plus forte. Sur le plan professionnel, Sara admire souvent mon parcours. Je lui insufflerai l'envie de bâtir une carrière comme je l'ai fait, d'avoir de l'ambition et de viser toujours plus haut. Je sais qu'elle en a les capacités. À deux, on peut être fortes, indestructibles.

Depuis l'annonce de l'annulation, je suis de nouveau sa priorité. Je reprends de manière naturelle ma place de confidente, d'âme bienveillante. Elle m'affirme ne plus coucher avec lui. Elle a certainement dû laisser tomber son projet d'enfant, ça me rassure. Quand je lui parle de nous, elle me dit ne pas se prendre la tête et vivre au jour le jour. Je reste convaincue que le temps lui ouvrira enfin les yeux. Nous redevenons fusionnelles comme au premier jour, nous faisons l'amour plusieurs fois par semaine. L'attraction est intacte.

Ce qui me surprend toujours, c'est ma façon de vivre à travers elle. Je suis si dépendante que je ressens tout ce qu'elle ressent. Elle rit, je ris. Elle pleure, je pleure. « Normal, quand on aime », mais chez moi, c'est si fort que je m'en rends malade. Évidemment, ces dernières semaines furent très difficiles. Je ne me souviens pas avoir été aussi fragile que maintenant. Elle influence incontestablement ma vie.

L'amour est un jeu. Conquérir celle qu'on aime est une bataille. Je comprends assez vite que tout est permis et que je dois me démarquer de mon adversaire. Je vais attaquer là où Aymeric ne peut rivaliser : le romantisme.

Cela fait un an aujourd'hui que nous avons fait l'amour pour la première fois Sara et moi en pleine nature, près du sentier. Je veux marquer le coup, lui rappeler le doux souvenir de ce moment, la ramener à l'orgasme de ce jour.

Je suis allée ce matin chez le fleuriste pour faire livrer un bouquet de trente-sept roses rouges sur son lieu de travail. Le nombre de fleurs est important et ne doit pas être pris à la légère. Le nombre trente-six représente l'amour absolu, fou et inconditionnel. J'ai demandé que l'on ajoute au bouquet une rose supplémentaire. Par superstition, il est dit qu'offrir des roses se fait toujours en nombre impair afin de prouver que le bouquet n'est destiné qu'à une seule et unique personne. Impossible de le diviser en un nombre égal de fleurs pour en faire deux bouquets. Sur la carte qui accompagne, j'écris à la main : « Joyeux Anniversaire. » Elle seule peut comprendre.

Dès les premières minutes qui suivent la livraison, les fleurs sont au cœur de toutes les discussions : ses collègues se demandent bien qui a pu envoyer à Sara un si beau bouquet. Son sourire la trahit, mais elle tient son rôle à la perfection. Elle dit ne pas savoir, c'est certainement une erreur, puisque ça n'est pas son anniversaire. Mais le plus jouissif reste à venir.

Le soir, elle ramène la gerbe à la maison et sert à Aymeric la même soupe : c'est une erreur, elle ne sait pas qui a expédié ce bouquet… Lui trouve juste stupide d'envoyer des fleurs sur un lieu de travail. Elle rétorque que le plus stupide est d'oublier les vrais anniversaires, les Saint Valentin et Noël. Joli uppercut qui le fait taire pour un bon moment.

Elle prend son plus beau vase, taille les tiges et ordonne les fleurs avec soin. Elle dépose ensuite le tout au beau milieu du salon. Tel un cheval de Troie, mon amour caché dans ce bouquet a atteint sa cible : je suis avec elle, chaque jour, chaque seconde. Quand elle respire intensément le parfum des roses, je sais qu'à cet instant précis, elle pense à moi.

*

Tandis que je me rends à un rendez-vous, ce mercredi, je vois Justine arriver à contresens sur le trottoir du centre-ville. Elle s'arrête un moment pour délivrer de son sac un paquet de cigarettes et un briquet. Alors qu'elle porte une blonde à ses lèvres, je l'interpelle :

— Comment vas-tu ? s'exclame-t-elle, heureuse de me voir.

Je lui réponds du tac au tac :

— Plutôt bien, j'ai un rendez-vous pro au garage Tarbon, et toi ?

Justine me raconte ses vacances sur la côte, qu'avec son chéri, tout va pour le mieux, ils pensent sérieusement à acheter une petite maison.

— On fait un grand pas !

Je suis heureuse pour elle. Je me rends compte combien cela me fait du bien de croiser un visage familier. J'étais trop occupée à être là pour celle que j'aime que j'en ai oublié mes amies. Elle enchaîne d'un coup sur Sara :

— T'as vu, c'est chaud, elle a annulé le mariage. Ça parle beaucoup dans le village et au club de hand, comme tu peux t'en douter. T'en sais plus, toi ?

Je hausse les épaules pour lui dire non. Je sens que mon silence ne satisfait pas sa curiosité. Je me dois d'ajouter :

— Sara ne va pas super. Je pense qu'ils n'avaient pas le budget…

Justine relance, intriguée :

— Ce que je ne comprends pas, c'est qu'ils ont annoncé leur mariage en avril l'année dernière pour l'annuler un an plus tard, alors qu'entre-temps, ils se sont pacsés fin novembre… On n'y comprend plus rien. Moi, j'avais posé mon samedi pour le mariage, c'est relou…

Elle continue de parler encore pendant bien trois ou quatre minutes, mais je n'entends plus rien. Je clos rapidement la conversation en disant qu'en effet « c'est compliqué ». Je l'embrasse, lui dis combien ça me fait plaisir de l'avoir croisée, qu'il faut se revoir vite et continue ma route.

J'avance sur le trottoir comme un robot. Je viens de prendre une sacrée claque : Sara s'est pacsée et je n'en savais rien. Comment cette nouvelle a pu être tenue secrète aussi longtemps ? Pourtant, dans le village, la propagation des ragots est un sport local. Pourquoi ne m'a-t-elle rien dit ?

Je réfléchis. Novembre est le mois de mon accident… et de notre violente dispute. Je lui reprochais de ne pas être assez présente, alors qu'Alix avait passé quelques jours à la maison. Je commence à y voir clair : durant ma convalescence, elle en a profité pour se pacser. Le coup est dur à encaisser. Ma confiance aveugle en elle s'effrite. Quels sont les autres mensonges qui vont m'exploser au visage ?

J'arrive à mon rendez-vous très contrariée. C'est un concessionnaire automobile, qui souhaite me confier la réalisation de sa prochaine campagne de publicité dans la région. C'est un gros contrat. On fait le tour des lieux, il me présente ses équipes et me parle des valeurs du fabricant automobile. J'ai perdu le fil peu après que nous nous sommes assis dans son bureau.

— Qu'en pensez-vous ? me demande-t-il.

Je ne sais plus de quoi on parle, mais je meuble et je le convaincs de me faire confiance pour respecter les délais. Malgré mon manque notable d'énergie, il signe le contrat.

En rentrant chez moi, j'envoie un message à Sara en demandant à la voir en fin d'après-midi à la maison. Son SMS s'affiche presque aussitôt.

« Mon p'tit cœur, désolée ce soir pas possible, je termine le boulot à 19 heures. » Ma demande d'explication attendra.

Je bosse toute la journée sur le projet de campagne. Vers 17 heures, Mamie Louise m'appelle :

— Qu'as-tu prévu ce soir ? J'ai équeuté des haricots verts, tu viens manger à la maison ?

Cette invitation ne pouvait pas mieux tomber.

Sur le chemin qui mène chez ma grand-mère, je relis le message de Sara. Me dit-elle la vérité ? Comme je veux en avoir le cœur net, je fais un détour. Stupéfaction : il est 18 h 10 et leurs deux voitures sont là, parquées derrière le petit muret. En passant, je vois Aymeric tondre la pelouse et Sara lui amener une bière. Vu d'ici, on pourrait croire à une vie de couple parfaite.

Elle me ment. J'en ai maintenant la preuve. La question est : depuis quand me mène-t-elle en bateau ? Cela fait plus d'un an qu'elle ment quotidiennement à Aymeric. Mais j'ai toujours cru à sa sincérité envers moi. Comment ai-je pu être aussi naïve ? Je me suis confiée à elle comme jamais auparavant. Je lui ai livré mes plus grands secrets et, en un rien de temps, tous les murs porteurs de notre relation se fissurent.

Voir ma grand-mère me fait du bien, son amour est indestructible. Elle est très fatiguée. Je mets le couvert et sers le repas. Je m'inquiète pour elle. Elle ne me reproche pas mon absence, mais je culpabilise de n'être pas assez souvent auprès d'elle. Je me dis qu'il faut que ça change.

*

Le lendemain, je relance Sara sur snap. Même cirque : « J'ai un truc à faire bla bla bla, je ne peux pas car bla bla bla… » Je lui écris en lettres capitales : « REGARDE BIEN TON AGENDA. T'AS CERTAINEMENT OUBLIÉ DE ME DIRE QUE TU T'ÉTAIS PACSÉE. BONNE JOURNÉE. »

À la seconde, elle m'appelle.

— Tu comprends, p'tit cœur, c'était surtout pour les impôts, c'était plus facile…

Je lui rétorque que c'est dégueulasse de me l'avoir caché. Je lui balance à la figure le mensonge d'hier soir. Elle a réponse à tout.

— J'ai fini plus tôt, ce n'était pas prévu…

Etc., etc.

Elle sait me calmer, me raconter des histoires auxquelles je crois comme une idiote. Je dois bien lui reconnaître ce talent-là. Il suffit qu'elle dise qu'elle a peur de me perdre, qu'elle m'aime et immédiatement je rends les armes, je me plie à ses humeurs et fini par tout accepter. Les mensonges se succèdent durant plusieurs semaines. Entre la peur d'être abandonnée et le fait qu'elle me mente, j'ai choisi l'option 2 : c'est mieux que de ne plus la voir du tout.

Malgré tout, je sens bien que Sara m'échappe et joue avec mes sentiments. Je veux la confronter à ses contradictions, avant qu'elle ne parte en formation lundi, pour lui montrer que je ne suis pas dupe. Je lui donne rendez-vous à 19 h 30, là où l'on s'est rencontrées la toute première fois : le gymnase. Ce choix n'est pas anodin. Il est excentré du village, et, pour comprendre, il faut revenir là où tout a commencé.

Le complexe sportif est vide. Le soleil commence à décliner. Alors qu'elle s'assoit près de moi sur le banc de fer derrière le bâtiment, je lui dis d'entrée de jeu :

— Cela fait plus d'un an que nous entretenons une relation interdite. Notre histoire a été parsemée de « On se quitte, on se retrouve », on a toujours essayé de donner un sens à notre idylle, mais j'ai l'impression de te perdre un peu plus chaque jour. Tu me mens à moi aussi et je n'aime pas ça. Je souffre tellement de ton indécision ! Tu annules ton mariage, tu me dis que je suis la femme de ta vie, pourtant tu restes avec lui. Tu t'amuses de moi, j'ai l'impression d'être un pion avec lequel tu joues.

Un long silence s'installe avant qu'elle ne prenne la parole.

— Tout d'abord sache que je n'ai jamais joué avec toi, je ne veux pas que tu penses ça, car c'est faux. À la base, ça devait n'être qu'un one shot, mais voilà, je suis tombée amoureuse. Ça, ça n'était pas prévu. Et d'une femme, encore moins. J'ai pris du recul et je sais où j'en suis maintenant.

Mon cœur bat à cent mille à l'heure.

— Je t'aime, Élo …

Le bonheur me remplit en une fraction de seconde.

— … mais j'aime aussi Aymeric. Je vous aime tous les deux. Je ne pensais pas vivre ça un jour, mais c'est la vérité.

Mes yeux fixent la terre à mes pieds. Ses mots sont si durs à entendre. Pour la première fois, elle vient de me dire qu'elle aime son mec. Je ne comprends pas. Il est la cible de toutes ses attaques depuis que je la connais. Il oublie tous les moments importants. Il n'a aucune attention envers elle et pourtant elle l'aime.

Je sens que je perds la bataille. Le respect, l'attention et la bienveillance ne feront pas pencher la balance en ma faveur… Elle me serre fort dans ses bras, je respire intensément son parfum avec le pressentiment que je ne la reverrai jamais cette fois-ci. Quand nos corps se délacent, l'incertitude m'envahit. Elle me lance un « Bon week-end, prends soin de toi » et regagne sa voiture. Je la regarde partir. Au volant, mes larmes brouillent la route. Il fait nuit noire. J'accélère et je hurle comme pour faire sortir la douleur que je ressens.

*

Sara est à Orléans en formation du 18 au 22 juin. J'aurais aimé la revoir avant son départ dans d'autres circonstances qu'au gymnase, mais je sais bien que je passe désormais au second plan.

Le mercredi soir, elle ose m'écrire avoir un petit coup de cœur pour la formatrice qu'elle a trouvé « trop bonne ». Ça m'énerve tellement ! Pourquoi me balance-t-elle ça ? Pour me rendre jalouse ? Soit c'est de la bêtise, soit de l'inconscience, mais elle joue encore avec moi ? Ça me ruine.

Le pire c'est que, malgré tout, elle me manque, je n'y peux rien et j'ai hâte de la retrouver. Je dors mal, je perds l'appétit, j'ai envie de rien quand elle est loin de moi.

Je regarde les horaires de train pour Orléans. Pourquoi ne pas la rejoindre ? Je me raisonne et décide de ne pas chambouler mes plans. J'ai une campagne de pub à terminer, je veux rester pour Mamie Louise… J'apprends à penser un peu plus à moi.

*

Quatre jours déjà que Sara est rentrée et quatre fois qu'elle trouve une bonne excuse pour ne pas me voir. J'ai eu droit à absolument tout : les enfants malades, la belle famille qui débarque à l'improviste, le chat perdu qu'on a cherché toute l'après-midi… Je ne mérite pas d'être traitée comme ça.

Elle a beau combler l'absence par des mots doux et tendres, ils ont leur limite. Ils n'embrassent pas et ne vous font pas l'amour. Force est de constater qu'elle ne fait aucun effort. J'ai l'intime conviction qu'elle me cache quelque chose.

La manipulation est à son comble quand, deux jours durant, je ne lui donne aucun signe de vie. Elle me rattrape encore avec la promesse de nous voir bientôt. Sa peur que je la laisse tomber lui dicte les paroles que je veux entendre.

Mais l'amour est puissant. Il est difficile de lutter. Il y a des jours où je lui en veux, d'autres où je lui pardonne.

Il est 16 heures passées, quand j'écris sur mon clavier :

« Mon a(i)mant comment ça va ? Je pense fort à toi :)

Elle : Coucou, écoute, ça va moyen, j'ai super mal au ventre. Je suis fatiguée. Moi aussi, je pense à toi.

Moi : Ah mince, tu as pris un médicament ?

Elle : Oui, mais beaucoup de nausées. Et j'ai un retard de règles.

Moi : T'es sûrement enceinte LOL :)

Elle : Oui, c'est possible.

Moi : Comment ça, *possible* ? Mais vous ne couchez plus ensemble… Sara ? Réponds-moi !

Elle : J'ai fait un test de grossesse, c'est positif…

Moi : Quoi ? C'est une blague ? Putain, mais tu me balances ça là, comme ça ? Tu l'as fait quand, ton test ? Sara ? Tu l'as fait quand ton test ?

Elle : Excuse-moi, je suis au boulot, pas simple de répondre rapidement. Je l'ai fait il y a dix jours, la veille de mon départ à Orléans. Et puis une prise de sang ce matin. J'aurai les résultats dans l'après-midi.

C'en est trop. Je l'appelle de vive voix.

Moi : Dix jours ! Tu sais que t'es enceinte depuis dix jours ?

Elle : T'énerve pas.

Moi : T'es sérieuse là, Sara ? Depuis un an et demi, on se dit tout, on partage tout et tu me caches ça ?

Elle : Ce n'est pas pareil.

Moi : Et t'as prévu de dire quoi à ton mec ?

Elle : Aymeric est au courant, même si je lui ai dit que ce n'était pas prévu, il a très bien pris la nouvelle.

Moi : Ah d'accord, parce que c'est un projet commun maintenant ? C'est la meilleure ! Il n'aurait donc rien compris ? Eh ben, je le plains, tu vois.

Elle : Cet enfant, je le fais pour moi. Je sais que c'est égoïste mais…

Moi : Toi ? Égoïste ? Mais n'importe quoi ! Tout le monde sait que Sara n'est pas DU TOUT égoïste…

Elle : Je comprends que tu sois en colère. Je n'ai pas osé t'en parler, mais je t'en supplie, ne dis rien à Aymeric sur ce qu'il s'est passé entre nous.

C'est la première fois que Sara parle au passé, je n'aime pas ça du tout.

Moi : Mais tu me prends pour qui, Sara ? Je tiens mes promesses, moi, on s'est tatouées sur la peau notre secret, ce n'est pas pour rien. En revanche, laisse-moi quand même te dire que tu n'avais pas le droit de me faire croire des choses avec tes belles paroles, et de me jeter comme ça. Je t'ai toujours dit que je voulais fonder une famille. Tu viens de briser mon rêve de devenir maman.

Elle : Écoute, Élo, je ne te cache pas que je voulais aussi partager cet enfant avec toi, j'ai longtemps imaginé notre vie avec un bébé. Quand je l'ai conçu, j'ai pensé à nous. Et puis je me suis rendue à l'évidence quand j'ai vu le test positif. Ce bébé est celui d'Aymeric, il est finalement heureux d'être à nouveau papa, je ne peux pas le lui enlever. Mais je ne veux surtout pas qu'il apprenne pour nous.

Moi : Ah parce que quand je te parlais d'enfant, tu pensais vraiment que je voulais un gosse avec ton mec comme géniteur ? Ce n'est pas ma vision des choses. Franchement, c'est dégueulasse pour moi et pour Aymeric. Tu nous as bien pris pour des cons.

Elle se met à pleurer. Je raccroche.

Un violent orage s'abat sur ma vie et ce n'est pas de l'eau de pluie qui coule sur mon visage.

Comment peut-on sauver notre histoire après ça ? Sara est enceinte, je n'arrive pas à le réaliser. Les événements tournent en boucle dans ma tête. L'amour que je lui porte se ternit de colère et d'incompréhension. Je me jette comme un poids mort sur le canapé. Je n'ai plus faim, plus envie de rien. Je veux rester seule, me faire petite. Je veux qu'on m'oublie. Je me cache sous le grand plaid et je pleure. Au bout d'un moment, je sors la tête de mon bouclier de laine et regarde par la fenêtre, le jardin. Le vent souffle fort, les arbres se penchent, mais ne craquent pas. Je suis un saule pleureur, résignée à la souffrance.

Je prends mon calepin et noircis une bonne dizaine de pages. Il me faut expulser ce mal-être. J'ai ce sentiment d'être trahie par tous. Jey fut le premier. Je l'entends déjà jubiler quand il apprendra que Sara est tombée enceinte volontairement. J'attends qu'il se rende compte de sa bêtise et qu'il présente ses excuses. Mais le fera-t-il ?

Je me sens mise de côté, utilisée, humiliée. « Cet enfant, je le fais pour nous protéger, sois-en sûr. » Comment peut-elle dire une chose pareille ? Il y a quelques jours encore, elle me regardait droit dans les yeux en me disant « Je t'aime ». Foutaise ! Je lui faisais l'amour sans savoir que grandissait déjà en elle l'enfant qui mettrait un point final à notre histoire.

Je gratte sur mon carnet le mot : « POURQUOI, POURQUOI, POURQUOI »... si fort que la page sous la mine se déchire. Violement, je jette le calepin au beau milieu de la pièce. Je me réfugie de nouveau sous le plaid. Je me cache pour pleurer. Sous ma cape d'invisibilité, notre histoire me revient en flashback. Des questions commencent à m'envahir, à s'accrocher à moi comme la rouille au métal. Je ne peux plus respirer. Je me lève d'un coup et pense à mon carnet ; lui seul peut me permettre de remonter le temps. Il y a des détails de ma vie que je ne peux oublier, car j'écris absolument tout. Mon journal intime est ma mémoire.

Je tourne les pages frénétiquement à la recherche d'un indice, d'une date de nos rendez-vous. Nous avons fait trois fois l'amour avec Sara ce mois-ci, je fais le lien avec la date approximative de la conception. À deux ou trois jours d'intervalle, ils ont conçu l'enfant alors qu'on couchait ensemble. C'est impensable. Ses mensonges me dégoûtent. « Je ne couche plus avec Aymeric », osait-elle encore affirmer avec aplomb. Si j'avais été un mec, j'aurais eu un doute sur la paternité de l'enfant. Au sens propre comme au figuré, Sara vient de me faire un petit dans le dos.

Je lui envoie un message :

« Je ne te pensais pas capable de faire ça. Vouloir un gosse dans cette situation, c'est irresponsable. Tu arrives à te regarder en face après ça ? Ça craint vraiment pour Aymeric. S'il savait… »

Mes mots sont durs et cruels, je le sais, mais je ne peux plus faire semblant. Mon corps est sec, tari de larmes. Je rejoins ma chambre avec ce sentiment d'avoir perdu le combat.

Je me réveille angoissée. J'ai un mauvais pressentiment. Au moment même où j'attrape mon téléphone sur la table de nuit, l'écran dans l'obscurité s'éclaire : c'est elle.

Le vendredi 29 juin 2018 à 23 h 04, elle écrit :

« Désolée, je lui ai tout dit, je ne pouvais plus lui mentir. »

Chapitre 13

Le SMS de Sara est un tsunami. Ses aveux dévastent tout sur leur passage. Le monde vient de s'écrouler.

Je pose la main sur ma poitrine. J'étouffe, je tire sur le col de mon tee-shirt comme pour avoir un peu d'air. Un être invisible vient de frapper de toutes ses forces mon abdomen, ma bouche s'ouvre de douleur sans qu'aucun son n'en sorte. Je saute du lit et tombe à genoux. Les larmes jaillissent et je bascule vers l'avant. Mon front s'écrase sur le sol de la chambre. Les spasmes bloquent toujours mes cordes vocales, impossible de hurler.

Il faut que je parle à Sara. Là, maintenant, tout de suite. Ça sonne dans le combiné :

— Allô ? Attends…

Sans prévenir, elle tend le portable à Aymeric. Malgré la colère, l'homme reste respectueux :

— T'as pas honte ? Je te croise la semaine passée, tu me fais la bise comme si de rien n'était, alors que tu t'es tapée ma femme. Vous m'avez bien pris pour un con, toutes les deux, putain !

Je tremble, la peur s'empare de moi. Que va-t-il faire ? Peut-être venir me foutre son poing sur la figure. Pendant qu'il est au téléphone, je descends en trombe pour vérifier que la maison est bien fermée à clé. Je traverse le salon et ferme les stores de la baie vitrée qui donne sur le jardin.

À l'autre bout du fil, il s'énerve :

— Vous vous êtes bien foutues de ma gueule !

Je prends à mon tour la parole. :

— Sara voulait essayer avec une nana et on est tombées amoureuses. Ça s'est fait comme ça…

En fond, j'entends Sara, en larmes, qui minimise son rôle :

— Non mais elle ment, là. C'était une connerie… C'est elle qui m'a forcée. Elle raconte n'importe quoi.

Ses mots font l'effet d'une bombe. Comment ose-t-elle ? Elle a le culot de décliner toute responsabilité et de me faire porter le chapeau. Fallait pas commencer à entrer dans ce jeu-là. Dans un élan de vérité, je me défends et balance tout :

— Ça fait un an et demi que ça dure entre nous, ce n'était pas qu'une histoire d'un soir. Je voulais stopper notre relation avant que ça ne devienne sérieux, je te le jure. J'ai essayé de couper les ponts plusieurs fois, au début ! J'ai même quitté le club de hand pour qu'on évite de se croiser, mais c'est ta femme qui a insisté pour qu'on se revoie. Elle me disait que ça n'allait plus entre vous… Je pense vraiment que tu es loin de tout savoir. Je suis désolée pour toi.

Il me raccroche au nez.

Je suis dans un état de stress intense de peur qu'il ne débarque chez moi en pleine nuit. Et puis, je suis furieuse envers Sara. Elle m'a trahie. Elle a rompu la promesse que l'on s'était faite de « garder notre histoire d'amour secrète à tout jamais ». Nous l'avons gravée sur nos peaux comme l'on signe un pacte. Tout est fini à présent. Absolument fini. Notre amour est au bord de la falaise et, avant de sauter dans le vide, j'écrase une dernière larme pour tout ce que l'on a vécu.

Dans ma cage thoracique, mon cœur éclate en mille morceaux. Sara vient de pulvériser l'organe qui cognait si fort quand je pensais à elle, quand je la regardais, quand je m'impatientais de la voir, quand je lui faisais l'amour.

Quelle égoïste ! À vouloir sauver sa peau, ou en tout cas, minimiser sa responsabilité, elle entraîne tout le monde dans sa chute : moi, son mec, nos amis en commun. Tout le monde va savoir ce qu'il s'est passé. Pour soulager sa culpabilité, elle a préféré tout avouer à son homme dans l'espoir qu'il ne renie pas leur futur enfant. Sûrement avait-elle peur que je ne tire la première ? C'est mal me connaître. Je suis une femme de parole. Et je ne suis pas de celle qui brise la vie des gens. Si elle a douté de moi, c'est qu'au fond, elle n'a jamais essayé vraiment de savoir qui je suis. Ce constat me tue.

Jamais je n'aurai imaginé nuit si longue. Amputée d'une partie de moi, je me sens vide, déboussolée, anéantie… Mon lit est un radeau à la dérive et je me noie dans les plis de mes draps. Impossible de m'endormir. Je refuse de croire à ce qui vient d'arriver. Je pleure comme on pleure le départ d'un proche, la mort d'un être aimé. Je donne des coups dans mon oreiller pour exorciser la douleur.

*

La nuit n'a pas attendu mon sommeil. Elle fait déjà place au jour, comme si de rien n'était. Les premières lueurs couvrent d'un ton bleuté la campagne qui s'étend derrière ma fenêtre. Je regarde inlassablement les chiffres numériques rouge sang qui défilent sur mon radio-réveil. J'attends 7 heures plus que jamais. 7 heures : l'heure qu'il parte au travail, qu'elle soit enfin seule. L'heure où je pourrai obtenir une explication, un semblant de raison, peut-être.

À cet instant, je ne sais plus si c'est la peur ou l'angoisse qui me font encore tenir debout. Certainement les deux. Cogne à mes tempes mon manque de repos. Mais je vais tenir. Comme le boxeur attend le gong pour débuter le match, je tourne encore dans ma chambre. Je suis le taureau dans son box avant de s'élancer dans l'arène. La rage est mêlée aux pleurs, la trahison au goût de sang dans ma bouche.

Sonne l'heure. J'appelle une première fois, elle ne me répond pas. Une seconde fois, toujours rien. À la troisième, répondeur. Je ne lâche rien. J'envoie des messages lui demandant de décrocher ce putain de téléphone. Elle filtre mes appels. Qu'à cela ne tienne ! Je masque mon numéro et réitère l'appel. On décroche. Silence… Je prononce :

— Allô ?…

Rien de l'autre côté. Toujours silence.

— Sara ?

— Qu'est-ce que tu veux ? répond sèchement Aymeric.

Qu'est-ce qu'il fait à la maison ? Pourquoi n'est-il pas parti bosser comme prévu ? Je prends une voix calme :

— Salut, tu peux me passer Sara, s'il te plaît ?

— Non. Elle ne veut plus te parler. T'es plus rien pour elle !

— S'il te plaît, juste une minute.

— Je t'ai dit non. Et ne t'amuses pas à la rappeler, parce que tu tomberas toujours sur moi, et ça va très vite me saouler !

Il raccroche.

Le téléphone encore à l'oreille, je comprends alors que je ne la reverrai plus. Aymeric a dressé un mur entre elle et moi. Je ne saurai pas ce qu'il s'est passé cette nuit ni pourquoi elle nous a trahies. Je ne saurai pas non plus s'il l'a quittée ou s'ils se donnent une chance de tout reconstruire. Ne rien savoir est la pire des sentences. Mon imagination se plaît tant à me faire du mal en inventant le pire. Je me la représente épanouie avec lui, se moquant de moi, me pointant du doigt comme un minuscule parasite qu'il faut effacer à jamais de leur vie.

*

Mardi matin, cinquième jour.

Je ne mange plus, je dors peu. Cent vingtième heure sans nouvelle d'elle. Je me surprends à parler seule. Je me remémore les dernières scènes vécues en modifiant quelque peu les évènements. Je me dis qu'il doit forcément y avoir une solution, si infime soit-elle. On ne peut pas finir comme ça. Aucune histoire d'amour ne peut finir ainsi.

Je n'ai personne à qui me confier. Dans le village, aucune épaule sur laquelle me reposer. Je pourrais appeler Jérémy, mais sa rancœur me serait insupportable. Cela fait cinq mois que je n'ai plus entendu sa voix. Je ne supporterais pas ses « Je te l'avais bien dit ». D'ailleurs, cette phrase est à bannir de nos vocabulaires. L'expérience est une lueur qui n'éclaire que soi-même. Je veux vivre chaque seconde intensément et à ma manière, quitte à me tromper, quitte à me perdre. C'est comme ça qu'on apprend. « Tomber sept fois, se relever huit », comme le dit le proverbe chinois.

La solitude s'invite souvent à ma table le soir. J'ai écrit sur mon carnet ces quelques mots :

« Entre le sol et l'altitude
Il y avait l'immensité…
Entre l'oreille et l'encolure
Tu me laissais t'embrasser
Sur le rouge des lèvres dures
J'ai tant aimé t'aimer
Je voulais pour nous des habitudes
Mais tu m'as flinguée en plein vol…
Je perds de l'altitude
Et m'écrase sur le sol. »

*

Sixième jour.

Je ne peux annuler le rendez-vous avec le Dr Dickermann, médecin du sport. C'est si difficile d'obtenir un créneau que je me fais violence pour sortir. Il souhaite faire un point sur les lésions physiques de mon accident.

Lundi 10 juillet, j'entre dans son cabinet comme un zombie peinant à retrouver sa tombe. Avant de s'entretenir sur les douleurs physiques, je veux lui faire part de mon état psychologique. J'ai besoin d'aide, notamment de médicaments pour retrouver le sommeil. Il me les prescrit sans hésiter, m'autorise à reprendre le sport et me tend une carte avec l'adresse d'une psychologue à domicile.

— Contactez-la de ma part. Elle est vraiment super. Et puis, refaire de l'exercice est le meilleur allié dans ces moments-là. Il faut que vous vous ressaisissiez, me dit-il.

Pas simple. Je suis assez réfractaire à l'idée d'en parler à une psy. Il surenchérit :

— Parler à quelqu'un de neutre va vous aider à y voir plus clair… Tenez-moi informé de la date de votre rendez-vous.

Je suis sûre que c'est une façon de s'assurer que je m'y tienne. Je prends la carte et la range dans ma poche de jeans.

Je sors du cabinet médical un peu désemparée. Je ne sais pas pourquoi, mais je suis agacée de devoir faire une psychothérapie. L'idée d'aller chercher en moi ce qui ne va pas me terrifie.

Une voix grave m'interpelle sur le parking et me sort de mes pensées. Je me retourne, c'est Pierrot. Quel plaisir de le voir. Il a aussi rendez-vous pour son genou.

— Les grands malades se retrouvent ! me lance-t-il. Tu deviens quoi ?

— Pas grand-chose.

— En tout cas, t'as une de ces têtes… Rien de grave, j'espère ?

Comme je reste évasive, il poursuit :

— C'est à cause de Sara, c'est ça ?

Une gêne s'installe. Pierrot a ce talent de lire entre les lignes. Ses yeux me regardent comme ceux d'un père qui a compris qu'il faut seulement attendre que la douleur se dissipe et que la colère se transforme en de vieux souvenirs. Je me dis qu'après tout, je n'ai plus rien à cacher et que les vrais amis ne me jugeront pas. D'une toute petite voix, je réponds :

— Oui… C'est à cause d'elle. Elle est volontairement tombée enceinte pour mettre un terme à notre histoire. On ne se parle plus.

— Ah, je vois… Écoute, je ne devrais pas te dire ça, mais je le fais pour toi. Je vois bien que tu vas mal, mais s'il te plaît, Élo, arrête de te prendre la tête pour cette fille ! Ça n'en vaut pas la peine, je t'assure.

— C'est compliqué, on était très fusionnelles. J'ai l'impression que je ne m'en remettrai jamais. On s'était promis de garder ça pour nous, mais elle lui a tout balancé. Depuis, il m'interdit de lui parler. Je ne sais même pas si elle va bien, je m'inquiète pour elle. Je ne sais pas comment il a réagi d'avoir été trompé.

— Et avec une femme surtout. Le connaissant, ça doit le chambouler, le garçon… Écoute, je n'aime pas les commérages, mais si ça peut t'aider à l'oublier, eh bien je les ai croisés avant-hier. Ils étaient présents au Loto des sapeurs-pompiers. Les deux étaient bras dessus-dessous comme deux tourtereaux. Je me méfie toujours de ceux qui en font des tonnes en public, ça cache quelque chose. Toujours est-il que Aymeric a passé la nuit de vendredi soir dans sa voiture. C'est une des voisines qui, trouvant ça suspect, est allée frapper à la fenêtre pour le réveiller. Depuis, t'imagines bien que tout le monde ne parle que de ça. Alors comme je te le dis, peut-être qu'ils faisaient semblant l'autre jour pour ne pas éveiller les soupçons… Mais si tu veux mon avis : la réalité, c'est qu'elle a profité de toi. Tu mérites mieux.

— Merci, Pierrot, merci. Ça me fait du bien d'entendre ça. Mais il va me falloir beaucoup de temps, je pense…

— Justement ! Prends du temps pour toi. Pars quelques jours ! Je ne savais pas pour sa grossesse, mais si elle est enceinte, elle ne reprendra pas le hand la saison prochaine, donc reviens jouer avec nous. T'es la bienvenue, tu le sais… et puis ça te fera du bien.

— C'est gentil. Merci.

Il me prend dans ses bras et me glisse à l'oreille.

— T'as tout pour toi ! Tu es jeune. Fonce !

En regagnant ma voiture, je trouve fascinant que la vie pousse chaque fois Pierrot sur mon chemin quand j'ai besoin du conseil d'un coach. Je démarre, le cœur un peu rafistolé.

*

Arrivée à la maison, c'est une autre histoire. Une fois passé le bonheur des retrouvailles avec Pierrot, ses mots résonnent en moi. J'imagine Sara heureuse au bras de Aymeric, jouant à la femme au foyer épanouie. Pour moi, ce n'est que du vent. Je n'y crois pas une seconde.

Je n'arrive pas à comprendre pourquoi cette mise en scène. Peut-être ont-ils peur que je dise la vérité à tout le village et qu'ils essaient de se forger une image à mille lieux des rumeurs ? Ou pire, elle sait que les filles du hand me parleront de la fête de fin de saison, et elle veut me faire du mal. Sara est-elle aussi mauvaise pour ne pas voir que je suis déjà à terre, qu'il n'y a pas d'autre coup à donner pour que je sois K.-O. ?

Ce qui me hante encore et encore, c'est pourquoi elle s'est servie de moi. Elle sait que j'ai une peur bleue de l'abandon. Pourquoi m'avoir fait ça ? A-t-elle voulu tester son pouvoir de séduction ? Se rassurer d'être encore désirable après deux enfants et une vie bien rangée ?

Je suis une histoire écrite au crayon à papier, une fleur dans un vase, une saison qui se termine, de la buée sur une vitre en hiver… Je suis devenue invisible. Je n'existe plus. J'ai été le jouet délaissé par une femme presque mariée, qui n'en voit plus l'utilité. Je suis à déposer aux encombrants. M'a-t-elle jamais aimée ?

Et lui ? Comment-a-t-il pu lui pardonner ? Lui a-t-elle menti ? Certainement. La salope, c'est moi, c'est sûr. La sainte, c'est elle. Elle doit veiller à ne jamais inverser les rôles pour qu'il la croit. Mais tout de même, il sait que cela a duré plus d'un an. Est-il capable de penser que je suis la seule responsable ? Le diable qui a attiré sa femme vers des jeux interdits ? En tout cas, il a dû tout avaler, même les pires couleuvres.

Je suis sûre qu'Aymeric a dû prendre possession de son portable et le contrôle de ses réseaux sociaux. C'est un homme trahi. Avoir cette image de mari trompé n'est certainement pas très flatteuse dans le village. Et si, en plus, sa femme se tape une gouine… Ce n'est même pas envisageable. Rien ne doit s'ébruiter. Sara serait pointée du doigt, Aymeric humilié ; quant à moi, je passerais pour la fouteuse de merde et la briseuse de couple.

J'ai toujours peur de les apercevoir. Cela peut arriver n'importe où, n'importe quand. On peut se croiser en voiture, au stop en bas du village, ou encore à la boulangerie. J'évite de trop sortir de la maison et surtout aux heures de sortie de bureau. Il nous faut cohabiter dans ce patelin de cinq cents habitants.

Faisons-en sorte que personne ne sache que les anciennes « meilleures amies » sont devenues les pires ennemies.

*

Plus les jours passent, plus je m'enfonce dans les sables mouvants de la tristesse. Des visages me reviennent à l'esprit, notamment celui d'Alix. Est-elle heureuse à Toulouse ? Déjà six mois sans la voir. Je veux l'entendre. Je l'appelle. Elle décroche comme si c'était hier, sans me tenir rigueur de ces longs mois sans nouvelles.

Évidemment, on partage quelques banalités. Elle ne voit plus la belle avocate pour qui elle a tout plaqué. Le célibat lui va bien, dit-elle. Elle profite. Elle entend à ma voix que j'ai besoin d'une oreille amie. Quand je lui résume ce qu'il se passe dans ma vie, elle n'en revient pas.

— T'as couché avec elle et même pas avec moi ?

Si c'était à refaire, je réfléchirais plus sérieusement à cette éventualité…

Alix continue :

— On y a vu que du feu, vous avez trop géré pour que personne ne vous crame, parce que plus d'un an de relation, c'est pas rien.

Je refais avec elle le chemin des souvenirs à l'envers et pointe du doigt, sans manquer d'en rire, chaque moment où nous aurions pu, Sara et moi, être découvertes.

— En tout cas, je suis bien dégoûtée que tu sois sortie avec elle, vous n'allez pas du tout ensemble. Tu n'as pas choisi la plus canon de l'équipe…

À ces mots, je comprends que j'ai commis une erreur en me confiant à Alix. Je crains qu'elle ne sache pas tenir sa langue. Elle me fait la promesse de n'en parler à personne, mais depuis la trahison de Sara, je n'arrive plus à faire confiance. La détresse m'a fait baisser la garde, et je regrette déjà de m'être épanchée.

Je repense à Jérémy. C'est dans les moments sombres que jaillit la lumière de l'amitié. Je décide de mettre ma fierté de côté et de l'appeler. Je reconnais qu'il avait raison et ce depuis le début, mais, comme on dit, l'amour rend aveugle. Il est comme mon frère, je m'attends à esquiver des « Je te l'avais dit » ou encore des « J'étais sûr qu'elle te ferait un sale coup », mais qu'importe, j'ai besoin de lui. Nous avons vécu dix ans d'amitié, de joie et de partage. Je ne peux pas accorder à Sara le pouvoir de tout abîmer dans ma vie, y compris cette relation unique. Je suis prête à pardonner à Jey de m'avoir trahie. Mais en sera-t-il également capable ? Je demande à ma fierté d'aller se faire voir ailleurs et l'appelle.

Il décroche. Impossible de placer un mot. De l'entendre, je m'effondre littéralement.

— Je vais la buter ! balance-t-il.

Je me ressaisis et lui présente mes excuses pour notre engueulade du mois de février. Il fait de même :

— Oublions, on s'aime plus fort que ça, hein…

Je lui raconte tout : la séparation, sa trahison, et la grossesse.

— Je te comprends.

Pardon ? Jérémy me comprend sur mon amour avec Sara ?

— Oui, je sais maintenant ce que c'est d'être déçu par la personne qu'on aime. Il y a encore deux semaines, j'en aurais été incapable. Aujourd'hui, je sais. Mais ce que je sais plus que tout, c'est combien on peut aller loin quand on aime. Accepter le pire, renoncer à toutes ses valeurs pour seulement être aimé de l'autre… Je me suis fait larguer il y a deux semaines, et je l'ai encore dans la peau, ce petit con. J'ai tout fait, tout essayer, mis en berne mes principes les plus fondamentaux pour lui… Toi et moi, on est pareil quand on aime : on va jusqu'au bout, quitte à se faire mal, à s'en prendre plein la gueule.

Nous avons vécu les mêmes choses au même moment et je n'en savais rien. Nous sommes deux âmes solitaires ayant besoin plus que jamais l'une de l'autre. Il me propose de venir quelque temps à Paris chez lui, mais je refuse. Je suis trop fragile pour me plonger dans cette ville où tout va toujours trop vite.

— Mais que penses-tu de partir au bord de la mer ce vendredi, loin de tout, juste toi et moi ?

— Avec grand plaisir. C'est le 14 juillet, j'ai tout mon week-end.

*

Ça me fait du bien de retrouver l'homme de ma vie, mon confident, le seul, le vrai. Pendant trois jours à Montpellier, on tente de profiter, mais le cœur n'y est pas. On a tout essayé : balade place de la Comédie, shopping au centre commercial Odysseum, randonnées en jet ski à Palavas, pause bronzage sur la plage et tournée des pubs le soir… Rien n'y fait. Je pense à Sara constamment. Je voulais partir dans une ville où je n'étais pas allée avec elle pour éviter de l'emmener avec moi dans mes pensées, c'est peine perdue. Elle s'invite dans chaque moment de silence, dans chaque regard perdu vers l'horizon et à chaque couple que je vois passer dans la rue.

Jey a quant à lui une faculté à rebondir qui me surprendra toujours. Il ne s'apitoie pas, il se relève plus fort de chaque combat. Il lui faudra quand même du temps, mais je reste admirative de cette force qui lui permet d'avancer. Au bout d'un moment, il finit par se confier :

— Je suis rentré à la maison un soir, Victor avait pris toutes ses affaires et s'était barré sans un mot…

Quand je lui demande pourquoi il ne m'a parlé de sa rupture, il répond avec calme :

— Tu étais dans ton truc et j'avais le sentiment qu'il n'y avait pas de place pour en parler. Il y a aussi un peu de pudeur et d'ego…

Ses mots me touchent. Je me rends compte combien Sara a vampirisé ma vie, j'en ai presque oublié ceux que j'aime.

Il sait que ce sera dur, mais Paris, dans son individualisme primaire, offre malgré tout la chance de pouvoir passer à autre chose. On sort, on rencontre de nouvelles personnes et ces nouveaux coups de cœur font oublier les amours périmés de la veille.

Dans ma campagne, c'est tout autre chose. Comment occupe-t-on son esprit vingt-quatre heures sur vingt-quatre quand il ne se passe rien ? Je fais la liste des choses que j'ai remises à plus tard pour être avec Sara, mais le bilan est bien maigre face au challenge qui m'attend : l'oublier. Tout la rappellera à moi. Pire, je la croiserai tous les jours. C'est de l'ordre du supplice.

*

C'est la fin du week-end. Jérémy rentre à Paris et, moi, au point d'ancrage de ma souffrance. Retour sur le lieu du crime. Généralement, l'assassin y retourne pour dissimuler ou effacer les traces. Les miennes sont indélébiles et omniprésentes. Le crime de cet amour ne pourra jamais se laver à l'eau de javel.

Dans le train, une vieille dame en face de moi ne cesse de me fixer. La blondeur de mes cheveux doit certainement l'intriguer. Je place un bouquin au niveau de mon regard pour la faire sortir de mon champ de vision. Impossible de comprendre un seul mot de ce que je lis. Mon esprit s'évade, et quand il s'évade, il me ramène à mes souvenirs avec Sara. Le livre ne m'aide pas, je le ferme et prends la fuite à travers la grande fenêtre du wagon. Le paysage défile et je repense à la liste des choses que je me suis promis de faire. Mais j'avais sous-estimé le pouvoir des champs de blé et des villages qui défilent. Eux aussi me ramènent à Sara, aux voyages que l'on a faits ensemble. Aux moments où l'on créait une bulle hors du temps, rien qu'à nous, où rien ni personne ne pouvait venir nous arracher au bonheur d'être ensemble.

Je remets mes lunettes de soleil, non pas que le soleil m'éblouisse, mais je sens une larme s'aventurer au coin de mon œil. En extirpant un mouchoir en papier de la poche avant de mon jeans, je tombe sur un morceau de carton. C'est une carte de visite qui a survécu au lavage. Je peux encore lire dessus :

« Marie-Christine Weber

Psychologue à domicile. »

C'est un signe. Demain, je l'appelle.

Chapitre 14

Je n'arrive plus à trouver la motivation d'avancer.

Quelque chose s'est cassé en moi. Quand je suis partie de Paris du jour au lendemain, je savais que j'étais brisée, mais cette histoire d'amour a élargi la fissure jusqu'au point de non-retour. Il me faut coller, poncer, peindre et vernir de nouveau l'estime de moi-même.

Il me faut comprendre pourquoi j'en suis là, si je veux m'en sortir.

La canicule du mois d'août n'épargne personne. La psychologue me dit qu'elle sera là pour 10 heures, « car les températures seront un peu plus acceptables ». Elle ne donne que rarement rendez-vous à son cabinet, elle préfère se rendre chez ses patients, « comprendre l'environnement est souvent primordial pour avancer »...

Je l'attends patiemment et un peu inquiète, je dois l'avouer, sur ma terrasse.

J'étais assez réfractaire, au début, de la recevoir chez moi. Mais finalement, je trouve l'idée intéressante. J'aime ma maison, elle me rassure et est propice à la confidence.

Madame Weber sonne à la grille. C'est une dame brune d'une quarantaine d'années. Souriante et discrète. La rencontre se fait assez naturellement. Je l'invite à me rejoindre sur la terrasse et lui sers un café. Elle pose sur la table, près de sa tasse, un stylo et un bloc-notes. Près de la mienne, mon calepin et mon téléphone. Je constate qu'elle n'a pas de montre à son poignet ni aucun moyen de vérifier la durée de la séance. Je lui en fais la remarque.

— Il n'y a pas de durée précise ni même prévue. On prend le temps et nous parlerons autant que nécessaire. J'ai toujours préféré l'importance de l'échange et ne pas le frustrer par des minutes qui défilent, m'apprend-elle.

Sa réponse fait écho en moi. Je me sens immédiatement bien.

Nos premiers échanges portent sur la rupture, mais elle veut en savoir plus sur mon histoire. Connaître mon passé semble presque plus l'intéresser que mon présent. Je comprends que l'on se construit avec le temps et que nos réactions, nos choix et nos erreurs sont la somme de nos expériences vécues.

Je lui raconte mon enfance, mes amis perdus, cette obligation à tout recommencer chaque fois, le besoin de réussir tout ce que j'entreprends… J'ai maintenant la certitude que mes racines se sont perdues en chemin au fur et à mesure de nos nombreux déménagements. Le voyage est beau quand on sait qu'on rentre à la maison. Ce petit endroit sur la Terre où l'on est quelqu'un, où l'on existe pour d'autres, sincèrement, véritablement.

Au bout d'une heure et quarante minutes, elle prend enfin la parole et me lance :

— Mademoiselle Garnier, je pense que Sara n'était qu'une occasion parmi d'autres dans votre vie. Je m'explique : vous avez vécu toute votre enfance baladée à droite, à gauche. Vous l'avez dit vous-même pendant l'entretien, vous avez du mal à poser vos valises, à ancrer vos racines. Vous avez toujours dû dire au revoir, pour ne pas dire adieu, à vos amis et avez été contrainte de reconstruire ailleurs de nouvelles relations. Cela a créé une forte dépendance, une carence affective sans précédent. Je reviens sur mon idée, selon laquelle Sara n'était qu'une occasion sur votre chemin. Je vous rappelle le contexte : vous avez quitté Paris après un burn-out, vous vous retrouvez dans ce village en quête de stabilité. Au lieu de prendre du recul et d'essayer de comprendre ce qu'il se passe, vous avez fait ce que vous savez faire de mieux : combler votre manque. Elle vous a montré un peu d'intérêt, un certain désir… C'en est assez pour réveiller votre dépendance. « Si on me désire, c'est que je suis vue, et donc que j'existe ! » Les parents qui sont souvent mutés culpabilisent beaucoup pour leur enfant. Ils sont conscients qu'il souffre de devoir tout abandonner d'un jour à l'autre. Cette culpabilité pousse les parents à être un peu permissifs, voire plus laxistes. On vous a cédé beaucoup de choses, tant dans votre vie personnelle que dans votre carrière professionnelle. Votre parcours est somme toute admirable. Vous allez au bout de ce que vous entreprenez et avec succès, parce que vous refusez le non. Le non est finalement un affront. Sara vous a dit non, vous vivez là votre premier échec, vous n'avez pas obtenu ce que vous exigiez de recevoir. Vous êtes tombée dans la dépendance affective avec une femme qui ne vous correspondait pas. Comment cette seule phrase « juste une fois pour essayer » a pu bouleverser votre vie ? On va essayer de comprendre pourquoi vous avez tant donné de votre personne pour cette relation interdite et impossible.

Elle finit par me demander ce qu'il y a dans mon calepin, que j'ai feuilleté une ou deux fois, pendant le rendez-vous. Je lui explique que c'est à la base un carnet de notes et de rendez-vous qui s'est peu à peu transformé en journal intime et que pendant la consultation, pour ne pas me perdre dans la chronologie des événements, j'ai eu besoin de le feuilleter. Elle finit par me dire :

— Très intéressant, ce journal, on s'en reparle la semaine prochaine. D'ici là, trouvez un projet dans lequel vous pourriez vous investir pour n'avoir que très peu de temps à penser à elle. Et n'oubliez pas de reprendre le sport, ça vous fera grand bien.

Madame Weber repart et je suis encore plus perdue. Ma vie tout entière vient d'être remise en question en l'espace de quelques minutes. Et si mon problème n'était pas Sara ? Serais-je ma propre ennemie ? Peut-on être coupable de trop aimer ? Je me regarde dans le miroir et comprends qu'il va me falloir oser me faire face.

Je suis une schizophrène des sentiments. J'en veux à Sara autant qu'elle me manque. Il y a des moments où je peux la détester, d'autres où je veux la revoir, l'entendre, la serrer contre moi. Bien des fois, j'ai voulu appeler pour entendre le son de sa voix et prendre de ses nouvelles, mais Aymeric doit toujours être en possession de son téléphone, alors je m'abstiens. Je reste toutefois persuadée qu'une explication de sa part m'aiderait à aller mieux. Cela fait un mois que je n'ai plus aucun contact. J'ai besoin de réponses, les questions deviennent trop présentes et me tuent.

*

Mardi 17 h 30, j'attends sur le parking de son lieu de travail, près de sa voiture. Je sais que je ne devrais pas être là, mais c'est la seule solution que j'ai trouvée pour lui faire prendre ses responsabilités.

Elle sort quelques minutes plus tard avec une collègue. Première douche froide : son visage se ferme dès qu'elle me voit. Être reçue comme une étrangère ou une ennemie, c'est inacceptable. D'un ton sec elle me demande ce que je fais ici. Je lui dis que j'ai besoin de lui parler une dernière fois, qu'on se doit au moins ça. Elle accepte difficilement. Elle dégaine en premier :

— Élodie, j'ai fait un choix, il n'y a rien à ajouter.

— Tu as fait un choix sans aucune explication. Sara, je n'ai plus de nouvelles de toi depuis début juillet. Tu m'as larguée par SMS, enfin même pas, tu m'as juste dit que tu lui avais tout avoué et après, silence radio. Je me suis inquiétée pour toi. J'ignorais comment ton homme allait réagir. Tu crois que c'est classe d'agir comme cela ? Et moi, dans tout ça, tu as pensé à moi ? Non, pas une seconde. Tu me dois quand même des explications, tu ne crois pas ?

Son visage est d'une froideur semblable aux grands glaciers du Pôle Nord : majestueux et imperturbables. Rien n'adoucit ses traits, ni ne tire vers le haut les commissures de ses lèvres. Elle rétorque avec aplomb :

— Je suis enceinte, il fallait que ça s'arrête. On n'a jamais réussi à stopper notre relation, donc au moins là, c'est fait. Je n'en pouvais plus, je n'arrivais plus à mener cette double vie. J'avais trop de sentiments pour toi et je culpabilisais pour Aymeric et les enfants. Quand je lui ai tout avoué, il s'est mis dans une colère pas possible, il a claqué la porte et a dormi dans la bagnole. Mais au final, il m'a pardonné, donc je me tiens à carreaux maintenant. Je dois protéger ma famille. On ne doit plus se voir, tu fais ta vie, je fais la mienne. Faut que j'arrive à t'oublier, tu comprends, ça ?

— Franchement, je ne méritais pas ça. J'ai aussi mes torts, je le sais, mais tu n'avais pas le droit de me mener en bateau comme ça et de me jeter comme une merde. Ça ne change pas, tu es toujours si égoïste... Reste donc avec ton mec, avec ton semblant de vie parfaite, et quand tu t'ennuieras un peu et que tu voudras pimenter les choses, fais de la randonnée ou lis un bouquin, ça t'évitera de détruire une personne de plus.

Je n'ai pas réussi à garder mon calme, comme je le redoutais. Les sentiments sont des torrents qui saccagent les plus intimes convictions. À ma plus grande surprise, son visage se déride un peu. Elle avait deux options : envenimer la situation ou tenter de répondre à mes questions pour apaiser les choses. Elle confesse après un long silence :

— Tu es trop bien pour moi, Élodie. T'as des valeurs, de l'ambition... Moi, je ne suis qu'une pièce rapportée qui te fait régresser et tout le temps souffrir. Tu mérites mieux, je t'assure... Je ne peux pas être celle que tu voudrais que je sois.

— Trop bien pour toi ? C'est nul comme raison, ça. On ne quitte pas les gens parce qu'ils sont trop bien pour nous. Je t'ai portée, car je te savais malheureuse. Tu as toujours envié ma vie, mes voyages, mon boulot. Je voulais te faire vivre ça, le partager avec toi. Mais toi... toi... t'as tout bousillé. Eh bien écoute, reste prisonnière de ton cliché parfait avec mari et enfants. Tu sais quoi, cette nuit-là, tu m'as brisé le cœur en mille morceaux. Et aujourd'hui, je me bats juste pour ne pas te détester…

Elle baisse la tête pour unique réponse. Je vais devoir me contenter de ça. C'est terrible. Comment puis-je être devenue si étrangère à ses yeux pour ne mériter aucune réaction ?

Je me serais contentée d'une main sur l'épaule en signe de compassion, d'un « Je suis désolée » lâché du bout des lèvres, d'un semblant de larme, même hypocrite et sur-jouée, mais là, je n'ai droit à rien. À rien. Aucune excuse, aucun remord.

Notre échange sur le parking ne m'apaise finalement pas. J'ai mis tant d'espoir dans ce face-à-face. Ma peine est devenue plus lourde encore à la voir si insensible.

*

Reprendre ma vie là où je l'ai laissée m'apparaît essentiel. Aux aurores, je pars courir. Après dix mois d'arrêt, mon corps est rouillé et peine à me porter sur plusieurs kilomètres. Mais je ne lâche rien. Je me concentre sur ma course. Je puise ma force dans les épreuves traversées durant ces dernières semaines. Je veux finir mon parcours. Je passe par le passage à gué des Briasques, quitte à raviver de vieux souvenirs, puis prends des sentiers de forêt. Je fais un détour à ma route habituelle, pour éviter le lotissement où vit Sara. Pas envie de la croiser.

Je reçois une notification de Facebook annonçant un message de mon ex-coéquipière de hand Élise :

« Coucou Élo, comment vas-tu ? Tu viens à la fête du village, la semaine prochaine ? J'y vais avec les filles. Au fait, j'ai appris par Alix que Sara et toi étiez en froid, qu'est-ce qu'il s'est passé ? Vous êtes inséparables, je suis sûre que ça va s'arranger ! »

Ce message anodin n'est pas, je le sais, dépourvu d'arrière-pensée. Les rumeurs vont faire leurs œuvres et alimenteront bientôt les discussions au village et au club. Lisou veut savoir pourquoi Sara et moi sommes fâchées, d'où cette invitation pour la Saint-Amour ; elle espère obtenir des détails croustillants sur le pourquoi du comment. Ça m'agace de voir déjà les vautours tourner.

J'accélère le rythme de rage et me dis que je ne répondrai pas.

Je me sens bien sous la brise du matin d'août loin des ragots et des qu'en-dira-t-on… Les gens parlent, ils aiment ça. Ça les rend intéressant et leur quotidien moins banal. Toutefois, je pensais naïvement que les amies, les vraies, ne s'adonnaient pas à une telle bassesse. Alix est la preuve du contraire : même à trois cents kilomètres d'ici, elle trouve le moyen de raconter ma vie et de briser la promesse qu'elle m'a faite de n'en parler à personne. Elle me déçoit beaucoup. J'espère seulement qu'elle n'a pas tout divulgué : mon histoire d'amour avec Sara, la trahison, etc. Mais entre amitié et scoop, l'amitié perd forcément. J'ai le pressentiment qu'elle a tout balancé. Ça m'apprendra à mieux choisir à qui je me confie.

La fête du village se fera sans moi. D'une, je n'ai pas la tête à ça. Et de deux, tant qu'à baver sur les absents, je ne vais pas les priver de ce plaisir.

*

Nouvelle consultation ce jour avec ma psy à la maison. Comme la dernière fois, j'appréhende le rendez-vous.

Qui prendrait plaisir à se retrouver face à soi-même et à décortiquer tout ce qui ne va pas dans son existence ? C'est un exercice qui m'est difficile et, de plus, je dois apprivoiser cette sensation étrange d'apprendre à me connaître à travers quelqu'un d'autre.

Madame Weber me propose d'aller puiser plus loin dans la thérapie. Il est temps, selon elle, de verbaliser les émotions des événements traumatisants des dernières semaines dans le but de m'en libérer. Je me lance, mais très rapidement je craque. Je lui explique alors à quel point j'étais prête à tout pour ma belle. Je lui parle de cette souffrance qui ne faiblit pas, du goût inachevé de cette histoire d'amour, de cet échec qui me ronge de l'intérieur.

Pour expliquer ma relation avec Sara, elle me pose un certain nombre de questions : Comment était-elle ? Qu'est-ce qui m'a attirée chez elle ? Comment j'étais avec elle ? Que m'apportait cette relation au quotidien ? Qu'est-ce qui, au contraire, m'a le plus déstabilisée ? Ce sont des questions simples, mais je me surprends à ne pas toujours avoir les réponses. Je bloque sur certaines.

Après m'avoir écouté attentivement et pris des notes, elle prend la parole :

— C'est étrange, la description de Sara que vous me faites. Permettez-moi de reprendre vos propres mots : « Quelconque » et « Pas du tout mon style de femme ». Vous avez eu également du mal à exprimer ce qui vous a attiré chez elle. Culturellement et spirituellement, là aussi, c'est assez pauvre. J'en déduis, au vu de ce que vous venez de me confier, que vous avez aimé une Sara qui n'existe pas. Vous l'avez inventée de toutes pièces dans votre esprit. Il n'est pas rare, quand on aime, de ne garder que le meilleur des gens et de faire abstraction des petits défauts. Dans votre cas, vous en avez non seulement fait abstraction, mais vous avez souhaité transformer la femme qui s'est présentée à vous. Vous souhaitiez la sublimer, la rendre plus forte, lui insuffler de la confiance en elle, mais la vraie question est : avait-elle besoin de ça ? Avait-elle besoin de vous ? Sans doute était-elle heureuse avec les critères qui sont les siens. Selon vous, il était nécessaire de la « sauver » de sa vie « triste » et « ordinaire », et ainsi par là même, vous prouver que vous pouviez être un moteur pour elle, une leader…

Elle s'arrête un instant et me fixe droit dans les yeux :

— Pourquoi ? Par peur d'être abandonnée par l'unique personne qui, dans ce village, vous offrait un peu d'amour. Celui qui vous manque cruellement. Malheureusement, le réveil est dur : Sara n'est pas fidèle à votre rêve. Si vous comprenez cela, alors peut-être qu'un jour, vous l'aimerez pour ce qu'elle est vraiment. (Silence.) Elle est certainement « quelconque » et « peut-être pas votre style de femme », mais je suis certaine que d'autres personnes la trouvent intéressante et tout à fait à leur goût. (Silence.) Ce que j'essaie de vous dire, c'est que Sara n'était pas la bonne personne.

Je réalise alors combien j'avais tort. Pour la toute première fois, j'entrevois mes failles et mes erreurs. J'ai aimé Sara, c'est sûr, mais certainement mal. Je dois me remettre en question quant à ma relation aux autres et à mon addiction à l'amour. D'habitude j'ai beaucoup de caractère, je ne me laisse jamais marcher sur les pieds. Pourtant cette fois-ci, par peur d'être délaissée – et par amour sans doute aussi –, j'ai tout cédé à Sara, j'ai tout accepté, tout encaissé.

Forcément, je suis désemparée et je pourrais offrir tout ce que j'ai pour recommencer notre histoire à zéro et faire les choses différemment. Hélas, il est trop tard. On ne revit pas le passé. Les erreurs commises restent. Mais on peut s'en servir pour améliorer le futur. Madame Weber a raison : je dois faire le deuil de ce que nous avons vécu, non seulement tourner la page, mais aussi fermer pour toujours le livre et le poser sur une étagère. Sans rancœur, sans souffrance et avec détachement.

Pour l'instant, cela me semble impossible. C'est une montagne à gravir à mains nues face à laquelle je ne fais pas le poids. Madame Weber me rassure.

— Le temps fera son œuvre, vous verrez… L'Everest peut sembler inaccessible. Toutefois, il suffit de faire un pas, puis un autre… Et un jour, sans s'en rendre compte, on prend un peu de hauteur, on voit les choses différemment. Puis, plus tard encore, on devient plus forte et on a transformé les douleurs d'hier en de jolis souvenirs, qui vous feront sourire quand vous y repenserez, j'en suis sûre. Il faut déjà commencer par expulser cette souffrance, la nommer, la pointer du doigt, l'observer, la décortiquer, essayer de la comprendre, l'apprivoiser même pour qu'ainsi elle devienne, jour après jour, plus petite, affaiblie, inoffensive, jusqu'à s'effacer à jamais.

Ses mots sont si vrais… J'en essuie quelques larmes.

— On se revoit la semaine prochaine, à la même heure, me dit-elle.

En quittant la pièce, elle se retourne une dernière fois vers moi :

— Dites-moi Élodie, vous aimez écrire, n'est-ce pas ? Pour vous détacher de votre peine, pourquoi ne pas la jeter sur du papier ? Vomissez vos tripes, nettoyez chaque recoin de votre cœur… Écrivez ce que vous ressentez, sans jugement, sans a priori. (Silence.) Il est peut-être là, votre Everest : écrire votre histoire. Je vais vous accompagner tout au long de ce périple, soyez-en sûre, mais je crois que vous avez déjà un sérieux compagnon de route : votre carnet. C'est un ami muet, un confident fidèle. Lui ne vous juge pas. Il vous voit tel que vous êtes. Pensez-y…

Les semaines qui suivent sont dures. Je me renferme sur moi-même. Je suis une « Saraïnomane ». Je suis en manque d'elle. Je nous rêve un avenir autant que je souffle sur les cendres de notre amour éteint. Je rêve d'une étincelle dans la noirceur, d'un départ de feu dans son cœur pour que tout recommence.

Il est temps pour moi d'exorciser ce mal-être. J'aimerais tant pouvoir le faire, pourtant je n'y parviens pas. Une seule phrase me vient instinctivement à l'esprit.

Je prends mon ordinateur, ouvre une page Word et j'écris en Time New Roman, taille de police 24 :

JUSTE UNE FOIS POUR ESSAYER

*

Jey est là, heureusement. Parfois on s'appelle en vidéo sans même échanger un mot. Je le regarde se faire à dîner, regarder un truc à la télé, plier son linge… C'est idiot, ça me fait du bien. Certains soirs, je pose le téléphone sur l'oreiller. Je le vois lire dans son lit. Il attend que je m'endorme pour raccrocher. Quel ami ferait ça ? Je suis chanceuse de l'avoir.

Je me remets doucement au travail. J'ai pris beaucoup de retard. Mon manque d'implication m'a fait perdre un gros client et 40 % de mon chiffre d'affaires. Je dois me remettre en selle, ça devient urgent. Depuis la semaine dernière, je m'impose chaque jour un réveil à 8 heures. Je pouvais rester au lit toute la journée, à ne rien faire. C'est déjà un semblant de victoire.

Aujourd'hui, je veux être dans le vrai. Je veux être honnête et sincère avec moi-même, et envers ceux que j'aime. J'ai donc tout raconté à Mamie Louise. Mon histoire d'amour avec cette femme et notre rupture. J'en avais marre de cacher des choses, de mentir sur d'autres. Sa réaction a été formidable. Elle m'a enlacée et s'est dite honorée de la confiance que je lui porte. J'avais si peur de sa réaction ! Quand je lui ai raconté que c'est elle qui m'avait quittée, elle a ajouté :

— C'est une très bonne chose. Je ne la sens pas, la petite Sara. Je l'ai toujours trouvée un peu trop intéressée, si tu vois ce que je veux dire…

Même ma grand-mère avait vu clair dans son jeu. Moi, je n'ai rien compris, je me suis juste jetée du haut d'un arbre tel un oiseau persuadé de savoir voler. La chute est dure, très dure… mais j'apprends.

Au village, nous n'avons pas de Festival du Film. Mais si une Palme ou un Molière devait être remis, ce serait certainement à Sara et Aymeric. Pour redorer l'image de leur couple *parfait*, il n'est pas rare de les croiser sur la place du village, main dans la main, s'embrassant comme deux lycéens ayant tout juste découvert dans quel sens on tourne la langue. Il n'y a pas meilleur couple *en carton* que ces deux tourtereaux-là. Ils en font des tonnes, ça sonne faux. Toute sortie familiale est surjouée et prend des airs de vieille série B. Tellement convenues qu'elles produisent l'effet contraire au but initialement recherché : au lieu de renforcer l'image que tout va bien dans leurs vies, les gens commencent à sérieusement se poser des questions. Qu'ont-ils à cacher pour en faire autant ?

Pour ma part, je reste discrète. Il m'est évidemment difficile de les croiser. Bien sûr, je ne suis pas dupe et leur petit manège ne fonctionne pas sur moi, mais je ne suis pas faite de marbre : ça me fait très mal.

Aymeric m'évite autant que possible et détourne le regard quand il me voit. Sara m'ignore totalement...

Il m'arrive très souvent de regarder les photos prises avec Sara, de passer en voiture devant son boulot pour espérer l'apercevoir. Même de loin, c'est déjà ça. Je lis et relis nos mots d'amour, retourne sur les lieux où l'on allait pour se retrouver. J'ai même utilisé le compte de Jey pour revoir son Facebook... Je n'en suis pas fière, mais c'est plus fort que moi.

Pourquoi se faire autant de mal à vouloir connaître la vie *d'après* de l'être aimé ? Que cherche-t-on précisément en faisant ça ? Comparer le présent avec ce qu'on a vécu ? Dénicher le moindre signe qui m'assure qu'elle ne m'a pas oubliée ? Espérer entrevoir un peu de tristesse sur son visage pour réconforter notre ego de femme quittée ?

Et puis, ce soir, je tombe sur cette photo qu'elle a postée il y a quelques minutes à peine. Ses yeux verts sont magnifiques et lumineux. Sa bouche rose tendre sourit de bonheur. Ses cheveux relevés laissent apparaître le cambré de sa nuque si douce que j'embrassais encore il y a quelques semaines... Ses bras et ses mains se rejoignent au niveau de l'aine comme le ferait une danseuse étoile. Mais je n'avais pas vu que juste au-dessus, son ventre formait déjà un croissant de lune bombé et généreux.

Je lis, sous la photo, ces trois petits mots :

C'est une fille…

Chapitre 15

Madame Weber me pousse, séance après séance, à tourner la page et à me reconstruire. Je reste malgré tout convaincue que Sara ne peut sortir de ma vie aussi facilement, c'est évident. Je n'imagine pas un avenir sans elle, c'est bien là, le problème.

Chaque jour, chaque nuit, je fais un énorme travail sur moi-même pour accepter le fait qu'il n'y aura plus d'histoire d'amour entre elle et moi. Il m'arrive de penser que nous pouvons devenir de grandes amies. Je sais que je me mens. Me détacher de Sara pour toujours me terrorise. L'avenir sans elle me semble si sombre.

Sans cesse, je me laisse submerger par mes émotions. Elles me contrôlent et je ne pense plus à moi. Forcément, cela m'empêche d'aller de l'avant. Aujourd'hui, je suis devenue simple voisine de Sara dans le village alors qu'hier, je partageais son existence. Cette idée m'est insupportable. Je me connais, je ne pourrai pas l'ignorer longtemps encore. À un moment, je vais devoir provoquer la rencontre, faire en sorte de la revoir, de l'interpeller. Tout me ramène constamment à elle.

Je veux la récupérer. Je suis prête à me contenter d'une place différente. Tant que je la vois, tant que je suis près d'elle, le reste je m'en fous. C'était tellement évident entre nous, on était deux flammes jumelles, vacillant et se consumant l'une pour l'autre… Je reste persuadée au fond de moi que nos chemins ne peuvent pas se séparer ici et maintenant. Jey pense que c'est une très mauvaise idée :

— Ça n'apportera rien de bien. Elle t'a blessée, ne l'oublie pas !

Mais je suis têtue et bornée. Je veux aller au bout de ma démarche. Tant que j'entrevois une opportunité, même infime, je fonce. Je suis comme ça.

*

Le soir même, j'écris à Sara une lettre de plusieurs pages. Dès les premières lignes, je précise qu'elle peut être lue en compagnie d'Aymeric si elle le souhaite. Les mots me viennent facilement : je lui dis combien l'amie qu'elle était me manque, que j'aimerais que l'on n'oublie pas combien notre amitié était unique, et que j'aimerais, par-dessus tout, retrouver ma confidente. Je lui assure avoir tiré un trait sur les sentiments et que je veux l'avoir dans ma vie. Je dépose la lettre dans sa boîte aux lettres au milieu de la nuit.

Touchée par mes mots, elle débloque mon numéro et m'appelle trois jours plus tard.

Plusieurs mois que l'on ne s'est pas parlé. L'appel téléphonique dure trois heures tant nous avons de choses à nous raconter. Bien sûr, je suis revenue sur sa trahison. Je lui en veux de ne pas s'être excusée, de m'avoir fait autant de mal et d'avoir coupé les ponts si brutalement, mais au téléphone, je lui dis :

— Je te pardonne.

Pas de regret dans sa voix et toujours aucune excuse à l'horizon, elle se défend par un argument irréfutable :

— Je l'ai fait pour mes enfants.

Quand je lui demande si on peut à nouveau rester en contact, elle me répond :

— Je ne sais pas, je ne suis pas encore prête, c'est trop tôt. Il faut laisser un peu de temps à Aymeric, aussi, je pense.

Je veux savoir si elle a encore des sentiments pour moi, elle me répond que « oui, peut-être ». Je la rassure en lui disant que je suis passée à autre chose et que je nous veux, plus que jamais, amies. Je me mens, c'est sûr, mais il ne peut en être autrement. Je me dois de rester à ma place coûte que coûte.

Dans l'ensemble, l'appel s'est bien passé. Le contact est un peu renoué, ce qui me donne espoir pour la suite.

*

La semaine suivante, je reçois, à ma plus grande surprise, une nouvelle demande d'amitié de sa part sur Snapchat. Elle écrit : « Aymeric n'est pas au courant, je lui dirais plus tard. Ça m'a fait tellement de bien de t'entendre l'autre jour. » Notre appel a dû certainement la perturber. Je nous rêve déjà complices comme avant. Elle est invitée à passer à la maison quand elle aura du temps. Elle accepte.

Mercredi matin, j'ouvre à Sara et découvre les rondeurs affirmées de son cinquième mois de grossesse. Nous sommes heureuses de nous retrouver. Nous avons le sentiment de nous être quittées hier. Elle s'installe dans le salon tandis que je lui prépare un chocolat chaud. Les infos tournent en boucle sur l'écran, je coupe le son pour n'entendre que sa voix. Nous avons des semaines à rattraper, nous parlons de tout et de rien. On évite le passé pour ne pas gâcher l'instant présent. Notre complicité est intacte.

Sa grossesse la fatigue, son dos lui fait terriblement mal. Je lui propose un coussin pour qu'elle puisse se caler, elle le refuse et vient se mettre naturellement contre moi, sa tête posée sur mon épaule. Je passe mon bras par-dessus la sienne. Elle se sent bien et murmure timidement :

— Ça m'avait manqué.

Nous restons comme ça plus d'une heure l'une contre l'autre. Aucun geste déplacé ou inapproprié, juste de l'affection. Beaucoup d'affection. Il y a quelques mois, je ne me pensais pas capable de toucher Sara enceinte. Ce matin, je me surprends à faire abstraction de cette grossesse. Par amour, j'accepte finalement tout.

À 11 h 30, on se sépare. Elle se lève.

— Je dois aller chercher les enfants à l'école.

Elle n'a pas envie de partir, je le sens. Et je n'en ai pas plus envie qu'elle. Elle retarde le temps en lançant un nouveau sujet de conversation. Elle me taquine un peu et j'en fais de même. Un ange passe... Je la regarde, lui tends les bras et lui lance d'un ton amical :

— Allez, viens-là.

Elle s'approche de moi, nos visages s'effleurent, son regard s'embrase, mais je reste fidèle à l'idée qu'il nous faut garder une certaine retenue. Nous n'avons pas d'autres choix si nous voulons dépasser la force de nos sentiments. On se prend dans les bras. Fort, très fort, comme nous avions l'habitude de le faire. Nous peinons à nous lâcher.

Je retrouve mon a(i)mant, mon inséparable. Elle se blottit dans mon cou, ferme les yeux et respire mon parfum, je la serre encore et l'embrasse sur le front pour lui prouver que je suis encore là et que, quoi qu'il arrive, je ne la lâcherai pas. Je ne veux plus jamais la perdre. Ce câlin est intense, son ventre de femme enceinte vient se coller contre mon abdomen. Je sens sa petite bouger à travers le pull en laine noir de sa maman. Quelle étrange sensation, j'ai l'impression que le bébé me fait un signe, puis deux. Cela me perturbe, mais je ne dis rien. Je tente de reprendre doucement mes esprits.

Juste après son départ, je m'allonge et contemple le plafond. Ces deux heures passées à ses côtés à la maison m'ont complètement bouleversée. Je rêvais ce moment depuis des mois : je la retrouve. Je respire de nouveau, mon cœur s'agite d'être revenu à la vie. Sa visite est ma bouffée d'oxygène, le rayon de soleil sur des mois de ciel gris. J'ai pu la toucher, respirer son odeur, la serrer contre moi, voir son joli sourire et l'entendre rire… Je suis heureuse.

13 h 05. J'attrape les clés de la voiture pour filer vers le centre-ville. Je reçois un snap de Sara avec un décolleté plongeant des plus aguicheurs, elle écrit :

Elle : Tu penses sincèrement que ça n'aurait pas pu déraper, chez toi, ce matin ? Parce que j'ai bien cru que ça allait partir en *live* quand on s'est dit au revoir…

Moi : Je ne pense pas. Je ne peux pas l'affirmer à 100 % parce que je te connais, tu peux m'allumer en une seconde… Mais je pense que je t'aurais arrêtée. Pourquoi « partir en *live* » ?

Elle : J'avais envie de te sauter dessus et de t'embrasser…

Moi : Ouh la ! Faut que je me prépare en cas d'attaque alors, c'est ça ? Si ça arrive, je tournerai la tête, et si tu me colles contre un mur, je crierai à l'aide ! Sara, tu le sais, il ne faut pas céder à la tentation ! Je t'ai perdue une fois, je ne veux pas prendre le risque de te perdre une nouvelle fois. Je tiens trop à toi.

Elle : Oui, je sais… J'ai pas envie de te perdre non plus.

En façade, je ne montre aucun signe de faiblesse et m'efforce de croire en cette nouvelle chance qui nous est offerte. Au fond de moi, c'est une autre histoire : tout se mélange dans ma tête. L'aveu de son désir vient souffler sur les braises de mes sentiments que je croyais éteints. Je me suis menti, je le savais. Le doute n'est plus permis, je ne suis pas insensible.

J'ai fait un long travail pour accepter la situation, pour m'efforcer de voir Sara différemment. Une phrase aura suffi à me faire replonger.

*

Rien ni personne ne peut séparer les a(i)mants : on s'écrit tous les jours depuis deux semaines. On se confie, on se retrouve, on se prend des fous rires à n'en plus finir, sans jamais céder à la tentation. L'avoir près de moi me fait oublier ce qu'il s'est passé six mois plus tôt. Sara est là, je prends les bons moments comme ils viennent et tente d'oublier nos différents.

Il m'arrive tout de même parfois d'être sur mes gardes. Si l'on me trahit une fois, je garde la crainte comme une cicatrice. J'espère qu'elle ne recommencera pas. Qu'Aymeric ne soit pas au courant me fait peur. Elle ment de nouveau. Je lui suggère vivement d'être honnête avec lui. Elle me répond qu'elle attend le bon moment pour lui faire part de notre amitié sincère.

— Promis, je lui en parle bientôt.

*

Le lendemain, à mon réveil, sur l'écran de mon mobile :

« Coucou, mon a(i)mant, j'ai trente minutes de libre ce matin avant de partir au boulot, ça te dit qu'on se voit au passage à gué ? Tu me manques. »

Que puis-je espérer de mieux ? Un message de Sara est pour moi le meilleur des réveils. Je file sous la douche, enfile un jeans, un blouson et pars à pied rejoindre notre endroit secret dans la forêt.

Accoudées sur le petit pont en bois, on papote et on rit. Nos meilleurs souvenirs remontent à la surface.

Sara me dit :

— Au fait, j'ai ma deuxième échographie demain après-midi à 14 heures en ville.

— Ah super ! Aymeric t'accompagne ?

— Justement, non. On connaît déjà le sexe de l'enfant. Et puis, après tout ce qu'il s'est passé, j'ai du mal à lui demander de s'impliquer davantage, je n'ai même pas insisté pour qu'il vienne. De toute façon, il m'a dit qu'il bossait ce jour-là.

— Ouais enfin, c'est étonnant qu'un père soit absent pour ce genre d'évènement, non ? J'ai du mal à comprendre ! S'il ne se libère pas, c'est un peu abusé, non ?

— Ouais, je sais… Ça ne me fait rien.

Un silence s'installe. Elle relance :

— J'ai quelque chose à te demander. Je sais que tu ne seras pas pour, mais j'aimerais vraiment que tu sois là.

— Euh moi ? Où ? À l'écho ?

— Oui, Élo, toi !

— Écoute, je ne peux pas. J'aurais aimé vivre ça avec toi, mais ce n'est pas ma place, tu comprends ?

— Oui, je comprends... Tu voudras que je t'envoie une photo de la petite ?

— Ce n'est pas méchant, Sara, mais je ne préfère pas, j'ai peur de m'y attacher, même si elle n'est pas encore là. Je veux bien que tu me rassures et que tu me dises qu'elle se porte bien, en revanche je ne veux pas être liée de trop près à cette grossesse. Je peux te demander juste une faveur ?

— Oui, bien sûr !

— Quoi qu'il se passe d'ici quatre mois, est-ce que tu pourras juste me tenir au courant quand tu auras accouché ? Je ne veux pas l'apprendre par quelqu'un d'autre.

— Je te le promets : quoi qu'il arrive, je prendrai le soin de t'en informer même si Aymeric n'est pas d'accord. Tu le sauras, ne t'en fais pas pour ça.

Nous reprenons chacune la route. Elle vers son travail, moi pour rentrer. Sur le chemin du retour, je ressasse ce que l'on vient de se dire. Je peine à croire qu'elle a eu le culot de me demander une chose pareille. Si j'avais suivi mon cœur, je l'aurais fait, c'est évident. J'aurais voulu vivre ce moment avec elle, mais le revers de la médaille aurait été difficile, je le sais. Je me suis trouvée responsable en déclinant. Y aller aurait créé un lien encore plus fort avec ce bébé qui n'est pas le mien.

C'est seule qu'elle ira. Sans Aymeric et sans moi.

*

Quelques jours plus tard, alors que nous nous sommes de nouveau habituées à nous écrire quotidiennement, à nous appeler autant que possible, Sara m'informe qu'elle est en vacances ce soir, pour une semaine. Je me réjouis, avant de déchanter rapidement : Aymeric a lui aussi posé des congés pour les fêtes de fin d'années. J'essaie tant bien que mal de faire bonne figure.

Mais elle lit en moi comme dans un livre ouvert.

— Rassure-toi, on s'enverra discrètement des snap.

Les jours qui suivent ne me rassurent pas, au contraire. Je n'ai aucune nouvelle de Sara de toute la semaine, comme si elle m'avait déjà oubliée. J'ai l'impression d'être de nouveau dépendante d'elle, de ne vivre que pour elle. Son absence est un calvaire, son désintérêt me tue.

*

Lundi matin. J'ai, comme tout le monde, des matins avec et des matins sans. Ce matin, c'est plutôt sans. Pas le sourire, je fais la gueule, je suis en colère. Il m'aura fallu attendre huit jours pour lire de ses nouvelles :

7 h 14 :

« Comment va la femme de ma vie ? Je pense fort à toi, tu me manques terriblement. Aymeric est parti au travail, appelle-moi ! »

Je ne veux plus être son plan B, son alternative, celle qu'on relance quand on y pense. Elle a assez joué avec moi par le passé. J'ai trop souffert d'être celle qu'elle utilise, vers qui elle va chercher de l'affection une fois son mec parti. Il est hors de question de revivre ce qu'il s'est passé l'été dernier.

Ce matin, ses mots sonnent faux. Elle ose écrire que je suis la femme de sa vie après huit jours de silence ? Je n'y crois pas une seconde. Ma patience a des limites, je m'emporte :

« Ça va ? C'était bien, tes vacances ? C'est abusé, huit jours sans nouvelles où tu n'as même pas répondu à mes vœux de bonne année. Et à peine passe-t-il le pas de la porte que tu t'empresses de me contacter ? Franchement tu ne manques pas d'air. Ton mec, tu le prends encore pour un con. Tu me prends aussi pour une bouffonne, je suis le bouche-trou, t'appelles quand t'as besoin, j'en ai marre, Sara ! On a dit qu'on se redonnait une chance de se garder dans nos vies, mais à une autre place, dans une relation plus saine, donc épargne-moi tes belles paroles charmeuses. »

Le dialogue s'envenime et prend des allures de règlement de comptes. Une heure de prise de tête pour en arriver à la conclusion qu'elle est enceinte de six mois et qu'elle a encore des sentiments pour moi. Nous n'arrivons toujours pas à gérer la situation, car nous n'avons pas les mêmes attentes, l'une et l'autre. Tout se mélange, on se dispute violemment. Elle appelle Aymeric, lui avoue une nouvelle fois tout ce qu'il se passe entre nous depuis un mois et qu'elle se sent attirée par moi quand nous sommes ensemble. Elle vient de planter un deuxième coup de couteau dans le dos d'Aymeric et dans le mien. Cette fois-ci, je le sais, le dialogue est rompu à tout jamais. Aymeric lui pardonne une seconde fois ses écarts à une seule et unique condition : que je sorte de sa vie pour toujours. Elle cède.

Ne voulant pas passer pour celle que je ne suis pas, je fais quelque chose qui ne me ressemble pas : j'envoie directement un message à son mec. J'ai besoin de lui donner ma version des faits. Je ne fais pas confiance à Sara sur ce point. Elle est maline et sait minimiser son rôle pour tourner les évènements à son avantage.

Le fait qu'Aymeric ne soit pas au courant que nous avons repris contact cache forcément quelque chose. Pour me protéger, j'ai pris la peine d'enregistrer nos conversations sur Snapchat et de faire quelques captures d'écran de nos échanges. La colère est un sérum de vérité : je veux qu'il sache que Sara m'a clairement allumée et qu'elle m'a demandé de venir à la troisième échographie. Je veux qu'il réalise combien les propos de sa femme, enceinte jusqu'au cou, sont aguicheurs et sans équivoque.

À vouloir sauver ma peau, j'en oublie les conséquences. Aymeric doit certainement être anéanti par les bombes que je lui envoie. Je vois qu'il a reçu et lu les messages, mais il ne répond pas. Sur l'instant, je n'ai pas pensé à mal. Maintenant, je m'en veux.

*

Je vis une nouvelle rupture. L'espoir d'une relation sincère et vraie s'évapore. Je rappelle madame Weber pour avancer notre rendez-vous, je ne lui avais pas dit que je revoyais Sara.

— Ah la la, mademoiselle Garnier, vous êtes têtue, quand même ! Vous n'avez pas compris la leçon, à ce que je vois ! Bon, on se retrouve lundi prochain, en attendant, prenez soin de vous et évitez tout contact.

Ça, oui, je suis têtue. Pourquoi faut-il que j'aille droit dans le mur ? C'est la faute à l'espoir. Tant qu'il est là, ce putain d'espoir, on se dit que rien n'est perdu.

Depuis ce matin-là où, pour la énième fois, Sara m'a virée de sa vie, je me renferme sur moi-même, je perds l'appétit. Je ne savais pas que l'on pouvait mourir deux fois. Les nuits deviennent longues, les jours de travail laborieux, ma tête est ailleurs.

Je me dis que j'ai déjà vécu cette situation. Je suis vaccinée contre la trahison. Il doit bien rester quelques anticorps dans mon sang. Je devrais arriver à rebondir plus vite. Mais dans la bouche, il me reste un goût amer : l'amour se transforme peu à peu en haine. Et cette question qui ne va plus me quitter : comment a-t-elle pu se foutre de ma gueule une nouvelle fois ?

*

Samedi 9 mars 2019, 8 h 55. Je suis réveillée par un message de Justine :

« Hey ma belle :) Je ne sais pas si tu es au courant, mais Sara a accouché hier d'une petite Angie ! »

Les nouvelles vont vite. Quelques semaines après notre dispute, nouveau coup de poing. Je ne demande rien à personne, je veux qu'on me foute la paix et voilà que, « spontanément », on vient me donner des nouvelles de Sara.

L'intention de Justine part certainement d'un bon sentiment. Un peu parano, je me demande si tout le monde n'est pas au courant de notre liaison et si on ne veut pas me faire de mal. Je ne réponds pas. Et je supprime le message.

Je suis très contrariée. D'abord, parce que le choix du prénom de sa fille n'est pas anodin : Angélique est mon deuxième prénom. Sara le sait, elle l'a découvert sur mon permis de conduire. Je lui en veux. Aymeric n'a sûrement pas eu son mot à dire. Impossible pour lui de faire le lien avec moi. J'ai de la peine pour lui.

Ensuite, Sara m'avait promis de m'informer de la naissance de sa fille. Je note sur mon calepin : « PROMESSE N° 3 NON TENUE ».

*

Six mois ont passé.

Le hasard veut que je croise régulièrement Sara dans le village avec sa fille. C'est la loi de Murphy : le destin s'acharne.

Elle se montre indifférente, comme si ce que nous avons traversé ne l'atteignait plus. Mais je la connais par cœur. Elle peut tromper son monde, son mari, ses amis, mais pas moi.

Mon petit doigt me dit qu'elle s'est enfermée dans son mensonge, sous les apparences d'une vie parfaite ; les dernières rumeurs qui courent sur Sara et Aymeric dans le village soutiennent que leur couple bat de l'aile.

Il y a parfois des messages codés que seuls ceux qui s'aiment peuvent déchiffrer : bien que Sara ne m'adresse plus la parole, il y a des coïncidences qui ne doivent rien au hasard. Depuis que l'on se connaît, Sara n'a jamais emprunté le chemin qui passe devant chez moi. Pour la simple et bonne raison que cela fait un détour depuis chez elle. Le jour de mon anniversaire, elle fait un grand tour à vélo avec ses enfants et passe devant mon portail.

Encore plus surprenant : à la réunion de la mairie, lundi dernier, elle portait le sac, la chemise et les baskets que je lui avais offerts lors de notre journée shopping d'anniversaire. L'autre jour, elle a même publiquement posté sur Facebook, pour que ceux qui n'ont plus accès à son compte, comme moi, puissent lire ces deux phrases pour le moins énigmatiques que nous sommes les seules à pouvoir décrypter :

« À méditer ce jour : mettre les points sur les i et sa vie entre parenthèses. »

Mises bout à bout, ces coïncidences n'en sont plus, ce sont des actes délibérés. Je les ai vécus comme une provocation. Elle teste son emprise sur moi. La vraie question demeure : a-t-elle vraiment tourné la page ?

Le temps a estompé ma colère et l'envie de nous réconcilier renaît. Je suis quelqu'un d'entier : je sais pardonner et je peux le faire facilement, car l'amour est, à mes yeux, plus fort que la haine. Je ne suis pas rancunière, mes parents m'ont appris qu'en cas de déception ou de trahison, le meilleur moyen pour se sentir léger est de retrouver le chemin de l'apaisement à travers le pardon.

Il y a un an, Sara tombait enceinte. Depuis, il n'y a pas un jour où je ne souffre pas, tant elle me manque. Je veux mettre fin à cette guerre. Les rumeurs se précisent : Sara se plonge dans le boulot et dans divers projets associatifs pour fuir au maximum son quotidien. Je n'arrive pas à savoir dans quel état d'esprit elle se trouve. Son visage et ses attitudes ne laissent entrevoir aucune de ses émotions. Elle excelle dans l'art de dissimuler ce qui ne va pas. En toutes circonstances, le sourire est de mise, l'image se veut impeccable. Elle garde les tensions à distance.

Pour ma part, cette situation me pèse. Nous avons des connaissances en commun et vivons dans le même village. Je ne veux pas être son ennemie pour toute une vie. Nous avons toutes deux des torts. Ça n'est pas forcément à moi de faire le premier pas. Qu'importe, je n'en suis plus à compter les points. Pour le bien de tous, je suis prête à agiter le drapeau blanc. Je veux faire la paix.

J'en ai assez d'attendre, je crée l'occasion. Je décide d'aller courir au moment où Sara emmène les jumeaux à l'école. Je la croise sur le parking. Elle est seule avec son bébé, prête à remonter dans sa voiture. Je l'interpelle :

— Sara, tu as deux minutes, s'il te plaît ?

— Euh, ça va, Élo ? Rien de grave ? me dit-elle, étonnée que je vienne lui parler après autant de temps à l'éviter.

— Écoute, je n'en peux plus de cette situation. On pourrait peut-être au moins se dire bonjour quand on se croise au lieu de se fusiller du regard, non ?

Elle sourit, probablement aussi soulagée que moi de retrouver un peu de sérénité. On échange quelques mots, son bébé, blotti contre elle, tente d'attirer mon attention avec de grands sourires. Pour la première fois, mon regard se pose sur sa fille. Je vois alors un ange qui ressemble comme deux gouttes d'eau à son papa. Je demande à Sara comment elle va, elle me répond que c'est difficile. Aymeric veut lui pardonner, mais a encore beaucoup de mal à lui faire confiance à nouveau. Elle m'avoue à demi-mot s'interroger quant à l'avenir de son couple, mais essaie coûte que coûte de lui redonner une chance. Elle ne se livrera guère plus. Cette nouvelle confidence me bousille. Moi qui m'étais mise dans la tête qu'elle m'avait définitivement oubliée, je sens mon cœur repartir à mille à l'heure. Plus d'un an après notre rupture, je le sais, elle pense encore à moi.

Elle remonte dans sa voiture, baisse sa vitre et me dit :

— Je suis contente qu'on ait enterré la hache de guerre. On se dira bonjour et au revoir par politesse quand on se croisera, mais c'est tout, parce que tu sais aussi bien que moi qu'il ne faut pas qu'on soit tentées de se parler. Je voudrais qu'on vende la maison et qu'on s'installe ailleurs. Je veux partir d'ici, je n'en peux plus. Je ne supporte plus le regard des autres, je ne sais pas qui est au courant de quoi. Et puis de te croiser me rappelle trop souvent ce qu'on a été, j'ai chaque fois ce pincement au cœur quand je te vois. Je te le promets, je vais partir d'ici. Je fais ça pour toi, pour moi, pour nous, je veux nous protéger.

Des promesses, Sara m'en a fait tellement. Les a-t-elle tenues ? Pas une seule fois. Celle-ci me semble n'être qu'une parmi tant d'autres. J'ai des difficultés à croire qu'elle puisse convaincre Aymeric de laisser derrière lui dix ans de sa vie, une baraque qu'il a construite de ses propres mains. Personne n'aime le changement. Et Aymeric est casanier, attaché à ses habitudes. C'est cependant sans compter sur la force de persuasion de Sara. C'est elle, l'homme de la famille.

Toujours est-il que j'ai encore, moi aussi, ce pincement au cœur quand je la vois. J'ai arrêté de me mentir, je l'aime toujours, et elle m'aime encore, j'en suis sûre.

*

J'ai entendu la sirène des pompiers déchirer le silence paisible du village en ce début d'après-midi. J'étais au téléphone avec un client quand ils sont passés à toute vitesse devant la maison. Leur boucan infernal a des allures de fin du monde. Machinalement, j'ai fermé la porte-fenêtre du salon pour continuer à entendre mon interlocuteur.

Une fois ma communication terminée, je me suis demandé, pas plus d'une seconde, ce qu'il avait bien pu se passer. On a tous ce même réflexe, et finalement, on reprend le cours de nos vies, sans s'attarder plus que ça.

J'ai passé le reste de l'après-midi à relancer des fournisseurs, à éditer des devis et deux ou trois factures. Je n'ai rien trouvé de mieux que le travail pour oublier. J'ai rangé un peu la maison, fais tourner un vinyle poussiéreux de Check Baker. Sur « *My Funny Valentine* », j'ai souri... Quelle ironie ! Et puis, j'ai rouvert en grand la porte-fenêtre du salon. Je ne sais plus si c'était pour laisser s'enfuir les plaintes de la trompette ou pour laisser entrer le soleil.

Fin d'après-midi, le téléphone sonne. Je relève le saphir de la galette noire qui tourne en rond 33 tours par minute. À l'autre bout du fil, une femme :

— Mademoiselle Garnier ? C'est l'hôpital... Vers 15 heures... C'est elle-même qui nous a contactés... de violentes douleurs à la poitrine... elle était consciente... on a perdu le pouls... Vous pouvez venir la voir. Mademoiselle Garnier ?... Mademoiselle Garnier ? Vous êtes toujours là ?

Dans ma tête, je refais le film à l'envers : le camion des pompiers, le bruit, la curiosité de savoir ce qu'il se passe sans pour autant s'inquiéter.

— Mademoiselle Garnier ?

— Oui...

— Vous pouvez venir la voir. Nous allons la préparer.

— Merci.

Je raccroche.

Les sirènes du camion rouge avaient raison : elles sonnaient bien la fin du monde, de *mon* monde… Et moi, j'ai fermé ma fenêtre pour ne pas être dérangée. La Mort, sans crier gare, est venue embrasser Mamie Louise. La sentant s'approcher trop près, elle a elle-même prévenu les pompiers. Était-elle effrayée ? Je ne le sais pas. A-t-elle souffert ? On me dit que non. A-t-elle pensé à moi en se disant qu'on aurait dû se revoir une dernière fois, que si je n'étais pas atteinte de la maladie d'amour qui me tue un peu plus chaque jour, je n'aurai pas décommandé le déjeuner de dimanche chez elle. Je ne le saurai jamais. Je m'en veux de ne pas avoir été là pour elle. Il ne me reste que ça : m'en vouloir.

Avec des si, on peut refaire le monde. Avec des si, j'aurais pu être auprès d'elle. Les si ne ramèneront pas la douceur de vivre de Mamie Louise. Les remords ne feront pas de moi une petite fille exemplaire pour autant.

Je n'avais qu'à être là.

Je n'avais qu'à être là.

Demain, mes parents arrivent avec mon oncle. Ils ont finalement trouvé un moyen de venir malgré les grèves. Nous enterrons ce samedi 5 octobre 2019 la belle, l'incroyable, l'inimitable et merveilleuse grand-mère qui fut la mienne :

Madame Louise Marie Jeanne Garnier.

*

Nous ne sommes que des pantins tenus par des fils invisibles que la peine s'amuse à agiter. Elle nous fait faire n'importe quoi. Il y a deux semaines, à cause d'elle, le mal-être m'a poussée à écrire un e-mail à Sara : « Je vis des moments difficiles. Tu dois certainement être au courant, mais j'ai perdu ma grand-mère il y a dix jours. J'ai beaucoup de mal à faire le deuil. C'est dans ces moments-là que j'aurais eu tant besoin de mon a(i)mant, de ma confidente… Juste une oreille à qui parler. Tu me manques tant. »

Ma peine m'a autorisée à le faire, mais sa bêtise a dû certainement lui interdire de me répondre. Elle ne le fera jamais.

— Vous n'imaginez pas votre avenir sans cette femme que vous aimez, vous vous laissez dépasser par vos émotions, vous ne pensez plus à vous et, forcément, cela vous empêche d'aller de l'avant. Vous avez besoin d'un sevrage affectif strict, mais, pour ne plus être dépendante de Sara, il faut vous éloigner progressivement de cette personne, vous n'avez plus le choix.

Par ces mots s'achève ma dernière séance avec madame Weber. Il est, selon elle, « inutile de se revoir ». J'ai les cartes en main pour avancer sereinement désormais. Je lui suis extrêmement reconnaissante de son soutien. Son accompagnement a été essentiel pour moi, tant pour ma rupture amoureuse que pour le deuil de ma grand-mère. Le second événement a eu un effet de catalyseur sur ma prise de conscience : j'ai tellement été absorbée par cette histoire avec Sara que j'en ai délaissé ma famille et mes amis. Je suis partie en croisade chercher l'amour ailleurs, en oubliant de me nourrir de celui qui m'est donné sans conditions par mes proches. L'être humain est si compliqué et si paradoxal.

Je dois me forcer à prendre des décisions pour aller mieux et tenter d'oublier à jamais celle qui a pris une trop grande place dans ma vie. J'ai griffonné un à un sur mon carnet les précieux conseils de madame Weber. Cette thérapie m'a aussi beaucoup aidée à me comprendre, à mieux me connaître. Je craignais que l'on me dissèque comme la grenouille de mes cours de sciences au collège, d'y laisser des lambeaux de personnalité. Finalement, j'ai vécu cette thérapie de manière très positive.

Me connaître n'est pas naturel, car j'ai toujours eu tendance à placer les autres avant moi. Aujourd'hui, j'ai appris qu'il faut se placer en premier. Le « moi, d'abord » est une forme de survie. Je veux être de nouveau au centre de mon univers. Chacun d'entre nous rayonne dans sa propre constellation, faite d'amis, d'amours, de relations plus ou moins intimes… d'ennemis aussi, parfois, qu'il faut savoir garder à distance.

Pour être heureuse, je sais qu'il faut que tout parte de moi. Je suis le moteur de ma propre existence. Si je suis heureuse, je deviens la lumière qui éblouit. Si je suis malheureuse, je deviens la rouille qui ronge les jours… Le bonheur commence ici, *maintenant*, avec moi. Et même si cela peut sembler surprenant, nous décidons d'être heureux ou malheureux.

J'ai encore Sara dans la peau, mais je dois désormais recoudre mon passé avec un fil de bienveillance, tisser mon futur et broder sur mon cœur ce dont j'ai envie. La démarche est difficile ; cependant, je dois me résigner à prendre une grande décision : celle de partir.

Ici, plus rien ne me retient. J'ai des valises de souvenirs merveilleux que je porte dans le cœur. Rester ici serait les trahir. Chaque fois que je passe devant la maison de ma grand-mère, ça me fait un mal de chien. Dès que je croise Sara, Aymeric ou leurs enfants, mon ventre se tord. Tous nos moments me reviennent en pleine face. Je suis partagée entre l'amour que je lui porte et la colère. Puisqu'à coup sûr, elle ne tiendra pas sa promesse de déménager, je fais le choix de m'en aller.

Depuis plusieurs mois, Jérémy me propose de rentrer à Paris. Je peux, si je le souhaite, m'installer quelque mois chez lui, le temps de me reconstruire, de retrouver un boulot et un appartement. Jusqu'à présent, je ne voulais pas entendre parler de cette éventualité, car retourner dans cette ville était synonyme d'échec. Aujourd'hui, je l'envisage comme une nouvelle étape de ma vie. Je regarde par la fenêtre de la cuisine, le temps est maussade. Mon œil s'arrête sur le violent orage qui s'abat sur la région. Mon cerveau me renvoie en flashback ces trois années passées ici : le handball, la rencontre avec Sara, mes joies, mes peines, la séparation, l'accident, de nouveau Sara, retour du bonheur, nos tatouages, mon embrouille avec Jérémy, l'annonce de la grossesse, la trahison, la rupture sentimentale, mon entreprise en perte de vitesse, le décès de ma grand-mère… J'attrape mon téléphone sur le plan de travail, j'envoie un message à Jey :

« J'envoie mon préavis cet après-midi.

Je rentre. »

Chapitre 16

On connaît tous un tournant décisif dans notre vie. Ce jour important où l'on fait table rase du passé pour aller enfin de l'avant. Quand je regarde en arrière, je n'ai qu'une envie, celle de partir le cœur léger. J'ai besoin pour se faire d'éradiquer toutes les tensions qui perdurent entre Sara et moi.

Je sais que, bientôt, nous ne nous reverrons plus. Je veux que nous nous quittions en bons termes. Je lui envoie un mail en demandant à la voir quelques instants ; à ma plus grande surprise, elle accepte. Mon cœur bat à mille à l'heure. Le lieu de rendez-vous n'a rien de très romantique, elle me demande de la rejoindre, à sa pause déjeuner, sur un parking à proximité de son travail.

Quand elle me voit arriver, elle affiche un large sourire, je sais qu'elle est heureuse de me revoir. On se fait la bise et la première chose que l'on se demande, c'est si tout va bien pour l'une et l'autre. Quant à la petite dernière, elle a déjà neuf mois. La rancœur et l'amertume du passé semblent s'être estompées.

Je lui déballe alors tout ce que j'ai sur le cœur une dernière fois, mes joies et mes peines. Je lui explique que je ne veux plus la croiser, car ça me fait bien trop de mal. Depuis que l'on se redit bonjour, je ne peux m'empêcher de lui rabâcher qu'elle m'a brisée. Je suis prête à la laisser à sa vie et à disparaître pour toujours. Je lui annonce que je rentre à Paris et que je lui rends sa liberté. Rester m'est insupportable. Sans elle, sans ma grand-mère, je m'enfonce dans une routine qui ne me ressemble pas.

Elle est très émue par mon annonce. Quand elle prend la parole, elle commence par un acte qui me libère sur-le-champ : elle me présente ses excuses pour la première fois et reconnaît enfin qu'elle n'a pas été clean, surtout dans la façon dont elle a rompu avec moi. Ses excuses enlèvent de mes épaules un poids énorme. Je suis soulagée qu'elle reconnaisse la souffrance qu'elle m'a infligée.

Durant notre échange, la complicité renaît instinctivement. On se comprend, on se parle avec le regard. Le temps qui passe ne nous a pas enlevé notre évidente alchimie. Je suis sûre d'une chose : si nous nous retrouvons un jour, nous garderons à jamais ce lien à part et unique.

Après un bon moment à papoter sur le parking, on se souhaite chacune d'être heureuse dans nos vies respectives. On échange nos derniers mots. Quand je lui dis : « Tu auras toujours ta place dans mon cœur, j'espère qu'on ne s'oubliera pas », elle me répond : « Moi aussi, c'est évident. Tu seras mon a(i)mant pour toujours. Je ne peux pas t'oublier, regarde… » Fière, elle retrousse sa manche de blouson et me montre son tatouage, preuve que nous serons unies jusqu'à la mort par quelque chose d'indélébile. Je lui lance un ultime « Je t'aime », auquel elle répond par un soupir et un sourire. Elle est touchée, ses yeux deviennent brillants. Je la connais par cœur, ma Sara : elle aurait probablement voulu me répondre « Moi aussi », mais elle n'a plus le droit de le faire. Elle reste prisonnière de ses émotions, fidèle à ses principes. C'est son choix, je le respecte. En revanche, son si beau regard la trahit.

Lui dire adieu m'est atrocement difficile. Bloquées par la pudeur, on reste à distance, on résiste. Seules nos mains cèdent, on se dit qu'on pensera à l'autre, mais qu'il ne faut plus se donner de nouvelles pour ne pas raviver la flamme.

Elle part à droite, moi, à gauche. Je suis soulagée de la quitter en bons termes. Je laisse partir celle que j'aime plus que tout. Parce que c'est aussi ça, aimer, savoir renoncer. À moi, maintenant, de m'envoler vers de nouveaux horizons. On se retrouvera un jour, j'en suis sûre.

Sara est et restera un grand Amour de ma vie.

*

C'est le jour J, retour à la case départ. En ce mois de janvier 2020, il fait froid. Mon père est venu du Jura en camionnette pour m'aider à déménager. Heureusement, je n'ai pas beaucoup d'affaires. Mais le plus gros du boulot est de nettoyer la maison, remettre les meubles à leur place, faire l'état des lieux avec le propriétaire. Élise et Justine sont venues prêter main-forte. Ça me fait tout drôle de les quitter. Mon père doit me déposer à Paris chez Jey avec la moitié de mes affaires. Il est prévu de rapatrier le reste des cartons dans le garage de la maison familiale en attendant de retrouver un appartement.

Avant de partir, je veux dire au revoir à Pierrot. Je passe devant chez lui, sa voiture n'y est pas. Je pense faire un saut au gymnase quand mon père me dit :

— Tu n'y penses pas ! C'est à vingt minutes, on ne va pas faire un détour !

Je laisse un mot dans sa boîte aux lettres.

« Mon périple s'arrête ici, je rentre à Paris, tu as raison, je dois prendre soin de moi maintenant. Merci pour tout, Coach… Si un jour tu passes par la capitale, fais-moi signe ! »

Mon père veut arriver à Paris avant la nuit, mais j'insiste pour m'arrêter rapidement à deux endroits qui me sont chers : d'abord sur la tombe de Mamie Louise, pour la fleurir, lui promettre d'aller de l'avant et d'être heureuse. Je pose une dernière fois ma main sur la pierre froide. L'émotion de mon père me bouleverse quand il lui dit : « À bientôt, Maman. »

Il me dépose ensuite à proximité du passage à gué où nous avions l'habitude de nous donner rendez-vous Sara et moi. Nous y venions souvent en été, sous une chaleur écrasante. Les fleurs bourgeonnaient, l'eau ruisselait et les oiseaux chantaient. Aujourd'hui, je suis seule, dans le froid. Le paysage est triste ; l'eau, gelée. Je reste figée sur le pont à me remémorer nos moments. Je sors mon carnet de mon sac. Il ne me reste plus qu'une seule page vierge, est-ce un signe du destin ? Sur cette dernière, je note en majuscule le mot « FIN ».

En remontant dans la voiture, mon père me demande si je vais bien. Je lui réponds : « Mieux. » Je suis très émue de quitter le village, je sais que c'est la meilleure des choses à faire. On dit que l'être humain peut partir où il veut, il emporte toujours son cœur avec lui. Et pourtant, je dois me sauver : créer de nouveaux souvenirs, de nouveaux lieux, de nouveaux visages.

Renaître.

*

En trois ans, j'ai appris énormément sur ma personne. Aujourd'hui, les émotions remontent à la surface : la sérénité retrouvée en arrivant ici, tous ces merveilleux moments passés, la nostalgie de mon histoire avec Sara, puis les tristes souvenirs de ma descente aux enfers et ceux avec Mamie Louise. Tous les échecs sont une leçon de vie. Avec le recul, je peux aujourd'hui en tirer les conclusions.

Cette idylle m'a fait voyager, mais était destructrice. Elle n'avait aucune base solide. Il fallait que ça s'arrête. Je ne pensais pas pour autant perdre Sara à jamais ! Nous sommes aujourd'hui liées par une histoire aussi passionnelle que déchirante, une parenthèse gravée à l'encre noire sur la peau.

J'étais perdue en arrivant dans le village. C'est ce qui m'a poussée vers cette relation, peu importe qu'elle soit officielle ou pas : j'avais un fort besoin d'exaltation et une chance offerte par Sara de vivre avec plus de passion et de piquant dans ma vie.

L'histoire est écrite et rien ni personne ne pourra nous enlever les moments forts que nous avons partagés pendant près de quatorze mois. Il y a eu de la douleur, mais avant tout beaucoup d'amour. Même si j'ai mal aimé Sara, je l'ai aimée très fort. Je me suis souvent sentie tiraillée par le manque lors de nos premières séparations. Mes repères étaient bousculés. J'apprends aujourd'hui à gérer ma dépendance affective.

Chaque expérience nous donne une leçon, et celle avec Sara m'a véritablement fait grandir, m'a changée à jamais. Bien sûr, je garderai des cicatrices, mais je ne regrette pas d'avoir vécu la passion, la vraie. Ce n'était tout simplement pas le bon moment d'entrer dans la vie de Sara. J'ai beaucoup idéalisé notre relation. Nous ne partagions pas les mêmes principes, les mêmes valeurs. J'avais tant à offrir. Malgré tous mes efforts, je n'ai pas réussi à lui ouvrir les yeux sur son déni. Peut-être qu'un jour elle assumera d'être tombée amoureuse d'une femme et réalisera que ce n'est en rien un crime.

Depuis quelques mois, j'écris tous les jours. Je puise dans mon carnet tous les détails de mon histoire d'amour. Devenu journal intime au fil du temps, il est le douloureux trésor de ces deux dernières années : nos rendez-vous, mes envies, mes émotions, mes souvenirs et mes états d'âme.

Je découvre un besoin vital d'écrire et de partager. Cependant, j'ai sous-estimé la force de l'écriture : écrire, c'est vivre son histoire une deuxième fois. C'est embrasser Sara de nouveau, lui faire l'amour, la pleurer, la fuir, la rechercher encore. Je me convaincs que ce sera la dernière. Après je pourrai dire littéralement : « J'ai tourné la page et fermé le livre pour toujours. »

J'ai ma part de responsabilité dans cette affaire. Je reconnais mes torts aujourd'hui : j'attendais beaucoup trop de Sara, j'étais même trop exigeante envers elle. Je voulais la sauver, être celle qui lui fait découvrir une vie à mille à l'heure, je voulais qu'elle sorte de sa routine, qu'elle vive plein de choses à mes côtés. J'aurais tant aimé qu'elle devienne carriériste et qu'elle se dépasse pour atteindre ses rêves. Je pensais la tirer vers le haut. Mais ce ne fut pas vraiment le cas.

Finalement, j'ai appris qu'il faut aimer les gens pour ce qu'ils sont et non pas pour ce que l'on veut qu'ils deviennent. De Sara, j'attendais la même réciprocité dans notre relation, la même sincérité, le même altruisme. J'ai attendu longtemps quelque chose qu'elle ne pouvait pas m'offrir. Aujourd'hui, j'aurais tendance à dire que je ne dois plus rien attendre de personne, sauf de moi-même. Ainsi, mon cœur sera moins sujet aux déceptions, amoureuses ou amicales.

J'ai souvent pardonné aux personnes qui m'ont fait du mal. Le pardon est nécessaire si l'on veut aller de l'avant et se sentir mieux. Je veux pouvoir regarder mon passé avec bienveillance et sérénité. Je n'ai pas le temps pour les regrets.

Aussi déchirante que soit cette histoire d'amour, elle reste celle qui m'a donné l'élan nécessaire pour continuer ma vie de femme.

*

Quelques mois déjà que j'ai retrouvé Paris. Assise sur une chaise en métal dans le jardin du Luxembourg, je regarde le ciel. C'est un tel bonheur après ces semaines de confinement. Je me plonge dans l'immensité de ce ciel bleu. Je suis redevenue étrangère dans cette ville que je connais si bien. C'est le week-end, quelques enfants profitent du parc, des amoureux s'embrassent, je savoure l'instant. L'anonymat m'avait manqué. N'être personne, tout juste une passante qui flâne le long des avenues…

Je n'ai plus aucune nouvelle de celle que j'ai tant aimée. Mutuellement, nous avons révoqué l'accès à nos réseaux sociaux. Je n'épie plus sa vie ni elle la mienne. Mes journées se résument à l'oublier et à prendre soin de moi. Jérémy trouve que je ne mange pas assez et cuisine chaque soir de bons plats, mais c'est vrai que l'appétit manque à l'appel. Ça reviendra.

Je m'intéresse de plus en plus à la photographie. J'aime saisir l'instant. Capturer à jamais l'émotion. Je suis allée mardi dernier prendre rendez-vous à l'Institut des Beaux-Arts pour suivre des cours publics. Du côté de la Madeleine, des foules anonymes battent le pavé pour rejoindre la place de l'Opéra. Je fuis vers le Marais, j'achète un carnet Moleskine noir. Il est mon nouveau compagnon de route dans cette ville lumière. J'ai griffonné quelques mots sur mon retour. Mais j'ai besoin de temps… C'est mon côté un peu sauvage, il faut que je me réhabitue à ma nouvelle jungle.

J'ai des rendez-vous professionnels la semaine prochaine pour présenter mon manuscrit. Être lue, quel sentiment étrange ! C'est de l'excitation mêlée à de la peur.

*

Le bien-être de ces dernières semaines vole en éclats par l'arrivée d'un simple e-mail. Je mets de longues minutes avant de l'ouvrir.

Objet du mail : « Est-ce qu'on peut se voir »

Je clique et réponds : « Samedi 15 heures, RDV au Café Saint-Jean, Place des Abbesses (Montmartre – Paris 18). »

Il écrit : « J'y serai. »

Ce soir-là, je ne dors pas.

Non pas par inquiétude, je savais que le passé reviendrait frapper à ma porte un jour ou l'autre, mais parce que je sais que, demain, je vais devoir lui faire face une toute dernière fois.

Épilogue

Paris en été. Café Saint-Jean. Place des Abbesses.

Mon rendez-vous est là, assis en face de moi. Je suis prête.

— Toi qui voulais tout savoir… Maintenant, tu sais tout.

Il pose ses coudes sur la table et sa tête entre les mains. Il ne dit rien. Pas un mot. Il m'en veut probablement d'avoir joué la meilleure amie modèle pendant presque deux ans. Il doit certainement se rendre compte des dégâts que sa femme a aussi causés dans ma vie. Cela nous fait un point commun.

Les sachets des sucres offerts avec mon thé sont déchiquetés et éparpillés de mon côté de la table en bois. Deux heures et demie, c'est long. Mais son silence à cet instant est peut-être plus long encore… Une éternité sans fin. Les souvenirs remontent à la surface et viennent certainement lui tordre le ventre, mais son besoin de réponse vaut bien quelques tourments.

Ses mains glissent sur son nez, puis sur sa bouche, comme pour étouffer un cri sourd. Mais il reste attentif.

Le serveur s'approche de nous et interrompt le silence :

— Excusez-moi, j'ai fini mon service, je peux vous demander de régler, s'il vous plaît ? Si vous voulez autre chose, ma collègue prend le relais.

Alors qu'il cherche dans sa poche de la monnaie, je l'arrête.

— Laisse, Aymeric, c'est pour moi.

Le serveur embarque ma carte bancaire avec le ticket.

Aymeric me regarde longuement. Ses yeux noisette parsemés de lueurs jaunes me déstabilisent. Je n'y vois ni haine, ni rancœur, mais presque de la douceur. Celle de l'homme blessé. Dieu qu'il est loin le macho écervelé et misogyne que je m'étais imaginé. Il a eu mille occasions de m'insulter ou de me coller son poing dans la figure, il ne l'a jamais fait. Là encore, il me surprend : il est si calme quand il me parle, avec froideur certes, mais toujours avec respect. Lui que je n'aimais guère, lui mon rival, n'avait finalement rien d'un méchant garçon. Je l'ai jugé et condamné sur les dires de Sara. J'apprends la leçon : ne plus juger sans connaître.

En regardant l'enveloppe kraft laissée à sa droite, il se lance :

— J'ai cru comprendre que tu écrivais l'histoire. C'est ton manuscrit, ça ?

Je fais non de la tête, un peu gênée.

Il prend la lourde enveloppe sur ses genoux, l'ouvre et regarde à l'intérieur. Il relève les yeux, mais ne dit rien, comme d'habitude. Je comprends que son silence signifie : « C'est quoi tout ça ? »

Je lui réponds comme s'il avait réellement posé la question :

— Tous les souvenirs qu'il me reste d'elle. Les mots d'amour de l'époque, les photos, notre bracelet en commun… Tout ça, j'en veux plus. Il y a des pages de mon carnet aussi. Je voulais te rendre les derniers objets qui prouvent que cet amour a existé.

Il inspire.

— Aymeric, je… je voulais te dire aussi que… je suis vraiment désolée pour tout ce qu'il s'est passé. Je te souhaite sincèrement d'être heureux dans ta vie.

— Ce qui est fait est fait, tranche-t-il.

Il est l'heure de se dire au revoir. Je ne sais pas à quelle heure est son train de retour, mais je sens qu'il a besoin d'être seul. Je me lève, quitte ma chaise, attrape ma veste et me dirige vers la sortie du café quand sa voix me rappelle :

— Élodie ! Attends…

Je me retourne vers lui.

— Est-ce que tu l'aimes encore ?

Je lève mon regard vers le manège qui tourne dehors derrière les baies vitrées du café. J'ai besoin d'une seconde. Mes yeux retrouvent de nouveau les siens. *Je ne sais pas.*

Je passe la porte battante et retrouve le vent léger montmartrois. Je redescends la rue Lepic pour rejoindre la station Anvers. Je me sens incroyablement bien. J'entends chaque battement de mon cœur revenir à la vie, à l'espoir et à la paix, enfin.

Je regarde ma montre, il est déjà 17 h 30. Je m'engouffre dans les escaliers pour rejoindre le quai du métro quand mon téléphone vibre. Plusieurs mois que ces quatre lettres n'étaient pas apparues sur mon écran. Mon sang se fige, mais j'ouvre quand même le SMS.

SARA (i) :

« Alors qu'est-ce qu'il t'a dit ? »

J'hésite un instant…

J'efface son numéro.

JUSTE UNE FOIS POUR REMERCIER…

Merci à Xavier Requena pour sa collaboration à ce livre. Tu as été mon pilier dans ce projet. Nous nous sommes rencontrés Gare Saint-Lazare, il y a plus de dix ans. Je garde le souvenir de nos échanges passionnés. Si nos vies sont des trains, j'ai aimé faire le voyage ensemble. Merci.

Merci à Aurélie. Tu es mon mur porteur depuis un sacré bout de temps maintenant. Je suis infiniment reconnaissante de ce que tu apportes à ma vie. Tu es l'une des personnes les plus formidables que je connaisse. Merci de veiller sur moi et de me soutenir dans tout ce que j'entreprends.

Merci à Marine. Ton amitié m'est précieuse. Telle une bonne étoile, tu m'as accompagnée durant l'écriture de ce roman… Je nous revois près de Brooklyn Bridge, je viens de recevoir l'appel qui m'apprend que le livre sera publié. Tu étais là, heureuse pour moi. Je n'oublierai jamais ton soutien infaillible.

Merci à Yoann. Tu es le complice de mes fous rires et le confident de mes tourments. Ta présence dans ma vie depuis toutes ces années rend la mienne plus légère. Merci d'être là.

Merci à mes parents, ma famille et mes amis.

Merci à celles et ceux qui ont été présents tout au long de cette aventure : Catherine C.-B., Françoise Novat, Laure P., Noëlle M., Sophie B., Édouard B.

Merci à Virginie Plantard, pour ses précieux conseils, et à Coraline Danthez, pour cette magnifique illustration.

Merci aux équipes des éditions Fayard et Mazarine, Katy Fenech, Laurent Bertail, Florian Madisclaire, Pauline Faure, Catherine Bourgey et tous les autres.

Un grand merci à Sophie de Closets et Éléonore Delair.

Iris Neron-Bancel, ton dévouement et ton accompagnement ont été importants dans cette aventure.

Mention spéciale pour Alexandrine Duhin, mon éditrice. Tu es la fée qui a rendu le rêve possible ! C'est une chance de t'avoir à mes côtés. Merci du fond du cœur pour ta confiance.

Mes derniers remerciements sont pour vous, qui avez ce livre entre les mains.

Merci pour votre soutien indéfectible sur les réseaux sociaux. Merci pour vos sourires, vos messages toujours aussi nombreux. Merci aussi pour vos confidences et vos témoignages.

Cette histoire n'est pas seulement celle de deux jeunes femmes qui se sont aimées, c'est aussi la vôtre.

Élod(i)e.

Retrouvez l'auteure

www.elodiegarnier.com
contact@elodiegarnier.com
www.facebook.com/elodiegarnierofficiel
Instagram : @elodiegarnierofficiel

Et les Éditions Mazarine

Twitter : @mazarineedition
Instagram : mazarine_editions
Facebook : editionsmazarine
Et sur notre site : www.mazarine.fayard.fr

Composition et mise en pages
Nord Compo à Villeneuve-d'Ascq

Cet ouvrage a été imprimé en France par
CPI Bussière
Z.I. rue Pelletier Doisy
18200 Saint-Amand-Montrond (France)

pour le compte des Éditions Fayard
en septembre 2020

Dépôt légal : juin 2020
N° d'édition : 42-0332-3/05 - N° d'impression : 2053225